LE GRAND BONHEUR

Du même auteur

L'homme qui ne voulait pas être pape. Histoire secrète d'un règne, Albin Michel, 2014 ; Pluriel, 2018.

Un temps pour mourir. Derniers jours de la vie des moines, Fayard, 2018 ; Pluriel, 2019 ; Prix du cardinal Lustiger, Grand Prix de l'Académie française.

Avec le cardinal Robert Sarah :

Dieu ou rien. Entretien sur la foi, Fayard, 2015 ; Pluriel, 2016.

La Force du silence. Contre la dictature du bruit, Fayard, 2016 ; Pluriel, 2017 ; Prix Spiritualités d'aujourd'hui du Centre méditerranéen de littérature.

Le soir approche et déjà le jour baisse, Fayard, 2019 ; Pluriel, 2020.

Nicolas Diat

Le grand bonheur

Vie des moines

récit

Fayard

Couverture : Nuit de Chine
Photographies en couverture et sur le rabat de gauche : © D.R.
Portrait de Nicolas Diat : © Marianne Rosenstiehl

ISBN : 978-2-213-71756-2

Dépôt légal : octobre 2020

À tous les prêtres de mon enfance.

Avant-propos

Là-bas, dans la campagne

La route s'enroule en lacets qui épousent le lit de la rivière noire. En arrivant de Châtellerault, ville sans pittoresque, le paysage change après Tournon-Saint-Martin. Les vastes étendues monotones cèdent le pas aux forêts, aux étangs, aux enclos des anciennes métairies. Ce paisible dimanche de juin 2019, je venais voir ceux qu'on appelait autrefois les moines noirs.

L'abbaye bénédictine est à l'avant-poste du bourg ; le promeneur découvre bouche bée les hauts murs d'enceinte, le clocher massif, la longue abbatiale et les vergers qui veillent sur le cimetière.

Je connaissais Fontgombault. L'hiver, le soir tombe vite et le vent joue dans les arbres. Le brouillard flotte longtemps sur les terres.

Pour l'heure, les pâturages, les chemins et les bois avaient le charme des pays de poche. À la radio, on annonçait la canicule. Dans quelques jours, l'église deviendrait le refuge des fidèles qui cherchent Dieu et des estivants qui fuient la chaleur.

Le monastère compte une soixantaine de moines. Ils sont venus de Solesmes en mai 1948 pour relever la vie contemplative. Depuis, Fontgombault a fondé et restauré six autres monastères.

Comment comprendre ces hommes nimbés de mystère ? Les mots pourront-ils exprimer ce qui est d'abord une aventure intérieure ? Ils m'avaient prévenu, sans ménagement : « Votre tâche ne sera pas simple. »

Souvent, j'ai contemplé, fasciné, le départ des moines lors d'un après-midi de promenade. Franchie la porte dérobée du verger, les religieux se perdent dans la campagne. Ils marchent vite, par petits groupes, d'un pas cadencé. Leurs habits noirs de laine fruste, les tuniques traditionnelles des fils de saint Benoît, forment des volumes étranges et impressionnants. Ils avancent, rient, se chamaillent gentiment. Les moines sont heureux. Ces jours exceptionnels, ils se lancent dans de grandes conversations. Car le silence est habituellement une règle d'or.

Les sept offices du jour, et celui des matines, célébré la nuit, sont l'ossature d'un quotidien immuable. Il demeure jusqu'à la mort. La nuit, il faut se lever à quatre heures trente du matin. Matines, laudes, prime, tierce, sexte, none, vêpres et complies se répètent, de jour en jour, de saison en saison.

La belle abbatiale, ce vaisseau de pierre dont le sanctuaire n'a jamais voulu s'effondrer, le réfectoire, avec ses meubles lourds et ses voûtes magnifiques, le bruit de l'eau qui vient se fracasser contre le barrage, jadis un moulin, la belle statue de Notre-Dame du Bien-Mourir, les jardins à perte de vue, ont traversé toutes les vicissitudes de l'histoire. L'unique décor des existences monacales est immobile, étonnamment figé.

Les bénédictins aiment leur monastère. Une vocation est toujours liée à une terre, à une géographie, à une histoire. Je ne peux oublier les mots du père Bernard qui me disait si joliment : « Si on s'absente pour quelques jours, quand nous revenons, l'église apparaît encore plus belle. L'hiver, les murs du sanctuaire sont poudrés d'une poussière dorée. La lumière rasante inonde l'abbatiale. L'été, le soleil est plus haut ; une obscurité mystérieuse recouvre l'édifice. »

Le moine fuit la variété éphémère du monde. Pour lui, le changement est factice, et la monotonie, une méthode. L'ascèse prépare l'âme à la contemplation.

Je voulais savoir si le bonheur est possible dans ces vies d'apparence si corsetées. Ce n'était pas une gageure, plutôt un pari téméraire : la tristesse et la peine ne seraient-elles pas, en effet, l'horizon attendu pour des corps et des intelligences brimés par des carcans venus du fond des âges ? *A priori*, on peut croire qu'il faut être fou ou déséquilibré pour être moine.

Dans la nuit noire, les pères chargés de réveiller la communauté frappent aux portes des cellules et invitent à la prière en s'exclamant : « *Benedicamus Domino !*

– Bénissons le Seigneur ! » Le pauvre frère, à peine réveillé, dit : « *Deo gratias !* – Rendons grâce à Dieu ! » Le dialogue se poursuit : « *Laudetur Jesus Christus !* – Loué soit Jésus-Christ ! », à quoi il est répondu : « *Amen !* – Qu'il en soit ainsi ! »

La première parole de la longue journée du moine est une déclaration de foi. De cinq heures du matin à huit heures quarante-cinq, quand prend fin le grand silence de la nuit, le religieux ne parle pas. Il chante les matines, les laudes et prime. Il célèbre ou sert la messe, récite le chapelet. Mais il ne dit mot.

Cette vie peut sembler humainement impossible. Les embûches existent. Elles sont légion. Les moines de Fontgombault respirent pourtant la joie. La lumière de leur regard ne trompe pas. C'est un bonheur simple. Car les contemplatifs ne sont pas des demi-dieux. Ils sont des hommes qui décident d'orienter leurs jours vers Dieu.

Leur programme est un voyage exaltant. Il ne se mesure pas.

Les frères considèrent que la vie monastique peut se diviser en trois temps. Les premières années ont le charme de la jeunesse et de la passion. Puis, au milieu de l'existence, le combat se fait difficile. Les doutes, la fatigue, les larmes ne sont pas rares. Quand le terme approche, les jours passent vite. Le quotidien devient délicieux, et le vieux moine sage se joue de tout. Comme au temps de son noviciat, il se souvient de la phrase de la règle de saint Benoît qui demande à ses fils d'« avoir tous les jours la mort présente devant les yeux ». Ainsi, le bénédictin doit « veiller à toute heure sur les actions de sa vie et tenir pour certain qu'en tout lieu Dieu nous regarde[1] ».

« Tant de mains pour transformer ce monde, si peu de regards pour le contempler[2] », écrit Julien Gracq dans *Lettrines.* Les moines n'appartiennent pas à ce type d'hommes. Ils sont le fruit d'une alchimie subtile qui transforme le monde par des actions cachées. Ils le regardent en silence. Voilà peut-être le premier secret de leur bonheur : la discrétion.

En entrant dans un monastère, il faut abandonner les critères du monde. Le moine est un homme dépouillé, concentré sur les réalités d'en haut, détaché des affaires terrestres. Sa vie n'est plus la nôtre.

Pour mieux le dépeindre, nous pouvons prendre appui sur le psaume premier :

> « Heureux l'homme qui ne marche pas selon le conseil des méchants,
> Qui ne s'arrête pas sur la voie des pécheurs,
> Et qui ne s'assied pas en compagnie des moqueurs,
> Mais qui trouve son plaisir dans la loi de Yahvé,
> Et qui la médite jour et nuit !
> Il est comme un arbre planté près d'un courant d'eau,
> Qui donne son fruit en sa saison,
> Et dont le feuillage ne se flétrit point :
> Tout ce qu'il fait lui réussit. »

1. *La Règle de saint Benoît*, trad. fr. de Germain Morin de l'abbaye de Mardesous, revue et annotée à partir de la traduction de Philibert Schmitz, 2020 (http://la.regle.org/).
2. Julien Gracq, *Lettrines*, Paris, J. Corti, 1967.

Le psaume commence par le mot « heureux ». Il pourrait être mal interprété. Ce n'est pas d'un bonheur superficiel qu'il s'agit. Il ne dure pas l'instant d'une passion, d'un sentiment trop vif, d'un enivrement. Pour autant, redisons-le, les moines sont des hommes. Les peines et les chagrins ne disparaissent pas le jour des prises d'habit ou des professions solennelles. L'image d'Épinal du saint moine ascète, perpétuellement perdu dans les nuages, est loin de la réalité. Un bénédictin peut chuter sur le chemin difficile des routes monastiques. La vision d'une vie cotonneuse, inaccessible, lointaine est trompeuse. La devise du fils de saint Benoît est simple : *Ora et labora*, « Prie et travaille ».

Le vrai bonheur ne se marchande pas, dans le monde comme dans un monastère. Pas à pas, en remettant son ouvrage sur le métier, le moine cherche le bon, le bien, le juste. La règle de saint Benoît est une quête inlassable de l'équilibre. Équilibre du cœur, équilibre de l'intelligence, équilibre de l'âme. Pour ce faire, le moine fuit le méchant, l'impur, le jouisseur et l'avide. Rien de grandiose. Mais le combat est rude.

La vie monastique gardera toujours son secret ; aimer est une affaire de cœur, cela ne se raconte pas, cela se vit. Le Petit Prince n'a pas tort : on ne voit bien qu'avec le cœur. En tout cas, nous chercherons à suivre la voie des moines, celle du bonheur sage.

Les mots de l'évangéliste Jean sont bien connus : « Sur les bords du Jourdain, Jean le Baptiste se trouve là avec deux de ses disciples, André et Philippe. En regardant Jésus qui marche, il leur dit : “Voici l’Agneau de Dieu.” En entendant cela, les deux disciples suivent Jésus. Il se retourne et leur dit : “Que cherchez-vous ?” Ils lui répondent : “Rabbi, maître, où demeures-tu ?” Il leur dit : “Venez, et voyez.” » (Jn 1, 35-39).

Venez, et voyez Fontgombault… Oh, il ne se passera rien de spectaculaire. Mais nos cœurs se réchaufferont. Une petite grâce mystérieuse soufflera. Nous regarderons la lumière traverser l’abbatiale, les arbres des vergers danser dans le vent, les moines marcher au loin, vers les coteaux. Les notes grégoriennes s’élèveront dans les hauteurs mystiques. Nous serons des enfants subjugués par les processions splendides. Nous resterons silencieux. Et nous verrons le beau, le merveilleux, le doux sourire des moines.

De Cluny, Saint-Maur et Solesmes à Fontgombault

Depuis mille cinq cents ans, par-delà les péripéties de l'histoire, tous les ordres, bénédictins, cisterciens, trappistes, toutes les congrégations, Cluny, Saint-Maur ou Solesmes, ont obéi à un seul principe : la règle de saint Benoît.

« Le monastère, y est-il écrit, s'il est possible, doit être établi de manière que l'on y trouve toutes les choses nécessaires, c'est-à-dire de l'eau, un moulin, un jardin, une boulangerie et des ateliers, pour que l'on puisse y exercer à l'intérieur même de la clôture les divers métiers, en sorte que les moines n'aient aucune nécessité de courir au-dehors ; ce qui n'est pas du tout avantageux pour leurs âmes.

« Nous voulons que cette règle soit lue souvent en communauté, afin que nul des frères ne s'excuse sous prétexte d'ignorance. »

Mais pour comprendre Fontgombault, il convient d'abord de tourner notre regard vers Solesmes et son refondateur. Lorsqu'il voulut restaurer la vie bénédictine dans le prieuré de Solesmes, celui qui n'était alors que le jeune abbé Prosper Guéranger dut faire appel à l'histoire. À l'époque, en 1830, il n'existait plus aucun monastère français de moines noirs[1]. Certes, il avait pu se rapprocher des cisterciens, car des moines blancs[2] de l'abbaye Notre-Dame-de-la-Trappe, connue sous le nom de la Grande Trappe, étaient revenus en France à la Restauration. Mais un séjour auprès de dom Antoine de Beauregard, à l'abbaye de Melleray, avait fait comprendre à l'abbé Guéranger que ce n'était pas de cette branche issue du tronc bénédictin qu'il devait s'inspirer.

En 1790, quand l'Assemblée constituante supprima les ordres monastiques, deux grands corps regroupaient la plupart des monastères bénédictins : l'ordre de Cluny et la congrégation de Saint-Maur. Le premier avait presque neuf siècles d'existence, et joua un rôle capital, entre le Xᵉ et le XIIᵉ siècle, dans la lente affirmation de l'autonomie de l'Église face au pouvoir séculier. À la fin du XVIIIᵉ siècle, pourtant, il avait

1. Par cette expression, on désigne les moines bénédictins, qui portent la tunique, le scapulaire et la coule noirs.
2. On surnomme ainsi les cisterciens et les trappistes, qui portent la tunique blanche, le scapulaire noir et la coule blanche. L'ordre bénédictin fut fondé par saint Benoît de Nursie en 529. Sa règle, qui propose un équilibre entre la vie de prière et le travail, connut un grand succès. En 817, elle fut imposée à tous les monastères de l'Empire carolingien. Robert de Molesme (1029-1111), en 1098, puis Bernard de Clairvaux (1090-1153) recherchèrent de nouvelles voies de perfection et s'élevèrent contre la supposée magnificence de Cluny. La voie cistercienne naquit de ce désir de renouveler le monachisme autour d'un idéal plus ascétique. Au XVIIᵉ siècle, Rancé (1626-1700), à la Trappe, eut la même idée, et proposa une observance plus rigoureuse de la règle.

perdu de son influence, en partie à cause de la commende[1], et était divisé en deux branches, les réformés et l'ancienne observance. Au contraire, la congrégation de Saint-Maur, née en 1618 d'une réforme qui avait vu le jour dans le duché de Lorraine, alors rattaché statutairement au Saint Empire romain germanique, connut son apogée aux XVIIe et XVIIIe siècles.

Ce qui fascinait dom Guéranger, à Cluny, c'était d'abord l'importance donnée à l'œuvre liturgique, mais également l'attachement au Saint-Siège : dès la fondation, en 910, le duc Guillaume d'Aquitaine avait stipulé que le monastère ne serait soumis à aucune puissance terrestre, mais au seul apôtre Pierre. Serait-il possible de retrouver cet âge d'or ?

Pour le jeune abbé, la priorité, après la bourrasque révolutionnaire, était de rétablir une chrétienté. Cela passait par la reconstruction d'un réseau de monastères qui pourrait assurer la prière publique de l'Église. En même temps, il était bien conscient qu'il ne s'agissait pas de vivre au XIXe siècle comme dans le Cluny des glorieux abbés Mayeul (910-994) ou Odilon (962-1048) : comment assurer en effet un office que les clunisiens eux-mêmes avaient allégé au cours des siècles ? Au XVIIIe siècle, leur liturgie avait largement suivi l'évolution néo-gallicane, aussi dom Guéranger ne songea-t-il pas à la restaurer. D'autre part, il ne

1. Dans le régime de la commende, le « commendataire », qu'il s'agisse du supérieur de l'abbaye (qui le plus souvent n'y réside pas) ou d'un laïc, en perçoit directement les revenus sans posséder la moindre autorité spirituelle sur les moines. Le système a conduit nombre de monastères français dans des situations de crise profonde aux XVIIe et XVIIIe siècles.

voulut pas non plus adopter le régime si particulier de l'*Ordo cluniacensis*, où les maisons fondées par l'abbaye bourguignonne demeuraient à l'état de prieuré, et où l'autorité abbatiale était réservée au seul supérieur de Cluny. Il préférait plutôt l'association de monastères *sui juris*, avec un abbé à leur tête, unis dans une même congrégation.

Dans le cas de Saint-Maur, proche dans le temps, l'héritage semblait plus facile à reprendre. Dom Guéranger s'inspira des constitutions de Saint-Maur pour élaborer son propre texte législatif. Il reprit ici une grande part son cérémonial et nombre des coutumes. Il voulut même relever le titre de la congrégation, mais le pape Grégoire XVI s'y opposa, car à Rome, le nom de Saint-Maur était trop lié au jansénisme, au gallicanisme et même au philosophisme[1] qu'il condamnait. L'Église l'encourageait à remonter plus haut dans la tradition bénédictine. Dom Guéranger se félicita par la suite de cette exigence romaine, et revint à la conception monastique du fondateur des bénédictins, saint Benoît de Nursie (480 ou 490-547), où chaque monastère est une famille sous l'autorité paternelle de son abbé.

Aussi peut-on lire, dans le premier texte législatif de sa congrégation approuvé par Grégoire XVI au terme

1. Tout au long des XVIIe et XVIIIe siècles, les papes ont cherché à freiner les mouvements qui voulaient organiser l'Église de façon autonome par rapport à Rome. Le jansénisme, principalement par sa doctrine sur la grâce, le gallicanisme, par son désir d'émancipation politique tendant à créer des Églises nationales, et le philosophisme, visant à libérer l'homme du pouvoir religieux, se sont trouvés en conflit avec Rome.

de longues négociations, qu'« elle tiendra la place des anciennes congrégations de Cluny, de Saint-Vanne et Hydulphe et de Saint-Maur, sera héritière de leurs privilèges, mais ne pourra en reprendre le nom ». C'est ainsi que naquit la congrégation de France, la *Congregatio gallica*, qui changea par la suite de titre pour celui de congrégation de Saint-Pierre de Solesmes. L'héritage des anciens siècles monastiques fut reçu sous bénéfice d'inventaire, et la nouvelle famille bénédictine se développa de manière autonome et originale, en puisant à la source, la règle de saint Benoît, au point que d'autres restaurations monastiques du XIXe siècle vinrent demander au monastère manceau une formation et un appui.

Quand dom Guéranger mourut, le 30 janvier 1875, il se trouvait à la tête d'une abbaye dont le rayonnement était déjà établi dans le monde entier. Ses successeurs, en particulier dom Paul Delatte (1848-1937), développèrent avec éclat son héritage.

Lors de la fondation de Fontgombault, en 1948, Solesmes et dom Cozien, son père abbé, furent extrêmement généreux. Il faut préciser qu'il y avait alors à Solesmes cent vingt-cinq moines, et que les novices, retardés par la guerre et, pour certains, par la captivité, avaient pu terminer leurs études et recevoir les ordres. Le recrutement était florissant. Fontgombault fut donc la première fondation de Solesmes depuis le retour de l'exil, dans les années vingt[1].

1. Après la loi sur les Associations, les bénédictins de Solesmes quittèrent leur monastère en septembre 1901 pour l'Angleterre. Ils s'installèrent sur l'île de Wight où ils fondèrent l'abbaye de Quarr. Ils revinrent sur les bords de la Sarthe en 1922.

Dans ce contexte, dom Cozien put envoyer vingt moines sur les terres berrichonnes, rejoints rapidement par d'autres solesmiens. Il acheta au diocèse de Bourges les bâtiments de Fontgombault et engagea les premières dépenses indispensables pour réadapter les lieux à leur destination première. De nombreux livres donnés par Solesmes constituèrent un beau fonds pour la bibliothèque.

Enfin, dom Cozien nomma comme supérieur dom Édouard Roux, alors maître des novices à Solesmes et très estimé de la communauté, qui s'appuyait beaucoup sur lui.

Avec la nomination de dom Roux comme abbé en 1953 et l'érection du prieuré en abbaye, la jeune fondation des bords de Creuse gagna rapidement son indépendance. L'abbaye prit alors son essor et s'épanouit.

Entrons maintenant dans Fontgombault !

I

Première visite de la cité monastique

Dom prieur m'avait demandé de l'attendre devant l'entrée de la clôture ; comme à son habitude, il fut ponctuel. Il venait de diriger une classe de chant. Après quelques mots, nous passâmes la porte de bois qui sépare le monde des hommes de celui des moines pour pénétrer dans le cloître.

À Fontgombault, celui-ci est relativement austère. Cette impression vient certainement des larges fenêtres qui le séparent du jardin intérieur. En hiver, la rigueur du climat et l'humidité les tiennent le plus souvent fermées. Les belles pierres blanches apparentes, le dallage ocre et les arcs délicats pourraient atténuer ce dépouillement. La sévérité demeure de mise. L'été, les moines ouvrent tout grands les battants pour que la chaleur s'engouffre à l'intérieur. Les longs couloirs deviennent alors plus riants.

Nous admirâmes les quatre parterres de composition classique qui occupent le centre du cloître. À cette époque de l'année, les petits enclos carrés étaient devenus champêtres et sauvages. Les gaillardes, les ancolies, les chrysanthèmes d'été, les pavots de Californie, avec leurs fleurs orange abondantes, les soucis, les belles-de-nuit, les roses sauvages, les géraniums et les bosquets de lavande poussaient dans le joyeux capharnaüm d'un nouveau jardin anglais. Au centre, une croix sans prétention. Les rangées de buis délimitaient ce tableau peu conventionnel. Quelques moines ne s'en cachaient pas : ils regrettaient la belle rigueur des parterres de roses anciennes du père abbé Antoine.

Une cane sauvage avait compris le parti avantageux de cet univers claustral. Elle venait régulièrement faire son nid dans le fouillis coloré. L'oiseau connaissait mal la rigueur bénédictine des lieux. Quelques jours après leur naissance, les moines prenaient gentiment les canetons pour les conduire sur les bords de la Creuse.

Mon œil fut attiré par le clocher en forme de donjon qui surplombait l'église. La tour d'origine, plus élancée, s'était effondrée dans un incendie. Au XVIIe siècle, on fit reconstruire ce clocher carré, et jamais les générations successives ne prirent le temps d'apporter le geste architectural qui lui aurait donné un semblant d'élégance.

Près de la reproduction d'une pietà du XVe siècle, nichée dans l'*armarium*, le passage du cloître dans la partie sud du transept est grandiose. Les hautes marches permettant d'accéder à l'abbatiale donnent invariablement le sentiment d'une élévation spirituelle.

Réduite à l'état de ruines en 1569 par les calvinistes, la nef ne fut longtemps qu'un amas de décombres où la végétation s'installait. Elle a toutefois gardé son âme. Restaurée par l'abbé Lenoir, un prêtre du diocèse de Bourges, à la fin du XIXe siècle, elle est construite dans un matériau provenant des carrières poitevines proches. Sa blancheur encrassée contraste avec la patine des parties anciennes, où les murs des collatéraux qui ont subsisté de l'époque romane impressionnent par l'austérité de leurs baies qui consistent en une simple ébrasure sans ornement.

Le vaisseau central, sa paisible ordonnance, la clarté intense des après-midi d'été, la perspective vers le sanctuaire lointain et mystérieux ne peuvent manquer d'émouvoir les visiteurs.

Au bout de la grande allée, la dalle funéraire de Pierre de l'Étoile, fondateur de l'abbaye mort en 1114, forme une séparation symbolique entre la partic publique et le sanctuaire de l'église. Le maître avait été enterré dans l'ancien chapitre du monastère, sous le seuil de la porte qui donne sur le cloître. Ses restes furent transférés en 1954. Il est représenté en coule avec la crosse dans une main, la règle de saint Benoît dans l'autre, et porte la tonsure monastique. Une épitaphe gravée en onciales dit : « *Petrus eram dictus, nunc sum sine nomine pulvis ; sed miserante Deo de pulvere credo resurgam. Dic homo qui transit Deo ut mihi propicietur. Nunc quod es ipse fui ; quod sum modo tu quoque fies* » : « On m'appelait Pierre ; maintenant, je suis poussière sans nom ; mais, par la miséricorde de Dieu, de la poussière je crois ressusciter. Demande, homme qui passe, que Dieu me soit favorable ; ce que tu es maintenant, moi-même je le fus ; ce que je suis désormais, tu le deviendras. »

Devant la tombe, les dimensions du chœur révèlent une étonnante sûreté de l'architecte qui n'a pas craint de monter la voûte à près de dix-sept mètres de hauteur. Par ses formes dégagées, son élégance et l'harmonie de son déploiement, le sanctuaire de Fontgombault se range parmi les compositions romanes les plus achevées. Dans l'hémicycle, six colonnes cylindriques posées sur un mur bahut soutiennent sept arcs élancés ; cette disposition a l'avantage de laisser pénétrer en abondance la lumière par les grands vitraux du déambulatoire.

Comment caractériser le projet ambitieux des bâtisseurs de Fontgombault ? Les moines du XIIe siècle ont voulu construire un édifice dont l'ampleur aurait arraché des soupirs à l'austère saint Bernard. Les techniques les plus avancées furent utilisées au service d'un éclairage toujours plus généreux de l'église. Cette tendance, remarquable dans l'église de Cluny bâtie par saint Hugues, se retrouve en Berry. Elle aboutit aux murs de lumière du gothique, dont on reconnaît le prototype dans le chœur de Saint-Denis, la nécropole des rois que l'abbé Suger fit consacrer en 1144, quelques années seulement après la dédicace de Fontgombault.

Cependant, il faut croire que la critique de l'abbé de Clairvaux condamnant dans les églises monastiques les sculptures de monstres à fonction apotropaïque, qui n'avaient pour effet que de distraire les moines, a été entendue sur les rives de la Creuse. Un même esprit animait ces moines qui voulaient revenir à une simplicité plus dépouillée. Dans le courant du nouveau monachisme, Fontgombault se situe à mi-chemin entre les exigences cisterciennes, qui se contentent de la perfection de la ligne et des volumes, et la richesse des constructions de l'ordre de Fontevraud.

Je poursuivis mon chemin avec Dom prieur. Dès la sortie de l'église s'ouvre une enfilade de salles anciennes qui donnent sur des jardins à la française. On entre d'abord dans une pièce assez étroite que les moines appellent la petite sacristie. Elle date du XVe siècle, et sa voûte sur croisée d'ogives ne manque pas d'élégance. À l'une des croisées, je distinguai un blason abbatial ; si la Révolution de 1793 s'est chargée de marteler plusieurs pierres, le regard attentif peut encore distinguer la crosse. Près du mur, un immense chasublier en bois sombre, chef-d'œuvre de l'art sacré. Le meuble avait été conçu selon les proportions exactes de la pièce. Commandé par dom Andrieu, restaurateur de l'abbaye à la fin du XVIIe siècle, il fut vendu au début de la tourmente révolutionnaire. Dans les années soixante, les moines l'ont retrouvé dans une ferme, avant d'entreprendre une restauration soignée. Sur les tiroirs marquetés, de petites étiquettes indiquent la place où les moines peuvent ranger leur linge liturgique : D. Hebdomadarius, D. Prior, Rmus D. D. Antonius, D. Subprior. Les reliquaires posés aux deux extrémités rehaussent la dignité de l'ensemble. À proximité, un beau portrait du pape François est accroché simplement sur le mur.

Passées une belle porte et quelques marches, nous entrâmes dans la grande sacristie, restaurée au début du XVIIIe siècle grâce au vicaire général du diocèse de Bourges. L'ancien moine touchait à ce titre des émoluments. Dans les premiers temps de l'abbaye, la pièce constituait la salle du chapitre. Les bénédictins enterraient ici leurs abbés. Puis les trappistes, qui eurent la charge de l'abbaye pendant la deuxième moitié du XIXe siècle, décidèrent de la séparer en deux et d'en consacrer une seule partie à leur chapitre. Le temps passe, à chaque époque correspond une utilisation différente des lieux. Au cœur de ce palimpseste, une inscription latine ferme le ban de l'histoire avec poésie : « *Hoc in antiquo capitulo abbates fratres et benefactores non pauci in spe resurrectionis quiescunt* » : « Dans cet ancien chapitre, des abbés, des frères et des bienfaiteurs en grand nombre reposent dans l'espérance de la résurrection. » À quelques mètres, la pierre tombale d'un chevalier du XIIe siècle, contemporain de Pierre de l'Étoile, est un symbole éloquent du temps suspendu en cette petite terre de Fontgombault.

Un chasublier de composition récente trônait au milieu de la pièce. Le Christ en ivoire sculpté du XVIIe siècle, accroché au mur, l'évangéliaire de dom Pateau, reçu pour sa bénédiction abbatiale, œuvre sublime réalisée avec les mêmes techniques qu'au Moyen Âge, la croix de procession en émaux, de style byzantin, créée par le sous-prieur de l'abbaye, montraient une même volonté intemporelle de faire du beau. Ce jour-là, sur chaque meuble des deux pièces, une chasuble était pliée, délicatement préparée pour la messe du lendemain.

Non loin, la salle du chapitre actuelle où nous pénétrâmes me parut sans âge. Les murs humides appelaient un projet de restauration. Elle était séparée en son milieu par des colonnes d'une certaine laideur. Au fond, la cathèdre néogothique du père abbé, surmontée de ses armes, ne montrait aucune ostentation. Sur le blason, je lus : « De gueules au rai d'escarboucle d'or, fleurdelysé et pommeté, allumé d'azur. » Son rouge rappelle la couleur des guerriers. Devant, de petits tabourets, impeccablement alignés, où les moines prennent place chaque matin à la fin de prime. Ils écoutent le martyrologe, la sainte règle, et prient pour les défunts. Les religieux reviennent le soir avant complies pour une lecture spirituelle. C'est là qu'ont lieu les conférences du père abbé à la communauté, une fois par semaine, ainsi que les réunions capitulaires pour les questions d'ordre canonique. Aux murs, les moines ont suspendu les portraits des grands dignitaires de l'abbaye de Solesmes et de Fontgombault : dom Philippe Dupont, abbé en titre, dom Prosper Guéranger, le fondateur vénéré, dom Paul Delatte, l'intellectuel, dom Germain Cozien, le bâtisseur, mère Cécile Bruyère, la mystique, dom Édouard Roux, le premier abbé de Fontgombault après le retour des bénédictins, et dom Jean Roy, mort en odeur de sainteté. Leur présence semblait rassurante.

La règle de saint Benoît, reliée pour marquer le vingt-cinquième anniversaire de la profession de dom Forgeot, était posée sur un grand lutrin. À l'autre extrémité, une belle statue vénérée sous le vocable de Notre-Dame des Grottes se trouvait sur un meuble sans valeur. Son histoire est étonnante : la Vierge à l'Enfant appartenait aux moines mais, à la Révolution, les villageois l'ont récupérée en catimini au moment de la vente du monastère comme Bien national. Ils craignaient que la Bonne Dame ne soit détruite. Elle fut cachée dans une grotte sur les bords de la Creuse, puis transmise de famille en famille. Dès que les moines de Solesmes revinrent, la Vierge attendrissante regagna l'abbaye. Aujourd'hui, la statue en bois est portée en procession pour les fêtes du 15 août et du 8 décembre.

La représentation de la Mère de Jésus était entourée de deux petits autels, l'un dédié à Jeanne d'Arc, surmonté d'un portrait du pape François, l'autre à sainte Thérèse. Ce dernier a été réalisé par un moine menuisier de l'abbaye. Le père sous-prieur a exécuté la croix en cuivre doré et les chandeliers de style byzantin qui le décorent, ainsi que le bas-relief en métal repoussé fait à partir d'idoles sataniques exorcisées et fondues. Ce matin-là, un frère convers[1] avait déposé aux pieds de Marie une élégante composition de roses blanches et de dahlias jaunes.

Nous passâmes ensuite par le passage des coules, un couloir ancien, quasi décrépi. La longue pièce où les bénédictins rangent le vêtement ample qu'ils portent au

1. Dans les ordres monastiques, les frères « lais », ou « convers », sont chargés principalement des travaux manuels et des affaires séculières de l'abbaye, à la différence des pères qui se consacrent à l'*opus dei*, l'« œuvre de Dieu », et à l'étude.

chœur montrait le renoncement des moines aux biens matériels quelques mètres plus loin. Les faire-part de décès sont affichés sur un panneau que les moines appellent drôlement le babillard. C'est là qu'ils peuvent lire les intentions de prière et toutes les informations pratiques.

À côté, dans le petit *scriptorium*, les frères ont l'habitude d'exposer des faire-part de naissance, de mariage, d'ordination, de profession, des cartes postales et des lettres manuscrites reçus du monde entier. Une missive de voyage de dom Pateau commençait par ces lignes délicates : « Très cher Révérend Père Abbé Antoine, cher Père Prieur, très chers enfants ».

Au mur, deux portraits de mauvaise facture des abbés trappistes du XIXe siècle, dom Albéric et dom Dosithée, et une photo de l'abbé Lenoir côtoyaient une représentation de maître Louis Bonjean, qui racheta le monastère après les expulsions de 1903. Une photo de groupe des moines, prise en 1975, complétait le décor. J'admirai la belle simplicité que les moines maintenaient dans ces lieux.

Sur le sol, des morceaux de chapiteaux, des socles de colonnes, quelques pierres du portail de l'église, une table d'autel et une clef de voûte dessinaient un étrange musée des antiquités. Ces reliques du Moyen Âge, éparpillées sans logique, étaient les témoins de l'histoire glorieuse de Fontgombault. Et près d'un vieux meuble, sous un plastique jauni, une machine à écrire des années cinquante… Les moines se moquent des ruptures du temps qui passe. Ici, la communauté consulte quelques journaux pour se tenir informée de l'actualité.

Après le passage des fleurs, pièce à tout faire où les religieux composent leurs bouquets, nous débouchâmes sur la bibliothèque jouxtant le grand *scriptorium.* Je pouvais entendre le bruit de l'eau au niveau du barrage de la centrale électrique des moines. Des livres étaient soigneusement disposés sur de grandes tables assez massives. Sur le meuble le plus en vue, un renard au beau pelage roux, passé chez un taxidermiste, trônait fièrement. Une plaque, près de ses fines pattes, indiquait : « Combat homérique Inuk – grand renard, 10 décembre 2018. »

Inuk est un berger allemand âgé de six ans, adulé par son maître, le moine fermier, mais guère en odeur de sainteté auprès du père abbé. Car le chien s'est révélé véloce et sourcilleux. Cet hiver-là, le renard avait été attiré par l'odeur alléchante du poulailler. L'outrecuidant avait même eu l'idée de se réfugier dans la grange dont il fit quelques jours son repaire. Las, Inuk l'y débusqua. Mais le renard était en hauteur et le chien ne pouvait l'atteindre. Il sautait en vain tandis que le renard le narguait. Frère Raphaël-Marie, attiré par le bruit, découvrit la scène. Il installa un petit surplomb pour que le chien puisse atteindre le repaire du renard. Inuk saisit l'ennemi à la gorge. La dernière heure du canidé arriva.

Face à l'adversaire d'Inuk, un portrait du bienheureux empereur Charles d'Autriche, l'époux de Zita, amie de l'abbaye de Solesmes, voisinait ceux de Benoît XVI et de Jean-Paul II. Accrochés à un pilier, un pivert et une chouette empaillés regardaient de haut, un brin goguenards, une *Petite vie de Agnès de*

Langeac et les *Œuvres complètes* de Catherine de Sienne. Les moines ont le sens des décorations baroques.

Nous entrâmes enfin dans la bibliothèque qui compte plus de soixante-dix mille volumes. Elle est le territoire, bien défendu, du père maître des novices. Dom Jean commande minutieusement cette pièce imposante, un peu sombre. Un tableau en bois y indique avec une précision notariale le plan des rayonnages. Chaque livre est inventorié et fait l'objet d'une fiche tapée à la machine. Les moines viennent remplir un bordereau d'emprunt et de retour. En somme, je constatai que la bibliothèque de Fontgombault fonctionne exactement comme ses sœurs aînées des années cinquante.

Une petite curiosité, cependant, nous ramenait bien plus loin que les joyeuses années d'après-guerre. Selon une antique tradition monastique, derrière la grille de « l'enfer », dans un coin poussiéreux de la pièce, les moines gardent à bonne distance une édition *princeps* de Voltaire. Le philosophe y côtoie des livres mis à l'index.

La bibliothèque de Fontgombault possède aussi des incunables de grande valeur, précieusement conservés dans un coffre-fort. Mais les moines sont peu loquaces à ce sujet, pour ne pas susciter de convoitises. Le cellérier ne m'en dit pas un mot. Il aimerait continuer à dormir sur ses deux oreilles.

Après les pièces communautaires, le temps était venu de découvrir les greniers, les granges et les établis de l'abbaye. Fontgombault est une petite île. Les moines vivent loin du monde et pourvoient eux-mêmes à une bonne part de leurs besoins matériels. Dom prieur me fit visiter l'atelier qui assurait les activités d'impression et de reliure du monastère. Les imprimantes, les gros marteaux pour les aplats, les pots de colle et la couseuse donnaient l'impression d'une antique et noble échoppe sortie d'un roman industrieux du XIXᵉ siècle. Non loin, la buanderie, sur les bords de la Creuse, l'étonnante centrale électrique, la cordonnerie, qui assurait la fabrication des sandales, des chaussures et des ceintures, la taillerie et l'atelier de paramentique, pour confectionner les habits monastiques, la poterie, où les jarres et les amphores étaient rigoureusement rangées sur des étagères, autour des grands fours, et enfin les forges auraient rendu jaloux les fourriers généraux les plus scrupuleux.

Ce tableau pléthorique n'était rien sans les activités agricoles et alimentaires du monastère. L'immense cuisine, la boulangerie, la miellerie, la cave, le légumier, la réserve, avec ses centaines de pots de conserves, les incroyables vergers, les allées de pommiers et de poiriers qui descendaient jusqu'au pied du cimetière des moines, les jardins, les serres, la ferme modèle, d'où sortaient lait, fromages, œufs, veaux, vaches, cochons, fourrages et céréales ressemblaient à un monde parfait.

Si Fontgombault parlait, que dirait-elle au profane ? D'une petite voix claire et assurée, elle oserait affirmer : « Je suis la citadelle imperturbable. Je suis l'abbaye de Pierre de l'Étoile établie sur le roc des hauts de Creuse. Je suis celle qui durera longtemps. Je suis la maison de prière fidèle, belle et incomprise.

Mais ne vous méprenez pas. Rien de tout cela n'a d'importance. Sur cette terre, le moine ne s'attache à rien. Il est de passage. Dieu seul compte. »

II

Choses vues, choses entendues dans l'abbatiale

Dimanche 16 juin 2019, la mélancolie de l'office des complies

Après le dîner, les retraitants flânaient encore sur la pelouse qui ouvrait sur le parc. Les tilleuls saturaient l'air de leur odeur puissante. L'abbatiale était calme, j'entendais le chant des oiseaux au loin. Le temps du dernier office de la journée approchait, le temps des complies qui sont l'ultime prière de la liturgie des heures.

Un père âgé priait, le corps replié près d'un mur du déambulatoire. J'avais l'impression qu'il était resté immobile depuis des siècles. Le silence était pur, la douce lumière de l'été portait à la rêverie. Dans la longue nef, les hôtes et les fidèles revenaient peu à peu. Les pierres semblaient se languir des moines.

Un jeune frère vint ouvrir les battants de la porte du cloître qui donnait sur le chœur. Puis un autre entra pour sonner les cloches. Alors la grande procession commença, inaugurée par les deux abbés. Depuis le cloître, la file des religieux, rangés par deux, s'étirait lentement. Tous les moines avaient relevé leur capuchon sur la tête. Ils l'enlevaient en entrant dans l'église, avant de s'incliner devant l'autel. Après une salutation réciproque parfaitement exécutée, presque chorégraphique, ils rejoignaient les stalles de bois.

Au bruit fin d'un maillet, le moine hebdomadier entama seul le *Confiteor*, repris une seconde fois par la communauté, tête et corps baissés. Chaque soir, la prière est la même, le rituel immuable.

Le chant des psaumes commença. Le rythme était clair, simple, si précis qu'on pouvait en perdre la respiration. Après le psaume 133, les mots de l'hymne traditionnelle des complies, que je connaissais bien, ne manquèrent pas de m'émouvoir :

Te lucis ante terminum
Rerum Creator, poscimus,
Ut solita clementia
Sis praesul ad custodiam.
Procul recedant somnia
Et noctium phantasmata
Hostemque nostrum comprime,
Ne polluantur corpora.

Avant que le jour ne s'achève,
Nous vous supplions, Créateur du monde,
Que votre clémence accoutumée
Nous protège et veille sur nous.
Éloignez les songes

Et les fantômes des nuits :
Enchaînez notre ennemi,
Pour que nos corps restent sans tache.

Les voix étaient graves, les voûtes immobiles, figées par une beauté immémoriale. Et les textes s'enchaînaient. La belle invocation qui demandait à Dieu un sommeil réparateur en éloignant les cauchemars ressemblait aux couchers de soleil grandioses qui disparaissent peu à peu à l'horizon ; les dernières notes s'éloignaient, sans retour. À vingt heures cinquante, la journée s'achevait.

Chacun connaissait les derniers moments de la pièce. À l'entrée du sanctuaire, un moine viendrait allumer deux cierges placés sous une statue de la Vierge Marie. Puis, le père abbé bénirait toute la communauté. Alors retentirait le chant majestueux du grand *Salve Regina*. Il venait des profondeurs de l'histoire de l'Église. Le morceau pouvait arracher des larmes de joie et de mélancolie.

Enfin l'abbé aspergerait d'eau bénite chacun des moines. Ses pas résonneraient sur le vieux plancher. À genoux, chacun s'inclinerait sur son passage : « *Asperges me Domine, hyssopo, et mundabor : lavabis me, et super nivem dealbabor.* Vous m'aspergerez, Seigneur, avec l'hysope, et je serai purifié ; vous me laverez, et je serai plus blanc que neige. »

Un détail détonnait dans l'obscurité qui recouvrait peu à peu l'église. Au milieu des religieux, un postulant en habit civil tranchait dans la masse noire impressionnante.

Des moines immobiles attendaient devant les longues cordes qui paraissaient descendre du Ciel. Les cloches sonnaient trois séries de trois coups, puis partaient à toute volée. Au signal du même maillet, les moines se dispersaient librement pour prier Notre-Dame du Bien-Mourir. En un instant, on pouvait les voir agenouillés autour de l'église. Ils se recommandaient une dernière fois à Marie. Ce soir-là, cinq petits enfants en culottes courtes, d'une famille de la région, mains jointes, les accompagnaient.

Le prieur se dirigea vers le fond de l'église pour prier l'icône de la Miséricorde divine. Il s'agenouilla au pied de la statue de Notre-Dame, pria encore et disparut dans l'ombre de la clôture.

Dans le chœur, dom Forgeot marchait lentement. Puis il se mit à genoux à son tour, près de la tombe de son illustre prédécesseur, dom Jean Roy, enterré à côté du tabernacle. Sur la pierre blanche légèrement polie, il y avait cette simple inscription : *Ioannes Abbas – 1921-1977.*

Jeudi 20 juin 2019,
c'est Fête-Dieu

Le temps était maussade. La veille, alors que le vent soufflait, j'avais vu les moines tailler les haies près du mur qui longeait le verger. Dès la fin du petit déjeuner, le monastère était devenu une ruche : les moines-abeilles s'activaient pour préparer la Fête-Dieu. Un petit groupe d'entre eux mettait toute son ardeur à déposer des pétales de roses sur le parvis. Les frères connaissaient bien l'opération, répétée avec diligence et empressement chaque année.

Ils utilisaient de grands cadres en bois pour former des décors harmonieux. Les centaines de fleurs séchées, ou de petits copeaux de bois teintés, permettaient de créer sur le sol des volutes et des figures géométriques, des cœurs, des fleurs de lys, des étoiles ou des vaguelettes un peu naïves.

Au milieu de la prairie, d'autres religieux montaient une estrade. L'exercice était plus physique. On tapait, on poussait, on ajustait. Les moines y installèrent ensuite une gigantesque ancre marine surmontée d'une croix blanche. Ils avaient disposé des tapis au pied de cet autel d'un jour. À l'avant de l'estrade, une allée de branchages, jonchée de fleurs sauvages et, en son centre, un nuage de pétales de roses complétaient ce décor enfantin.

Étions-nous en 1969 ou en 2019 ? Une vieille 2CV camionnette du monastère faisait des allers et retours pour apporter le matériel, un vieux monsieur voûté prenait des photos, un moine rejoignait la ferme à vélo à toute vitesse, le prieur surveillait les opérations avec une concentration méticuleuse tandis que les notes de l'orgue s'échappaient distinctement de l'abbatiale. On répétait encore les pièces du jour.

À l'intérieur, le chœur et le déambulatoire rayonnaient de cette majesté si particulière des vieilles pierres qui n'ont plus rien à prouver. Quelques moines traversèrent le transept rapidement. L'un d'eux posa les objets liturgiques sur le petit mur du sanctuaire. Un autre apporta les piles de gros livres pour des hôtes. Un frère cuisinier avait revêtu une aube blanche. Il venait allumer les grands candélabres de l'autel majeur décoré de roses hybrides de thé jaunes.

Des échos lointains dans la nef, des pas feutrés et mesurés, des murmures à peine perceptibles : la grand-messe se préparait. Mais le silence recouvrait toujours ces petits bruits. Entre les stalles et l'autel, un trône en bois sombre tapissé, de style néogothique, entouré de trois petits sièges reposant sur de grands tapis persans signifiait le caractère solennel du jour.

À dix heures quinze, quatre moines arrivèrent pour sonner les cloches. Elles annonçaient à toute volée le début de la messe. Puis la musique des derniers tintements se dissipa et le silence revint.

À dix heures trente, au commencement précis de l'appel de la grosse cloche, une procession de moines vêtus d'aubes impeccablement repassées sur leurs habits noirs pénétra dans le chœur. À l'instant où ils entrèrent, le grand orgue retentit. Le père abbé, précédé de dix-huit assistants, fermait la marche. Ses vêtements de damas rouge et or faisaient forte impression.

Puis il monta au trône. Autour de lui, trois moines avaient relevé leur capuchon, et trois novices étaient assis sur le sol, à ses pieds. L'un portait la mitre dans son écharpe liturgique, un autre tenait la crosse. Ils ressemblaient aux apôtres rassemblés près du Christ, abîmés dans une profonde et douce prière.

Un frère était venu présenter un encensoir. Plus tard, avec un acolyte, ils ne ménageraient pas leur peine. Les deux moines feraient s'élever à grandes brassées des volutes merveilleuses d'encens.

Dans une chapelle, au loin, je voyais quatre vieux moines qui récitaient les psaumes à voix basse. Ils étaient fatigués, blancs, courbés. À la fin de tierce, le père abbé changea d'habit liturgique en restant à sa place ; il quittait sa chape pour revêtir une chasuble. La messe commençait.

L'abbé encensa le maître-autel. Il en fit le tour, puis retourna au trône alors que le chœur exécutait un *Kyrie* lent et onctueux. La scène des apôtres autour de l'abbé, image saisissante, digne d'un grand peintre, se reformait. Un frère portait la mitre, un autre avait toujours la charge de la crosse. On se levait au son du *Gloria*, et on s'asseyait aussitôt. Le chant angélique se poursuivait dans une dignité rare. Je regardai le prieur. Il baissait si profondément la tête, couverte par son capuchon, perdu dans une prière insondable, que je pouvais croire qu'il avait rendu son dernier souffle. C'est alors que la voix étrangement cristalline, presque unique, du lecteur de l'épître, transportait l'âme. Les notes de grégorien s'élevaient de nouveau, l'*Alléluia* touchait au sublime.

La lumière rouge et bleue qui perçait les vitraux était fine. L'abbatiale avait quitté son siècle ; nous étions en communion insondable avec les moines bénédictins des temps passés, ceux de Cluny, ceux de Saint-Maur et ceux de Solesmes. Après le chant de l'Évangile, l'abbé commença son homélie en citant Paul VI. Je retins une belle phrase : « Posons sur la terre l'acte du Ciel. » À la suite du chant du *Credo,* que les moines exécutèrent de manière particulièrement lente, une pièce magistrale retentit à l'orgue.

La lumière dorée inonda le sanctuaire pendant le canon. Elle éblouissait. L'assemblée priait intensément. Je ne pouvais imaginer un cadre liturgique plus parfait.

Benedicamus Domino. « Louons le Seigneur ». Le père abbé avait revêtu une chape magnifique pour débuter la procession en tenant dans ses mains un ostensoir gigantesque qui contenait le Saint-Sacrement, protégé par l'*ombrellino.* Devant lui, les moines s'avançaient et portaient un cierge. Un grand nuage d'encens s'élevait dans toute l'église. Le moment était grandiose, terriblement poétique. À la sortie de l'abbatiale, sur le parvis, des moines se placèrent autour du père abbé, élevant un grand dais de forme rectangulaire.

Les moines chantaient le cantique *Pange, lingua, gloriosi.* Ils marchaient vers l'autel de bois au milieu de la prairie en foulant aux pieds le tapis de fleurs sauvages dispersées sur le sol. Le père abbé affichait un visage concentré et grave. Je voyais dom Forgeot qui suivait les strophes sur son livre de chant avec la même application qu'un jeune novice qui viendrait pour la première fois à la Fête-Dieu. Les religieux se placèrent en demi-cercle autour de l'autel, s'agenouillèrent dans l'herbe verte de ce début d'été. Autour d'eux, la foule des fidèles les imita. Les tourterelles roucoulaient, le coq de la ferme déclamait des cocoricos en rafales, et le vent soufflait dans les tilleuls. Le tableau était parfait, délicieusement suranné, sans faute de goût.

Après l'ostension, les moines rejoignirent l'église. Pour la bénédiction du Saint-Sacrement, ils chantèrent le *Tantum ergo.* Depuis le fond de l'église, le grand aigle du lutrin des chantres semblait ceint de points lumineux extraordinaires. Les deux candélabres à sept branches, posés sur le maître-autel, rehaussaient ces impressions.

Puis la lourde procession se retira. Le sentiment de plénitude qui peut envahir le cœur dans ces instants de grâce est rare.

À la sortie, je croisai le regardant qui était à l'hôtellerie. Il repartait chez lui en stop avec son sac à dos jusqu'à la petite ville du Blanc, distante d'une dizaine de kilomètres, pour prendre un autocar.

Lundi 24 juin 2019, messe solennelle pour la nativité de saint Jean-Baptiste

Dans le missel, il était écrit : « "Parmi les fils de la femme, il ne s'en est pas levé de plus grand que Jean-Baptiste", a dit Notre-Seigneur. Il est plus grand qu'Élie, qu'Isaïe, que Jérémie et que Malachie ; il est le Prophète par excellence, au point de n'être plus qu'une "Voix" de Dieu. Mais il est, a dit aussi Notre-Seigneur, plus encore qu'un prophète : il est le "Précurseur" immédiat du Christ ; il est celui dont il est écrit : "Voici que j'envoie mon messager au-devant de toi, pour te préparer la voie." »

Le propos était grandiose. Il incitait à la prière, à l'humilité, à l'abaissement.

Pourtant, quelques jours après la Fête-Dieu, j'avais l'impression de venir contempler le même tableau dans un musée inchangé. Sur la toile, le même trône, les mêmes étoffes, les mêmes visages, le même ordonnancement au service de la gloire de Dieu.

Le père abbé était présent, au sens le plus plein du terme : il veillait sur ses fils. Il respirait la sérénité, la simplicité et la joie. L'encens montait pendant le chant du *Gloria*, la lumière perçait les vitraux. Le silence religieux, les mots sacrés et les notes grégoriennes s'entremêlaient sans fin. Voilà l'ordre éternel des messes à Fontgombault.

La répétition des gestes liturgiques est peut-être, simplement, la répétition du même amour. Tout recommençait. Les processions, la pompe, le mystère. Il y a un jour, un an, un siècle, un fidèle éprouvait les mêmes sentiments.

Je me souvenais des mots de dom Forgeot. D'une vie monastique, un moine ne garde quasiment rien en mémoire. Il se souvient de la date d'entrée, de celle de la profession, du jour de son ordination pour les prêtres, et de quelques événements, heureux ou tristes. La mort de son jeune frère, moine à Fontgombault, pour l'ancien père abbé. Rien d'autre. Le reste s'évanouit dans ces cérémonies extraordinaires où le cœur s'épanche et l'âme s'élève.

Le père abbé bénissait toujours l'encens, le frère tenait toujours la crosse et s'asseyait toujours aussi maladroitement sur le sol.

Le chœur entonna un *Alléluia* d'une profondeur à arracher des larmes. Dans une homélie très dense, sans se départir d'une véritable légèreté, le père abbé parla des anges gardiens et des saints patrons. Il disait le plus sérieusement du monde : « Contempler les saints du Ciel pourrait conduire à les comparer. Certains textes de l'Écriture semblent y incliner, comme cette affirmation du Seigneur : “ Parmi ceux qui sont nés d'une femme, personne ne s'est levé de plus grand que Jean le Baptiste” (Mt 11, 11). Soyons certains cependant que les saints du Ciel ne font pas la compétition. Ils sont dans la lumière de Dieu et chantent ses louanges. » Il finissait d'un ton plus grave : « Jean-Baptiste a reçu le nom de “moine du Nouveau Testament”. Les moines d'aujourd'hui veulent toujours s'inscrire dans son sillage. Par le témoignage de leur vie au désert, par la fidélité quotidienne au chemin dur et âpre qu'ils ont choisi librement pour répondre à l'appel de Dieu, ils veulent inviter les hommes de leur temps à emprunter le chemin du désert, à s'engager sur le chemin de Dieu. Alors que deux millénaires nous séparent de Jean, c'est le même témoignage qu'il nous faut livrer, en nous demandant à nous pauvres hommes pécheurs de suivre l'exemple de la fidélité du saint Précurseur : en face d'un monde menteur, ignorant de Dieu et de ses lois, rappeler l'absolu de Dieu, de sa vérité, marcher “en présence du Seigneur [...] pour faire revenir les cœurs des pères vers leurs enfants, ramener les rebelles à la sagesse des justes et préparer au Seigneur un peuple bien disposé” » (Lc 1, 17). Et la messe se poursuivait, portée par ses perles de sagesse.

J'observai le sérieux imperturbable du prieur. Il descendit vers les stalles pour apporter le baiser de paix. Chaque frère se tourna ensuite vers son voisin pour l'étreindre. Au moment de la communion, le père Bernard vint délicatement chercher les hôtes qui se trouvaient près du sanctuaire pour les diriger vers la nef.

Après la messe, des enfants, des jeunes gens, des couples, des grands-pères et des grands-mères s'attardèrent devant la statue de Notre-Dame du Bien-Mourir. Comme d'habitude.

Mardi 25 juin 2019,
le silence des petites messes du matin

Il était six heures trente. Dans les stalles, les moines achevaient le chant des laudes. Le second office de la journée monastique salue le lever du jour, le retour du soleil, qui symbolise la résurrection du Christ. Plus que les autres, c'est une prière de joie, de reconnaissance, de jubilation. Chaque jour, les moines récitent les trois derniers textes du psautier. Deux d'entre eux commencent par la supplique « *Laudate Dominum*, Louez le Seigneur ». Ils ont donné son nom à cet office, et font penser au magnifique cantique des créatures de saint François d'Assise.

> « Louez le Seigneur, ô vous qui êtes dans les cieux…
> Louez-le vous tous qui êtes ses anges…
> Soleil et lune, louez-le : étoiles et lumière, louez-le toutes ensemble…
> Louez le Seigneur, ô vous qui êtes sur la terre… feu, grêle, neige, glace…
> Vous, montagnes, avec toutes les collines…
> Vous, bêtes sauvages, avec tous les autres animaux… » (Ps 148.)

Puis, pour la première prière de l'angélus de cette journée d'été, les moines s'agenouillaient. Dans l'abbatiale, les autels étaient prêts. Les frères allumaient les deux cierges posés à l'extrémité de chacun d'eux. Autour du déambulatoire et près des piliers de la grande nef, les autels de pierre brute accueillaient une vingtaine de moines. Ils célébraient chaque matin ce que l'Église appelle une messe lue. Le moment qui s'ouvrait était d'une puissance et d'une grandeur sans pareil.

Un petit nombre de fidèles matinaux, fraîchement réveillés, priaient. À six heures quarante, les prêtres arrivaient ensemble. Ils sortaient de la sacristie, portant leur calice dans les mains, le capuchon relevé, précédés des frères convers et de quelques servants de messe.

Les gestes sacrés faisaient penser aux vieilles planches des négatifs photographiques. Ils étaient semblables et différents en même temps. Les mots susurrés, les bruits de burettes, les plis de chasubles, chaque son devenait plus extraordinaire. Je reconnaissais le père hôtelier, le père portier, le père cellérier et le père infirmier. Un fidèle toussota, et nous n'entendîmes plus que lui. Dehors, le bruit du concert des oiseaux n'en finissait plus. Par ces gazouillis, Dieu donnait un dernier coup de pinceau à son tableau sublime.

Les servants de messe déplacèrent le légile avec le missel posé dessus. Les messes basses se disaient rapidement, elles étaient les miroirs microscopiques du Ciel. Si la perfection pouvait exister sur cette terre, elle ressemblerait à ces messes pures, charmantes et humbles.

Vers six heures cinquante-cinq, les prêtres commencèrent à réciter le canon. J'observai ébahi ces gestes qui se répétaient avec un léger décalage d'un autel à l'autre. Les hosties étaient consacrées. Le moment de l'élévation arrivait. Puis le vin était changé en sang. Les fidèles se mirent à genoux sur les bancs frustes près des autels pour recevoir la communion. Dans la chapelle axiale, au fond de l'église, trois moines faisaient de même. Ils ne bougeaient plus, n'étaient plus de ce monde.

Un premier prêtre repartit vers la sacristie, puis un second, un troisième, et tous les autres. Ils marchaient tête baissée, comme ils étaient arrivés, capuchons relevés, précédés des frères et de quelques jeunes servants, toujours un peu endormis.

Je regardai ma montre. Il était sept heures dix. Les messes basses étaient dites. Les frères avaient scrupuleusement éteint les bougies. Trois ou quatre fidèles, les plus dévots, priaient encore un peu.

Aujourd'hui, il ferait chaud. La canicule était annoncée à Fontgombault. Pour quelques moines, une autre occupation commençait, le temps de l'action de grâce en marchant dans le cloître.

Dehors, sur la route départementale 950 qui longe l'abbaye, traversant de part en part le village, l'autocar des enfants de la campagne partait à vive allure vers le collège du Blanc.

Mercredi 7 août 2019,
la nuit étoilée

Les cloches résonnèrent dans la nuit. Il était cinq heures du matin. En traversant le long couloir du premier étage, j'entendais le bruit de la pluie, puis découvris en bas la porte de l'hôtellerie restée entrouverte. Le ciel était noir. On ne distinguait plus les grands arbres du parc pris dans un léger brouillard.

Un grand manteau de silence flottait dans l'abbatiale. Quelques moines priaient déjà. L'un était à genoux devant Notre-Dame du Bien-Mourir, l'autre marchait tête baissée dans le déambulatoire, tandis que le moine fermier se recueillait dans un bras du transept.

Une pénombre douce et maternelle enveloppait les pas des moines. À l'office des matines, il n'y a pas de procession d'entrée. Chacun rejoint librement sa stalle. À cinq heures quinze, l'office débuta. Dom Jean donna le petit coup de maillet traditionnel.

Dans un monastère, la cloche et le maillet régissent l'étiquette. Ce dernier sert également au réfectoire et au chapitre. Symbole de la régularité, de l'observance, le maillet est l'instrument du supérieur pour faire respecter l'ordre et la paix. La cloche est un sacramental, elle est la voix du Seigneur qui convoque à la prière et repousse les démons.

Le chant grégorien de la nuit me semblait d'une lenteur infinie. Les liturgistes parlent d'une récitation *recto tono* : le texte se chante sur la même note d'un bout à l'autre. La musique traduit la paix intérieure des moines.

Ce jour d'août, les matines s'organisaient autour de deux nocturnes, composés chacun de six psaumes. Après le psaume 3, dit « d'attente », qui permet aux retardataires de rejoindre l'église, l'invitatoire ouvrait la louange avec le psaume 94, puis le premier nocturne débutait.

Au milieu des matines, entre les deux nocturnes, une voix résonnait. Un moine chantait de mémoire une leçon brève tirée cette nuit-là du livre de la Sagesse. L'abbatiale semblait pétrifiée. Les petites lampes délicates éclairaient les parties supérieures de l'abbaye. Les voix se répondaient. Les moines étaient des anges qui livraient un doux combat choral. Les chants lents ne s'arrêtaient plus. L'abbatiale roulait doucement sur les flots, et le père abbé tenait le gouvernail.

Les bénédictins berrichons se levaient, se prosternaient, se rasseyaient et s'agenouillaient comme de petits automates qui savent tout ce que Dieu attend d'eux quand le monde dort.

Les matines m'apparaissaient comme un colloque avec le Ciel. Les moines poursuivaient une conversation ordonnée sous le regard des étoiles.

Je frémis en songeant aux matines dans le froid glacial de l'hiver. Pour le moment, il faisait une température délicieuse. La chaleur avait pénétré les murs épais et rien ne pouvait troubler la douce quiétude des pères.

En regardant autour de moi, je songeai qu'un ou deux religieux devaient se trouver encore dans les bras de Morphée.

À cinq heures quarante, un frère apporta à pas de loup les objets liturgiques d'une messe lue. Au même moment, un vieux moine surgit de la sacristie. L'homme un peu voûté marchait avec une canne. Il s'enfonça dans la pénombre du déambulatoire. Il semblait venu du fond des âges. Je ne le revis plus.

Les moines continuaient sans ciller leur tête-à-tête avec Dieu. Personne ne pouvait interrompre cette longue conversation. À cinq heures cinquante du matin, ils ont tant de choses à se dire. Les minutes défilaient comme les grains d'un sablier.

Je peinais à concevoir l'absence de dom Forgeot. Désormais, les matines sont un exercice trop fatigant pour lui. La nuit privée d'une seule étoile n'est plus vraiment la même. Six heures venaient de sonner. Les moines continuaient de chanter.

Dans quelques instants, les laudes allaient débuter. Les frères rejoindraient les pères dans le chœur. « Il y a du monde aujourd'hui », aurait dit un petit enfant en contemplant la communauté dans la nuit. La famille monastique de Fontgombault est au complet. Elle est soudée, unie et heureuse.

Soudain, l'orgue retentit. Les notes onctueuses saluaient le jour qui ne tarderait plus. Le chant grégorien reprenait son cours solennel. C'était une nouvelle naissance, l'annonce d'une promesse sous le regard de Dieu.

Les laudes commencent par le psaume 66. Ensuite, les moines chantent le psaume 50, deux autres psaumes, un cantique de l'Ancien Testament, puis les psaumes 148, 149 et 150. Cet ordonnancement a été fixé par saint Benoît dans la règle.

Les premiers rayons de l'aurore entraient doucement dans l'abbatiale. Les points noirs mystérieux des vitraux s'éclairaient peu à peu. Ainsi, les moines attendaient sagement la Lumière du monde. Ils priaient pour nous qui dormons encore, qui dormons trop.

À six heures quinze, on entendit l'eau d'une averse vigoureuse qui ruisselait sur les murs. Le bruit des gouttes se mêla à l'orgue et au chant des moines. Un air frais traversa le déambulatoire. Il venait des portes ouvertes sur le cloître. L'eau apportait force et consolation à la nature qui avait tant attendu ce moment béni.

Les matines et les laudes sont un cierge qui se consume lentement. Les couleurs des vitraux se découvraient, les bleus et les rouges avaient une profondeur miraculeuse. À six heures trente, dans le cloître, la lumière avait succédé à l'ombre. Au loin, j'apercevais dom Forgeot. Il marchait à pas comptés, petitement, doucement. Image sublime d'une fin, d'une vie fidèle.

Le chant était doux, les accents plus fermes ; la majesté s'installait.

Durant le chant du benedictus, le cantique de Zacharie, la cloche sonna vingt-cinq coups, annonçant la messe *De Beata*, offerte chaque jour par l'abbaye aux intentions de Notre-Dame selon une tradition clunisienne. Dom Pateau entonna le *Kyrie*, puis le *Pater*.

Les frères se mirent à préparer les autels. L'un d'eux entra en aube blanche et le sacristain se dirigea vers le fond de l'église pour ouvrir les portes.

Les moines récitèrent l'angélus, et les cloches sonnèrent à toute volée. Les religieux rangeaient leurs livres. Il était six heures quarante du matin : les messes lues pouvaient commencer.

Les matines et les laudes du 7 août 2019 ressemblaient à celles du 6 août, et le 8 août ne serait pas très différent. Le 9 août 2020, le 10 août 2021, il en serait de même. Tout était semblable, tout était unique.

Vendredi 8 novembre 2019,
les matines de saint Ursin

À cinq heures du matin, la petite cloche résonna dans la nuit. Cet automne, la température de l'abbatiale n'était ni froide ni chaude. Tous les moines étaient à genoux. Au moment de la première prière, ils relevèrent leurs capuchons.

Le chant fut lent. Étrangement lent. Comment ne pas s'assoupir à nouveau en embarquant sur une mer si calme ? Soudain, une voix s'éleva seule dans le chœur et plusieurs lui répondirent. La supplication me semblait infinie. Rien ne manifeste mieux que les matines la permanence de la prière des moines.

Je songeais aux grands bruits, aux étranges capharnaüms, aux agitations vaines, aux cœurs agités, aux passions ravageuses, aux malheurs répétés hors les murs protecteurs de l'abbatiale.

Je me souvenais d'un débat avec Dom prieur sur le chant. Je lui disais que le chant *recto tono* est l'ombre du son, la nuit musicale. En ces instants, le grégorien exprimait de façon parfaite la recherche solitaire du moine. Dans le monde, la nuit est le temps du repos, de la fête, de l'étrange. Les matines sont le monde inversé, le temps de la prière, du silence et du mystère. Le trappiste américain Thomas Merton avait curieusement appelé un de ses livres *La Nuit privée d'étoiles*[1]. Sous la lune et les étoiles, les moines sont proches de Dieu.

Combien de fois les religieux de Fontgombault se sont-ils levés dans la nuit pour célébrer les matines de saint Ursin ? Comme à l'habitude, l'office ressemblait à une petite pièce rigoureusement codifiée. Chacun tenait son livre de la même manière. Le moine ne se décourage pas : assis, debout, prosterné, avec capuchon, sans capuchon, à genoux, la tête baissée sur son livre, le regard tourné vers le maître-autel ; il connaît son rôle.

Dans la large stalle, la solitude de l'abbé était fascinante et inquiétante. Il m'apparaissait toujours comme le capitaine d'un navire de pleine mer. À l'avant-poste, il ordonne, surveille, commande, bataille. Il aime ses troupes, et ses troupes l'aiment.

Le monde dort, les moines prient pour le monde, et les hommes ne répondent pas. La réalité est saisissante, tragique et sublime.

Soudain, un moine éternua bruyamment. Il brisa le beau silence. Un autre plongea dans un immense linge de coton blanc. Et il brisa à son tour le silence… Un autre toussota tel un vieux tracteur qui peine à démarrer. La scène parut durer une éternité. Dès l'automne, l'abbatiale est humide. Le moine prie le Ciel, mais son pauvre corps reste sur terre ! Or les matines à trois nocturnes sont d'une longueur incroyable. La prière des matines et des laudes dure

1. Thomas Merton, *La Nuit privée d'étoiles*, trad. fr. de Marie Tadié, Paris, Albin Michel, 1951.

près de deux heures. Dieu est avec ses meilleurs ouvriers.

Dans la nef, je savais qu'un jeune curé de campagne breton et un ancien novice assistaient à l'office. J'étais certain que les moines priaient pour ce jeune homme qui allait les quitter.

Un frère arriva. Il longea le sanctuaire, marcha jusqu'à l'abside, s'agenouilla devant l'autel. Il resta si longtemps en prière, parfaitement immobile, que je pus croire qu'il était passé de vie à trépas. Dans ces temps de recueillement, je m'étais déjà surpris à m'inquiéter pour un moine que je découvrais étrangement immobile.

Un postulant qui portait encore l'habit civil vint préparer l'autel d'une absidiole. Il était cinq heures trente du matin. Il repartit sagement dans la sacristie. Un jour peut-être, il prononcerait ses vœux perpétuels et deviendrait frère convers.

Dans l'abbatiale, les ombres des colonnes, les faibles lumières, rendaient les volumes démesurément grands.

À six heures, un vieux moine passa avant de s'enfoncer dans l'obscurité. Pâle, fantomatique, il marchait difficilement. Au loin, j'entendais des bourrasques qui se levaient. Le vent s'était engouffré dans le cloître. De la place que j'occupais, les chants du chœur et le souffle de la tempête se mêlaient somptueusement.

Comme à l'habitude, les frères n'étaient pas venus à matines. Ils arrivèrent les uns après les autres pour le chant du *Te Deum*. Avant de monter au chœur en passant par le bas-côté, ils se signaient, s'agenouillaient et priaient longtemps.

J'aperçus le frère Jérôme-Marie, que j'avais rencontré la veille dans le potager. Il était grand, sérieux et bien réveillé.

À six heures cinq, tous les frères rejoignirent les stalles. La communauté était rassemblée. Les jeunes et les anciens, ceux qui commençaient et ceux qui approchaient du terme, quand le Ciel le voudrait. L'orgue retentit. Les notes d'une mélodie délicieuse voltigeaient dans la nuit qui allait finir. La musique est belle, pourtant sa vocation première n'est pas artistique. Elle accompagne la prière. Et, en cela, elle est radicalement différente.

La nuit n'était plus la nuit. Elle était devenue un temps en apesanteur, un temps bercé de douces voix. L'orgue rendait le chant plus facile, plus vaste, plus étendu. Le premier chantre se leva, au milieu de ses frères, et prononça les premiers mots des psaumes. Sa voix de basse chaude, grave, à l'harmonie complète, traversait l'espace. De loin, je distinguais son air généreux et noble, presque insouciant. Saint Ursin était dignement honoré. Le premier évêque de Bourges pouvait être fier des moines de son antique diocèse du Berry.

Vers six heures trente, les moines chantaient toujours, debout, dans la nuit. L'orgue continuait sa petite marche. Enfin, les cloches sonnèrent vingt-cinq coups pendant le benedictus, puis l'angélus, à la fin des laudes. Et les cloches repartirent à toute volée. L'office s'achevait. Comme chaque matin.

La prière nocturne exprime la solitude du moine. Courageux, humble, simple, il est seul devant la vie, devant la mort, devant l'éternité.

Lundi 6 janvier 2020,
la marche des Rois

À quatre heures trente du matin, je fus réveillé par le son des cloches. Dix minutes plus tard, les matines de l'Épiphanie commenceraient. Puis le *Te Deum*, à six heures ; et les laudes pontificales à six heures dix.

Cette nuit, il a gelé. La mousse des tilleuls de la cour est recouverte de givre et les toits blancs scintillent dans la nuit noire.

Au fond de l'église, une dizaine de convers étaient à genoux sur le sol, devant la crèche. Dom Antoine priait seul à côté de la porte de la sacristie. Bientôt, ils iraient rejoindre les pères pour chanter à pleine voix : « *Te Deum laudamus : te Dominum confitemur. Te aeternum Patrem, omnis terra veneratur. Tibi omnes Angeli, tibi caeli et universae potestates : tibi Cherubim et Seraphim, incessabili voce proclamant : "Sanctus, Sanctus, Sanctus Dominus Deus Sabaoth. Pleni sunt caeli et terra maiestatis gloriae tuae*" » : « À toi Dieu, notre louange ! Nous t'acclamons, tu es Seigneur ! À toi Père éternel, l'hymne de l'univers. Devant toi se prosternent les archanges, les anges et les esprits des cieux ; ils te rendent grâce ; ils adorent et ils chantent : "Saint, Saint, Saint, le Seigneur, Dieu de l'univers ; le ciel et la terre sont remplis de ta gloire." »

Dans l'église, il n'y avait pas un seul fidèle. Les quelques hôtes présents restaient au chaud dans leurs cellules tandis que les villageois ou les amis n'avaient pas bravé le brouillard qui enveloppait la campagne. Alors les moines célébraient seuls cet office solennel au cœur de la nuit.

La longue procession sortit de la sacristie. Dom Jean était mitré et crossé ; il portait une chape couleur or. Pendant la messe pontificale, il porterait des caliges en cuir blanc et des gants de la même couleur.

L'encens montait dans le chœur. On ne pouvait pas dire que les moines voulaient impressionner le peuple, puisque les braves gens dormaient tout heureux sous leurs couvertures. Cette nuit-là, les fils de saint Benoît déployaient le luxe de la liturgie pour Dieu seul. Personne n'en saurait rien. Et, par cette température glaciale, les moines seraient aussi bien dans leurs lits.

Sur le maître-autel, au parement de fils d'argent, les grands candélabres étaient allumés. Les moines y avaient disposé de jolies roses de Noël, blanches et jaunes. Dom Pateau chantait une oraison interminable, Dom prieur semblait guetter au loin un ennemi invisible, dom Troupeau, le cérémoniaire, cherchait désespérément un objet mystérieux dans sa poche, et dom Bernard posait et déposait sur le chef la mitre de l'abbé.

Dehors, le thermomètre ne dépassait pas les moins deux degrés. Dans l'abbatiale qui n'a jamais connu le bonheur d'un chauffage hivernal depuis sa construction à l'époque médiévale, il faisait six degrés. Le froid humide de la rivière noire régnait sans partage. Il suffisait de bâiller un peu, de se défaire d'un sommeil abandonné trop tôt, pour voir une gentille, une inquiétante buée courir autour de son visage.

Les psaumes se succédaient comme des vagues. À six heures vingt-cinq, les moines commencèrent le chant du *Cantique des trois enfants*. L'abbatiale était prisonnière d'un froid entêtant et les pierres endolories entendaient ces mots insensés : « *Benedicite, rores et pruina, Domino : benedicite, gelu et frigus, Domino. Benedicite glacies et nives, Domino : benedicite, noctes et dies, Domino* » : « Bénissez le Seigneur, rosées et givres ; gelées et frimas, bénissez le Seigneur. Bénissez le Seigneur, glaces et neiges ; nuits et jours, bénissez le Seigneur » (Dn 3, 68-71).

Plus tard, avec le psaume 148, les moines diraient : « *Laudate Dominum de terra : dracones et omnes abyssi. Ignis, grando, nix, glacies, spiritus procellarum : quae faciunt verbum ejus* » : « Louez le Seigneur sur la terre, monstres marins, et abîmes. Feu et grêle, neige et brouillard, vents de tempête, qui exécutez sa parole. » La voix des moines dans ces longs poèmes ressemblait au bruit soyeux d'une petite tempête de sable chaud. Mais nous ouvrions les yeux. Et nous étions à Fontgombault. Dehors, la nuit noire, profonde et silencieuse, n'en était pas moins hostile.

Qui a raison ? Qui est prophète ? Qui est fou ? Les hommes qui dorment ? Les moines qui chantent et pontifient sous les étoiles comme des amoureux ? Les enfants aiment dessiner sans fin pour leurs parents. Ils jouent avec toutes les couleurs. Les moines sont pareils. Ils aiment chanter pour leur Père sans jamais s'arrêter. Ils ne se lassent pas. La nuit, le jour, les jours de sécheresse, les jours de givre, les jours de fête, les jours de peine, ils chantent.

Dans les stalles, j'observais dom François. Il ressemblait à un chartreux. Avec ses grosses lunettes, ses sourcils broussailleux et le poids des ans qui pesait sur ses épaules, il était devenu joyeusement un vieux moine.

Six heures cinquante. Les laudes allaient s'achever. Dom Pateau entonna le *Kyrie*, puis le *Pater noster*. Près de l'entrée du sanctuaire, un frère continuait de faire monter des nuages d'encens dans les hauteurs. Mais de grosses flammes surgirent de l'encensoir, et le religieux partit précipitamment dans la sacristie.

Quelques instants plus tard, tous les moines assistants au trône se retirèrent avec le groupe du lutrin formé par les quatre chantres. Les cloches sonnaient à toute volée dans la nuit, tandis qu'un épais brouillard atteignait les portes de l'abbatiale.

Dans le village, les enfants bientôt se lèveraient. Les vacances de Noël étaient achevées, c'était jour de rentrée. À dix heures, ils seraient à l'école quand commencerait au monastère la messe solennelle de l'Épiphanie.

Dans l'abbatiale, la température n'avait pas beaucoup grimpé. La belle lumière de cette journée hivernale irradiait à travers les bleus et les rouges des vitraux qui se reflétaient en boules de feu sur les murs du chœur.

Dix fidèles attendaient à présent la messe. Une foule, en somme. La voix angélique du frère Louis, la voix chaude de dom Pierre-Antoine, la voix rentrée de dom Pateau étaient toutes singulières. La richesse des vêtements liturgiques évoquait forcément ceux des Rois mages. La messe de l'Épiphanie est originale, pleine de délicatesse. La procession qui suit l'office de tierce dans le cloître se fait dans le sens inverse de la marche habituelle. La liturgie veut en effet signifier symboliquement que les moines marchent à la suite des Rois *per aliam viam*, « par une autre voie » : « Ayant été avertis en songe de ne point retourner vers Hérode, ils regagnèrent leur pays par un autre chemin » (Mt 2, 12).

Ce matin-là, dans les allées du cloître, les moines formaient une longue cohorte massive et groupée. Ils marchaient à la suite des Rois, précédés par des volutes d'encens. Un novice au visage poupin fermait le ban. Mais il s'était trompé de place... Normalement, c'est le père abbé qui clôt la marche, suivi des hôtes.

De même, à la fin de l'Évangile, les moines font exceptionnellement une génuflexion pour rappeler que les Rois se sont prosternés devant l'enfant Jésus. Puis, sur un ton qui rappelle celui de l'*Exsultet* de la nuit de Pâques, le premier chantre proclame les Calendales, c'est-à-dire les dates des fêtes mobiles de l'année à venir. C'est le temps émouvant des annonces.

Après la prière universelle, le père abbé bénit les galettes qui seront consommées pendant le déjeuner du jour. Ce lundi 6 janvier, deux moines céroféraires apportèrent les mets sucrés dans une corbeille protégée d'une cotonnade. Dom Pateau répandit de l'eau bénite avec son goupillon.

Pendant son homélie, il évoqua l'importance des étoiles dans l'histoire du christianisme. Il disait aux fidèles que « sur chaque vie humaine luit une étoile ». Il parla même du chemin que tracent pour nous les étoiles vers la crèche, lieu de libération de vies trépidantes.

Au réfectoire, par un froid de marbre, après un déjeuner copieux, on dégusta les galettes. Le matin déjà, pour le petit déjeuner, moines et hôtes avaient pu goûter les succulentes brioches de la maison. Mais ceux qui croquèrent la fève en forme de Vierge Marie ne se levèrent pas de joie. À Fontgombault, on ne distribue pas de couronne ; la vie bénédictine demeure maîtresse de ses petites ou de ses grandes émotions.

Samedi 30 mai 2020, la messe basse de l'abbé

À six heures cinquante-cinq, dom Jean, encapuchonné, arriva à pas de velours. Il y avait un léger brouhaha dans l'abbatiale, comme un bruit imperceptible.

Le père abbé, entouré de deux servants, l'un ressemblant à un enfant innocent, l'autre à un collégien rêveur, n'y prêtait pas attention. Il était appliqué.

Dans la chapelle du Saint-Sacrement, sa petite messe du matin commençait. Juste à côté, dans une autre chapelle, Dom prieur faisait de même. Au maître-autel, le cellérier, grave et sérieux, aussi. Partout, sur les modestes autels de l'église, les moines disaient la messe.

La chapelle du Saint-Sacrement est à l'extrémité de l'abbatiale. Son autel est tourné vers l'Orient, lieu de la résurrection du Christ. Des deux côtés se trouvent les pierres tombales des pères abbés Édouard Roux et Jean Roy.

Comme chaque matin, le sifflement des mots composait une petite musique rassurante. Quand le souffle des moines laissait place au silence, on entendait les oiseaux.

Une lumière dorée qui perçait à travers les vitraux jouait sur les pavements ; curieusement, elle s'arrêtait juste aux pieds d'un vieux moine qui assistait à la messe du père abbé.

On ne pouvait rien entendre des mots prononcés par dom Jean. En observant ses gestes, je pouvais toutefois savoir où il en était. Les deux servants échangèrent un regard amusé. Impossible de deviner l'erreur insignifiante qu'ils venaient certainement de commettre.

Vers sept heures dix, dom Pateau commença la récitation du canon de la messe. Dix minutes plus tard, le moine et les deux frères s'avancèrent et s'agenouillèrent sur la marche de pierre blanche de l'autel pour communier.

En s'apprêtant à recevoir l'hostie, ils répétèrent cette phrase du centurion dans l'Évangile de Matthieu : « *Domine, non sum dignus ut intres sub tectum meum, sed tantum dic verbo et sanabitur anima mea* », « Seigneur, je ne suis pas digne de te recevoir mais dis seulement une parole et mon âme sera guérie » (Mt 8, 8). Ils se frappèrent si fort la poitrine qu'un bruit sourd parvint jusqu'à mes oreilles. Avant que dom Jean ne place l'hostie sur leurs langues, ils baisèrent son anneau. Puis, au moment où le père abbé présenta délicatement l'hostie, ils tenaient un plateau d'argent sous leur menton.

Après l'eucharistie, tout alla très vite. Les dernières prières à l'autel, l'*Ite missa est*, la bénédiction, le dernier évangile… Mon regard se brouillait un peu.

À sept heures vingt-cinq, quand dom Jean rejoignit la grande sacristie, une délicieuse odeur de foin mouillé avait envahi l'abbatiale. La campagne et l'église, les arbres et les pierres, le souffle du vent, le souffle des moines ne faisaient qu'un.

Je songeai confusément à l'Évangile de Marc : « Ainsi, ils ne sont plus deux, mais ils ne font qu'un. Donc, ce que Dieu a uni, que l'homme ne le sépare pas ! » (Mc 10, 8-9).

Samedi 30 et dimanche 31 mai 2020,
si l'Esprit souffle

Le ciel était bleu vif, le soleil dardait ses rayons, et l'abbatiale ployait sous une lumière d'une douceur inhabituelle. Ce samedi-là, les premières vêpres de la Pentecôte ouvraient les cérémonies qui célébreraient la descente du Saint-Esprit sur les apôtres.

La paix, le calme, la quiétude saisissaient le cœur. Voilà peut-être ce qui permet à l'Esprit-Saint de descendre sur cette terre : les ailes des colombes blanches ont toutes les grâces, mais elles sont fragiles. Elles ont besoin d'être attendues.

Les mélodies vespérales ont souvent le charme des brises légères. Ce samedi soir, nous fûmes toutefois promptement réveillés par le chant du *Veni, creator*, aux accents solennels, fermes et suppliants.

À Rome, au Panthéon, pour la Pentecôte, on lance des milliers de pétales de roses par l'*oculus* de la grande coupole. Ils voltigent et tombent doucement sur les marbres du bel édifice. Sur les bords de la Creuse, les volutes d'encens s'élèvent en gros cumulus au son des notes grégoriennes. Les moines sont des enfants chantant qui accueillent l'Esprit comme des angelots joyeux.

Le lendemain, les matines commenceraient à quatre heures quarante du matin. Et les laudes suivraient une heure trente plus tard.

L'office de la nuit est le temps de la lenteur. Ce n'est plus le temps du sommeil, mais l'heure des moines qui veillent. Entre matines et laudes, une lumière bleue perçait peu à peu. Le chant du *Te Deum* changea le cours du temps. L'orgue tonna, et les voix proclamèrent avec force : « *Te per orbem terrarum sancta confitetur Ecclesia, Patrem immensae maiestatis ; venerandum tuum verum et unicum Filium ; Sanctum quoque Paraclitum Spiritum. Tu rex gloriae, Christe. Tu Patris sempiternus es Filius. Tu, ad liberandum suscepturus hominem, non horruisti Virginis uterum* » : « L'Église sainte publie vos grandeurs, dans toute l'étendue de l'univers, ô Père dont la majesté est infinie ! Elle adore également votre Fils unique et véritable ; et le Saint-Esprit consolateur. Ô Christ ! Vous êtes le Roi de gloire. Vous êtes le Fils éternel du Père. Pour sauver les hommes et revêtir notre nature, vous n'avez pas dédaigné le sein d'une Vierge. »

Parfois, on a l'impression que les moines passent leur vie à chanter cette hymne d'action de grâce solennelle qui fut composée à la fin du IVe siècle. La France fraîchement déconfinée dormait encore, engourdie par une vilaine maladie, et les moines chantaient sans répit des textes immémoriaux.

Comment peut-on atteindre un tel état pacifié ? Ces temps de prière sont l'inverse d'une pièce de théâtre. L'oraison est le diamant brut de la délicatesse des moines.

Le Capitule de l'office des laudes disait : « Les jours de la Pentecôte étant accomplis, les disciples se trouvaient tous réunis en un même lieu. Soudain il se fit dans le ciel un bruit semblable à l'arrivée d'un vent violent, et qui remplit toute la maison où ils étaient assis » (Ac 2, 1-2). À Fontgombault, en ces heures, il n'y avait pas de vent violent. Était-ce une brise vivifiante ? Non, plutôt l'enfance du vent. Pendant les laudes, la longue succession des psaumes semblait ne plus finir. Les moines demandaient à l'Esprit d'éclairer leurs âmes. Mais l'Esprit n'est pas dans le temps. C'est pourquoi, ce matin-là, les heures s'estompaient aussi dans l'abbatiale. Ce n'était pas la première fois. Les moines ont l'habitude de perdre la notion du temps. Le jour est la nuit, l'été est l'hiver. Seule compte la recherche de Dieu. Le calendrier liturgique est leur boussole. Il est riche et précis, car il ne faut pas s'égarer.

Les voix, les mains jointes, les regards baissés, l'encens, l'amour, le silence, le père abbé : la Pentecôte ressemblait à toutes les grandes fêtes célébrées à Fontgombault. Rien ne passait. Tout était ordinaire.

L'extraordinaire venait d'ailleurs. Il avait un visage : celui de la pureté.

Pour la messe conventuelle, au trône, le père abbé était entouré par un prêtre assistant, un diacre et un sous-diacre – ou par un enfant fier comme Artaban, un poète rêveur et un doux romantique.

Le 31 mai 2020, si l'Esprit-Saint avait eu la bonne odeur d'une colombe, personne n'aurait pu humer sa fragrance innocente. À l'exception des moines, puisqu'ils ne portaient pas de masques.

Entre l'office de tierce et la messe, pendant la procession dans le cloître, un moine a l'habitude de lire une méditation spirituelle. Ce dimanche de temps de pandémie, au sortir du long confinement, on fit la lecture des consignes sanitaires. Partout dans l'abbatiale, le sacro-saint gel hydroalcoolique était mis à disposition.

Comment édifier les fidèles aux mines patibulaires ? Dans une homélie vigoureuse, le père abbé demanda : « Pourquoi cette maladie ? Qui donc est responsable ? » Il pointa la course folle d'un homme-dieu aux désirs prométhéens. Il ajouta : « Dieu pardonne toujours, l'homme parfois, la nature jamais. » Dom Jean avait choisi de condamner sans ambages l'homme esclave du marché omnipotent des sociétés liquides. Ses propos eurent le mérite de réveiller l'assemblée masquée…

Lors du déjeuner, au réfectoire, on dégusta les bons plats du frère Hervé-Marie, et on but, avec modération, du rosé pétillant et du champagne. Le moine sait vivre. Il a le sens du temps. Du temps ordinaire, du temps de la fête. Il a le sens de la mesure. Comme l'Esprit-Saint.

Pour les dernières vêpres, dom Jean portait la même chape de soie rouge, lamée d'or, qui venait de l'abbaye hollandaise d'Oosterhout. C'était la même liturgie, la même pompe, la même lumière que le samedi. Il y avait un changement cependant. Il s'était écoulé vingt-quatre heures : une journée en moins avant que le moine ne trouve Celui qu'il cherche sa vie durant.

Pour finir ces jours de fête et clore les vêpres, l'orgue exulta et joua l'hymne *Veni, creator* de Nicolas de Grigny, avec le thème au pédalier, en valeurs longues, sur les anches...

Jeudi 11 juin 2020,
la Fête-Dieu encore

Le temps de la Fête-Dieu était revenu. Tout était différent, tout était semblable. En fermant les yeux, j'avais l'impression d'être le 20 juin 2019...

Fleurs séchées, fleurs sauvages, jaunes, rouges, mauves, bleues, blanches, pétales de roses, bouquets de roses, fleurs de lys, fragrances délicates, figures géométriques, moines affairés, moines pressés, moines en retard, moines sourire aux lèvres, moines en bleu de travail, novices ouvriers qualifiés, novices timides, visages rouges, coups de marteau, tours de vis, scies, boulons, perceuses, étoiles, rosace multicolore, tapis de feuilles, tapis de paradis, bosquets de branches coupées, organiste à l'œuvre, gestes précis, gestes recommencés, geste de la terre, geste du ciel, nuages menaçants, nuages noirs, brise de juin, vent dans les cyprès, vent dans les pins, chant des tourterelles, autel d'un jour, tintement de cloches, volée de cloches, procession, croix de procession, visages de procession, aubes blanches, coules, mitre, crosse, candélabres, fumée, nuage de lumière, nuage d'encens, volutes d'encens, orgue ronflant, orgue méditatif, génuflexions, mains jointes, têtes baissées, voix grégoriennes, voix des anges, *Kyrie*, *Gloria*, *Credo*, *Sanctus*, *Pater noster*, *Agnus Dei*, ciboire, patène, calice, odeur d'épices, père abbé, prêtre assistant, diacre, sous-diacre, chantres, dom Forgeot, jeunes moines, vieux moines, musique silencieuse, chasubles, chape, chandeliers à sept branches, cierges, lumières de bougies, parfum de cire, ostensoir, *ombrellino*, bénédiction du Saint-Sacrement et *Tantum ergo*. « Joie, joie, joie, pleurs de joie[1] », paix, bonheur.

Mais qui sont ces moines qui font descendre quelques gouttes du Ciel sur notre terre ?

1. Blaise Pascal, *Pensées*, éd. Brunschvicg, Paris, Garnier, 1960.

III

Chanter, chanter toujours pour Dieu

Le chant grégorien est une odyssée. On quitte le triste monde des hommes, on traverse des tempêtes avec héroïsme, on vogue par temps calme, on se perd dans les plus beaux couchers de soleil, et lorsque l'horizon de la terre ferme se fait jour, on regrette déjà de revenir. Car on veut continuer à chercher Dieu.

Je pourrais confesser que mes oreilles sont trop habituées au grégorien de Fontgombault. Certains parlent d'une musique robuste, mais je n'ai jamais eu ce sentiment. Le grégorien est doux comme un enfant, fragile comme une fleur, souple comme un roseau. Sa profondeur lui donne une armature d'une solidité incomparable. Quelle surprise d'entendre parler de l'austérité du grégorien : il est si étrange de confondre le dépouillement spirituel, qui procède de l'ascèse recherchée, et la sévérité, rigoriste et revêche. Le grégorien est un chant d'amour, une déclaration poétique.

La campagne berrichonne, ses champs, ses vaches, et ses petits chemins possèdent tous les charmes. Mais pourquoi, en ce lieu caché, les moines chantent-ils si parfaitement les partitions de Dieu ?

Au bord de la Creuse, dans l'abbatiale mélancolique des tristes jours d'hiver, le chant est un miracle qui vient réchauffer la température des corps refroidis. La force du grégorien tient lieu de calorifère.

Le 1er janvier, pour les vêpres de la solennité de Sainte Marie Mère de Dieu, les voix de l'antienne *O admirabile*, de l'hymne *Christe Redemptor ominum*, ou du verset *Notum fecit*, atteignent des beautés inégalées.

Les moines en ont-ils vraiment conscience ? Ils sont semblables à ces habitants des quais de Seine qui ne voyaient plus la cathédrale Notre-Dame de Paris tant ils étaient habitués à sa grâce. Le soir de l'incendie, ils ont compris la chance inestimable de voisiner avec le merveilleux monument.

Il suffit pourtant d'observer les personnes qui entrent dans l'abbatiale pendant les offices. Aux premières notes du chant, leur pas change. Elles marchent doucement, troublées, éblouies. Elles ne savent plus. Le visage aimanté par le chœur, chacun saisit intimement qu'une chose supérieure se joue.

Le grégorien est le lieu de la prière. Il peut aussi être celui des larmes. Elles ne sont pas amères. Dans le flot des voix grégoriennes qui exaltent, adorent, implorent, tout homme peut s'abandonner. Il est ce petit enfant qui n'a plus peur. Sa mère veille.

Dans un vers, Rainer Maria Rilke écrivait que « seule la louange ouvre un espace à la plainte[1] ». L'âme du grégorien est là. Il est une louange merveilleuse et désintéressée. Il n'a pas de prix. Les voix des moines ouvrent à des espaces douloureux, car le grégorien révèle l'homme à lui-même. Par lui, le voile se déchire. Il purifie. Il pousse doucement les portes du mystère. Verlaine s'émerveillait de « l'inflexion des voix chères qui se sont tues[2] ». Le grégorien nous fait entendre l'inflexion des voix de ceux que nous verrons au Ciel. Ce sont des échos lointains. Mais le Ciel est déjà là.

Le moine vit chaque jour avec le grégorien. Il passe sa vie à chanter. C'est une grave erreur de tenir cela pour rien. Le fils de saint Benoît suit scrupuleusement la règle et se souvient de ses mots : « En présence des anges je te chanterai des psaumes. » Les frères ne se fatiguent jamais ; le grégorien est un champ insoupçonné de liberté. En présence des anges, tout est possible.

À Fontgombault, la pratique du grégorien est enracinée dans la longue tradition solesmienne. Formés par leur abbaye mère, les premiers moines de Fontgombault ont naturellement gardé leurs anciennes traditions liturgiques. La Sarthe et la Creuse n'ont pas voulu se séparer.

Le premier supérieur de Fontgombault, dom Édouard Roux, était attaché à la méthode dite de Solesmes,

1. Rainer Maria Rilke, *Sonnets à Orphée*, trad. fr. de Joseph François Angelloz, Paris, Flammarion, 2014.
2. Paul Verlaine, « Mon rêve familier », in *Poèmes saturniens*, éd. par Alexandre Gefen, Paris, Larousse, 2004.

enseignée par dom Mocquereau et dom Gajard. Dom Roux écrivait à ce dernier, le 5 novembre 1939 : « Il est bien vrai que j'ai toujours aimé, approuvé, encouragé, en toute simplicité et candeur parce qu'il me suffit d'y voir de la vraie prière, votre façon d'interpréter le grégorien. Là aussi il y a une tradition solesmienne qu'il ne faudra pas laisser périr. »

Ces lignes furent le fil d'or de la pratique grégorienne à Fontgombault. Depuis bientôt soixante-quinze ans, les quatre abbés ont eu à cœur de conserver la tradition, et les moines ont suivi cette ligne de conduite.

Les pères chantent le grégorien pour mieux prier. Il est écrit dans la Constitution de Vatican II sur la liturgie, *Sacrosanctum concilium* : « L'Église reconnaît dans le chant grégorien le chant propre de la liturgie romaine ; c'est donc lui qui, dans les actions liturgiques, toutes choses égales d'ailleurs, doit occuper la première place. »

Dans l'abbaye berrichonne, le jeune prieur est aussi le maître de chœur. Pour parler du grégorien, dom Jean-Baptiste aime citer Benoît XVI, qui écrivait dans une lettre au chancelier de l'Institut pontifical de musique sacrée, le 13 mai 2011 : « Pour comprendre le chant des moines, il faut se souvenir que la célébration de la liturgie, qui est leur activité principale, est une action de Dieu à travers l'Église. »

En écoutant les moines, on se demande comment ils peuvent atteindre une telle perfection vocale. Certes, l'acoustique de l'abbatiale est exceptionnelle. Mais tous les arts demandent une discipline douloureuse. Les heures de travail, les moments de découragement, les embellies se succèdent. Le grégorien n'échappe pas à cette règle. L'expérience quotidienne est la meilleure formation. Il est indispensable de travailler : le grégorien ne s'improvise pas.

À Fontgombault, l'enseignement est dispensé dans des classes de chant hebdomadaires. Le samedi soir, les pères de chœur suivent une classe de vingt-cinq minutes. Depuis trois ans, les frères convers y assistent une fois par mois. Ces cours sont variés. Le maître de chœur peut faire répéter quelques pièces. Il pare au plus pressé : solfège difficile, style fragile, pièce complexe. L'étude, la lecture et l'application d'un commentaire musical, ou l'écoute d'enregistrements, ceux de Solesmes en particulier, sont un excellent moyen de faire progresser le chœur.

La *schola*, composée des chantres de l'abbaye, assiste à une classe de chant hebdomadaire supplémentaire, d'environ trente minutes. Elle est plus technique, du fait du niveau des chantres et de leur nombre restreint. Il y a huit frères en *schola*, six qui chantent à la messe, et deux autres qui assurent les remplacements quand l'un est occupé à une autre fonction. La *schola* est l'élément moteur chargé d'entraîner le chœur.

Les novices reçoivent une formation supplémentaire, plus substantielle pour les novices de chœur. Ils suivent les cours de la *Schola Saint-Grégoire*, une académie internationale de musique sacrée, attachée à la méthode de Solesmes. Enfin, une fois l'an, les moines suivent une session de technique vocale et une autre de chant grégorien.

Le père abbé est catégorique : « Ce travail n'a qu'un but : la prière. » Pour bien prier, il faut bien chanter, et pour bien chanter, il faut travailler. Le premier maître de chœur de Fontgombault, dom Jacques Lonsagne, écrivait en 1956 dans la *Revue grégorienne* : « Observez le chanteur sans théorie. À chaque instant il est dans l'embarras. Il sait par cœur les intervalles, car il ignore son solfège. Mais les multiples nuances du rythme le surprennent à chaque instant. Son art est fragile, car il est dépourvu d'une idée maîtresse, contraint à chaque instant de se refaire une idée de tout. La prière chantée de l'Église ne peut être savourée sans préparation. […] L'Église ne repousse aucune forme de prière. Mais le chant grégorien est son langage, celui des enfants de la maison […]. Or, dans une famille, il existe tout un ensemble d'habitudes connues, mots, regards, intonation de voix, gestes que ne peut comprendre l'invité d'un jour. C'est dans un tel climat que devient réelle et compréhensible l'influence des moyens techniques sur cette prière plus parfaite que nous appelons, sans trop grande rigueur de terme, contemplation. »

*

Les racines du chant grégorien se perdent dans les méandres de l'histoire primitive de l'Église. Depuis ses plus hautes origines, la prière des disciples du Christ a été accompagnée de chants. Les premiers chrétiens, issus du judaïsme, ont gardé les usages de la Synagogue, aussi bien pour les textes, les psaumes en particulier, que pour les mélodies. Les mots de l'apôtre saint Paul sont éloquents : « Que la Parole du Christ réside chez vous en abondance : instruisez-vous en toute sagesse par des admonitions réciproques. Chantez à Dieu de tout votre cœur avec reconnaissance par des psaumes, des hymnes et des cantiques inspirés » (Col 3, 16) ; « Récitez entre vous des psaumes, des hymnes et des cantiques inspirés ; chantez et célébrez le Seigneur de tout votre cœur » (Eph 5, 19). Un écrivain païen comme Pline le Jeune écrivait lui aussi : « [Les chrétiens arrêtés] affirmaient que toute leur faute ou leur erreur s'était bornée à se réunir habituellement à jour fixe [le dimanche] avant l'aube, pour chanter entre eux un chant au Christ comme à un Dieu[1]. » D'ailleurs, la première liturgie chrétienne de Jérusalem était certainement en araméen.

À l'origine, le culte chrétien s'est diffusé en même temps que la prédication de l'Évangile, tout autour du bassin méditerranéen. Les régions d'Orient qui ne parlaient pas le grec célébraient dans leur langue et avec leurs propres rites. Nous pouvons prendre la mesure de cette richesse en observant la diversité des rites orientaux qui subsistent aujourd'hui.

Dans le monde gréco-latin, le grec s'imposa d'abord comme langue liturgique. L'Église d'Occident célébra en grec jusqu'au IIIe siècle. Le passage au latin ne fut achevé qu'au IVe siècle. Un chant liturgique proprement chrétien s'est élaboré en Occident grâce à l'apport des influences juive, grecque et latine.

1. Pline le Jeune, Lettre à Trajan, livre 10, lettre 96.

Dom Gajard, maître de chœur de l'abbaye de Solesmes de 1914 à 1970, distingue deux étapes dans la construction du chant chrétien avant le IIIe siècle. Il parle du temps de la diction, lorsque le chant n'est qu'une accusation de l'accent pour mettre le mot en relief, puis des premiers embryons de mélodie afin de ponctuer le texte aux accents et aux finales. C'est l'origine des tons psalmiques monastiques, datant des Ve, VIe et VIIe siècles, et des versets de laudes et des vêpres, des IIIe et IVe siècles.

Très vite, un répertoire de chant sacré s'est formé en latin, sur des mélodies et des textes différents en fonction des régions : chant « vieux romain », chant « bénéventin », au sud de l'Italie, chant « milanais » ou « ambrosien », du nom de saint Ambroise, évêque de Milan au IVe siècle, chant « hispanique » ou « mozarabe », chant « gallican ». À l'exception du chant milanais qui a subsisté jusqu'à nos jours, avec un rite spécifique, tous les autres répertoires ont fini par disparaître. Ce sont les ancêtres du chant grégorien.

L'édit de Milan signé par l'empereur Constantin en 313 mit fin aux persécutions et ouvrit une ère nouvelle. Toute la vie de l'Église put se déployer au grand jour. C'était l'époque de la construction des premières basiliques ; la liturgie prenait son essor. Entre le Ve siècle et le milieu du VIIe siècle, le chant sacré suivit le même développement. En ce temps-là, des *scholae cantorum*, formées de clercs capables de composer et d'exécuter des pièces de plus en plus élaborées, émergèrent un peu partout. Le chant liturgique connut une grande période de composition. Les chants de procession de la messe – l'*introït*, l'offertoire et la communion, ainsi que l'alléluia – apparurent à la fin du IVe siècle. Le trait et le graduel, plus anciens, prirent sans doute leur forme définitive entre le Ve et le VIIe siècle. Certains dialogues, comme celui de la préface, sont hérités de la synagogue. L'auditeur reste saisi par la magnifique continuité de ces morceaux.

Héritier plein d'intelligence de ce mouvement, saint Grégoire le Grand (†604) devait laisser son nom au chant de l'Église latine. S'il n'a pas composé au sens littéral la musique grégorienne, il est certain qu'il a apporté son génie propre à l'organisation de la liturgie et du chant liturgique de l'Église romaine. L'authenticité de l'appellation « chant grégorien » doit être comprise selon le sens de ces vers inscrits dans un livre de chants du début du IXe siècle : « Reprenant les livres de ses prédécesseurs, il renouvela et accrut les chants contenus dans les offices le long de l'année. »

L'âge d'or du chant grégorien se situe entre le VIIIe et le Xe siècles. À l'époque de Pépin le Bref, la papauté se rapprocha du royaume franc. Le but était avant tout politique : les États pontificaux étaient menacés par les Lombards, aussi le pape chercha-t-il le soutien des Francs. De son côté, Pépin trouva dans la papauté un soutien moral à son autorité. Leur rapprochement politique eut des conséquences spirituelles ; le chef carolingien ordonna l'adoption de la liturgie romaine dans le royaume franc. Cette alliance fut décisive pour le chant. Des évêques de Gaule, probablement saint Chrodegang de Metz et Remedius de Rouen, qui était le demi-frère de Pépin, puis Charlemagne lui-même, firent venir des chantres de Rome pour former les *scholae* franques.

Car la transmission du chant était entièrement orale. Les manuscrits ne contenaient que le texte, la musique ne s'écrivait pas encore. Les historiens pensent que des musiciens de l'Empire carolingien ont dû composer de nouvelles mélodies sur les textes de la liturgie romaine. Pour ce faire, ils ont probablement enrichi le chant « vieux romain » par le chant des pays transalpins, en particulier celui du nord de la Gaule franque bâtie autour des riches foyers que furent Aix-la-Chapelle, Rouen, Reims et Metz. Un répertoire hybride se répandit dans tout l'empire et au-delà, supplantant les anciennes traditions. La diffusion massive de ce répertoire fit sentir la nécessité de fixer la mélodie. Le grégorien et toute la musique occidentale connurent alors un tournant historique.

Le premier écrit connu pour le chant de la messe est un manuscrit datant de l'an 800. Seul le texte y figure. Les documents utilisés par les chantres dans les cérémonies étaient des rouleaux de taille modeste qu'on tenait à la main. À Lyon, l'usage s'est maintenu jusqu'au XVIIIe siècle. Le plus ancien parchemin où apparaît une notation neumatique – les neumes sont les signes qui représentent les notes, sans qu'il y ait encore d'indication des intervalles de la mélodie – est le *Cantatorium* de saint Gall (cod. 359), datant du IXe siècle ou du début du Xe siècle. À l'origine, on désigne sous le terme d'« antiphonaire » tous les livres de chants, même s'ils ne comportent que du texte. Dès la fin du VIIIe siècle, on distinguait l'*Antiphonale missae* pour la messe ou *Antiphonale* et l'*Antiphonale officii* ou *Responsoriale* pour l'office dans son ensemble. Puis apparurent des extraits : le *Gradale* ou *Cantatorium* pour les solistes qui chantaient depuis les degrés de l'ambon. À la fin du Moyen Âge, les noms actuels prévalaient : le Graduel, qui correspond à l'*Antiphonale missae*, l'Antiphonaire pour l'office de jour, et le *Responsoriale* pour l'office de nuit.

Les manuscrits à notation diastématique, c'est-à-dire avec les intervalles, apparurent vers la fin du XIe siècle grâce à Guy d'Arezzo (†1050). Ce moine bénédictin peut être considéré comme l'auteur de la portée et de la gamme de *do*. Il remplaça les lettres utilisées jusqu'alors – toujours en usage dans les pays anglo-saxons – par les premières syllabes de chaque hémistiche de la première strophe de l'hymne de saint Jean-Baptiste : « ***Ut** queant laxis **Resonare** fibris **Mira** gestorum **Famuli** tuorum, **Solve** polluti **Labii** reatum, **Sancte Ioanne*** » : « Afin que vos serviteurs puissent chanter à pleine voix votre admirable vie, effacez, ô saint Jean, la tache de leurs lèvres souillées. »

Du XIe au XVe siècle, la production musicale se développa rapidement. Deux genres nouveaux apparurent : la syllabisation et la polyphonie. La syllabisation consiste à mettre des paroles sous les longues vocalises du chant grégorien, qu'on appelle aussi mélismes, en faisant coïncider une syllabe par note. Les séquences – développement sur les thèmes des vocalises des *alleluia* – et les tropes – paroles sur les notes des chants de l'ordinaire comme le *kyrie* –, naissent à cette époque avant de devenir de vraies proses indépendantes. De nouveaux livres furent écrits, correspondant à ces genres : séquentiaires, tropaires et prosaires, différents d'une église à l'autre et typiques de la liturgie franque. Rome resta réticente à ces nouvelles pièces, et la réforme tridentine supprima pratiquement tout ce répertoire, ne gardant que cinq séquences, parmi quelque cinq mille compositions, aux messes de l'année : le *Victimae paschali* à Pâques, le *Veni Sancte Spiritus* à la Pentecôte, le *Lauda Sion* à la Fête-Dieu, le *Dies Irae* pour les défunts, et le *Stabat Mater* à la fête de Notre-Dame des Sept-Douleurs.

L'apparition de la polyphonie sacrée s'opéra d'abord avec l'*organum*, l'accompagnement par une seconde voix à la quarte ou à la quinte inférieure. Puis se développa le contrepoint, seconde voix plus complexe, où la mélodie se croise *punctum contra punctum*, note contre note.

Mais si la polyphonie produisit de véritables chefs-d'œuvre, elle s'éloigna de plus en plus de son modèle et précipita sa décadence. La mélodie grégorienne se trouva progressivement déformée, le rythme mesuré de la polyphonie prenant la place du rythme libre dans le grégorien. Toutefois, seule l'exécution était altérée : la tradition manuscrite resta en effet intacte jusqu'à la réforme des livres de chant après le concile de Trente.

En 1577, Grégoire XIII (†1585) chargea une équipe de musiciens romains, sous la direction du grand compositeur Giovanni Pierluigi da Palestrina (†1594), de préparer une nouvelle édition des livres de chant. Ce travail de recomposition ne fut pas publié, grâce à l'intervention de Philippe II d'Espagne : « Ne laissez pas s'accomplir une telle injure dans la patrie même et sous le pontificat d'un autre Grégoire ! »

Repris par un autre compositeur, Giovanni Guidetti, le travail finit par aboutir en 1588 à la première édition d'un chant modernisé, c'est-à-dire complètement bouleversé : vocalises abrégées, utilisation des barres de mesure, notation proportionnelle (blanches, croches et noires), accumulation de notes sur les accents au détriment des finales.

L'édition du graduel « médicéen » devait reprendre les mêmes principes en les aggravant. Imprimé par le cardinal Ferdinand de Médicis en 1614, toléré par le pape Paul V, ce graduel fantaisiste connut un grand succès. Il devint l'archétype de tous les livres de « plain-chant musical ». On n'osa plus parler de grégorien durant les siècles suivants. Au point que, au début du XIXe siècle, toutes les éditions disponibles étaient mauvaises.

Au XIXe siècle, dom Prosper Guéranger eut l'intuition que la restauration de la liturgie romaine en France devait s'accompagner d'un renouveau du chant grégorien. Aux XVIIe et XVIIIe siècles, les diocèses de France s'étaient fabriqué leur propre liturgie. Il était convaincu que le chant de l'Église ne pouvait être que beau, éloigné de tout ce qu'on pouvait entendre à son époque en fait de plain-chant. Il comprit aussi qu'il fallait revenir aux plus anciens manuscrits pour retrouver la pureté originelle du chant sacré. Dom Guéranger donnait déjà ce principe en 1840 dans ses fameuses *Institutions liturgiques* : « Il est évident que si l'on est quelquefois en droit de croire qu'on possède la phrase grégorienne dans sa pureté sur un morceau en particulier, c'est lorsque les exemplaires de plusieurs églises éloignées s'accordent sur la même leçon[1]. » Il était donc nécessaire de parvenir à déchiffrer les manuscrits, ce que personne n'avait réussi à faire jusque-là.

Les moines de Solesmes, sous son impulsion, accomplirent un véritable travail de bénédictin. Il s'agissait de recopier, puis de photographier, tous les manuscrits disponibles à travers l'Europe afin de pouvoir les comparer et de restituer les mélodies. Dom Jausions le premier se mit à la tâche, rejoint ensuite par dom Pothier.

Le but recherché par Solesmes était avant tout de pouvoir chanter l'office. Dom Pothier édita donc un *Liber gradualis* en 1883. Dans le but de défendre le livre de dom Pothier, dom André Mocquereau (1849-1930), théoricien de la méthode de Solesmes, lança la collection « La Paléographie musicale », qui présentait les fac-similés des principaux manuscrits rassemblés et démontrait la conformité de l'édition de Solesmes avec la tradition.

Le 22 novembre 1903, le pape saint Pie X publiait le motu proprio *Tra le sollecitudini* sur la musique sacrée. Ce texte marque un renversement. Pour le nouveau pape, le chant grégorien devait reprendre la première place dans la liturgie. En 1904, une commission fut formée sous la présidence de dom Pothier, alors abbé de Saint-Wandrille, en vue de la restitution du chant

1. Dom Prosper Guéranger, *Institutions liturgiques*, 3 vol., Paris, Débécourt, 1840-1851.

grégorien et de la publication d'une édition vaticane. Dom Mocquereau et l'atelier de paléographie musicale de Solesmes, composé de douze moines à plein temps, furent chargés du travail. Mais des divergences entre dom Pothier et dom Mocquereau sur la restitution de la mélodie – dom Pothier admettait des altérations – aboutirent à l'éviction de Solesmes de 1905 à 1913. Les batailles grégoriennes sont parfois fort décevantes. La commission dirigée par dom Pothier publia le graduel romain (1908), l'*Officium defunctis* (1909) et l'Antiphonaire romain (1912).

À partir de 1913, Solesmes fut à nouveau chargée des travaux qui aboutirent à la publication du *Cantus passionis* (1916), de l'*Officium Majoris Hebdomadae et octavae Paschae* (1922), de l'*Officium et Missae in Nativitate Domini* (1926) et de l'*Antiphonale monasticum* (1934).

Du pontificat de saint Pie X au concile Vatican II, la promotion du chant grégorien porta des fruits visibles dans l'Église catholique. Les *scholae* se multipliaient, les rencontres sur la musique sacrée s'enchaînaient. Le concile s'exprima très clairement sur la primauté de la langue latine et du chant grégorien, tout en permettant l'usage des langues nationales.

À la fin des années soixante, cependant, on assista à un effondrement de la pratique, malgré les désirs exprimés par Paul VI, en particulier dans la lettre *Sacrificium laudis* du 15 août 1966 aux supérieurs d'ordres religieux tenus à l'office au chœur : « Il ne faut pas mésestimer ce qu'ont créé les anciens qui, au cours de longs siècles, ont fait votre gloire. Cet ordonnancement de l'office choral fut une des principales causes de la solidité et des heureux développements de vos familles. Il est donc surprenant qu'une brusque poussée de fièvre amène certains à vouloir désormais le négliger. »

Pendant ce temps de récession, le magistère des papes continua à présenter périodiquement le grégorien comme un chant de référence et à en recommander un plus large usage. Il restait toutefois marginalisé dans la pratique.

Aujourd'hui, le désir d'un retour aux sources, sans être officiel dans le milieu du chant, est largement validé par l'engouement pour les manuscrits. De fait, il est indispensable de revenir aux premières « partitions » si on veut retrouver la pureté du grégorien.

Certes, il peut sembler s'agir d'un débat d'experts. Le chant grégorien revêt toutefois une importance considérable dans la vie des abbayes ; il est au cœur du quotidien des moines. Les controverses sur ses origines, sur la place du beau dans la liturgie, sur l'importance même du latin nourrissent des discussions sans fin, à l'abri des murs monastiques.

*

Lors d'une longue et riche conversation, le maître de chœur de Fontgombault me confia que « les recherches historiques ont leur intérêt pour savoir dans quel esprit vivre la liturgie qui ne se fabrique pas mais se reçoit de l'Église. Comme l'écrivait Pie XI, l'histoire est "maîtresse de vie". La liturgie et le chant sacré qui lui est intrinsèquement lié sont des réalités vivantes. Elles évoluent avec le temps dans un développement organique et homogène. Autrement dit, l'intérêt pour moi n'est pas de chanter le grégorien comme il se chantait au IXe siècle, mais de faire chanter au chœur de Fontgombault le grégorien que nous avons dans nos livres liturgiques qui sont donnés par l'Église. Cela ne signifie pas qu'il faut arrêter les recherches, mais on ne peut pas se permettre n'importe quoi. Le grégorien du XXIe siècle s'est nécessairement enrichi de plusieurs siècles de culture musicale par rapport au grégorien du IXe. Il y a là une authentique tradition. Le grégorien a évolué tout au long de son histoire. Chanter le grégorien aujourd'hui ne signifie pas tant retrouver la manière dont chantaient les anciens que s'inscrire dans cette tradition. Si on veut faire une reconstitution historique, alors chantons comme au IXe siècle. Mais personne ne sait précisément comment ils chantaient… L'enrichissement du grégorien est d'ailleurs à comprendre du côté des chanteurs plus que du chant en lui-même. Le travail de restitution du chant est indispensable, mais il ne nous rendra pas toutes les nuances d'interprétation qui ne s'acquièrent que par l'écoute. Les manuscrits sont chargés de signes rythmiques qu'il est illusoire de vouloir reprendre intégralement. L'écoute, la science musicale des chantres du XXIe siècle, s'est accrue de tout ce qu'a apporté la polyphonie, la musique classique, en un mot, toute la musique occidentale née du chant grégorien. Qu'on le veuille ou non, le grégorien d'aujourd'hui est nécessairement différent de celui d'autrefois. De plus, il n'y a pas de consensus sur la manière de le chanter. Cependant, il ne faudrait pas vouloir une seule interprétation. L'unité ne signifie pas l'uniformité, et les différences dans la manière d'interpréter les pièces sont légitimes. À ce titre, la méthode de Solesmes a droit de cité comme les autres. D'autant qu'elle a besoin d'être approfondie et mieux comprise, mieux pratiquée, aussi. Il ne s'agit pas d'un carcan insupportable. C'est trop souvent à la caricature de la méthode que l'on s'en prend. Il faut se garder de l'esprit de système qui amènerait à développer des recherches en sémiologie comme à figer une méthode en ignorant toute découverte légitime. Nos oreilles contemporaines et nos mentalités musicales ont évolué par rapport à celles de nos ancêtres. Pour autant, il ne doit pas y avoir de rupture. C'est tout le problème de l'héritage, de la gestion du patrimoine musical sacré, et surtout de l'esprit avec lequel il faut en vivre. Pour le résoudre, il faut prendre conscience que la liturgie et le chant grégorien sont des réalités vivantes qui ne nous appartiennent pas, car ils sont l'expression de la vie même de l'Église ».

Nous étions dans la bibliothèque de l'abbaye de Fontgombault lorsque dom Pateau, ce grand spécialiste de la musique grégorienne, me dit à son tour : « Le père Louis Bouyer écrivait que “la tradition authentique n'est que la transmission, à travers toute l'existence du peuple de Dieu, de cette même tradition de lumière et de vie qui s'est déposée dans la Bible elle-même”. On pourrait en dire autant du chant sacré. Le fait de chanter le grégorien aujourd'hui n'a de sens que si l'on s'inscrit dans ce courant vivant, cette tradition vivante, cette transmission du chant sacré depuis l'origine jusqu'à aujourd'hui. Et on ne peut s'inscrire dans ce courant que dans le cadre de la liturgie. Le grégorien n'a pas de sens en dehors de son élément vital qui est la liturgie. La tradition monastique est un grand fleuve qui prend sa source en Dieu lui-même, mais qui s'enrichit de tout ce que les siècles chrétiens peuvent apporter. »

L'essentiel n'est pas de retrouver le chant grégorien le plus pur qui soit. Les bénédictins de Fontgombault refusent l'archéologisme. Ils étudient le passé non pour tenter en vain de le ressusciter, mais pour vivre le présent. La véritable tradition consiste à s'inscrire dans un courant qui vient du fond des âges et reste vivant.

En réalité, le problème fondamental est ailleurs. Il concerne la notion du beau, et sa rencontre avec la liturgie. Pour le père abbé, « ce problème est capital. Pour y répondre, il faudrait d'abord définir les termes. Or il est très difficile de définir la liturgie, car c'est une réalité vivante. On ne définit pas la vie. Nous pouvons seulement tenter de la décrire. La sainte liturgie, de façon éminente dans l'Eucharistie, rend présent à chaque moment de l'histoire le mystère pascal du Christ, sa mort et sa résurrection, le sacrifice qui nous rachète et nous vivifie. Le sujet véritable de la liturgie, le seul grand prêtre, c'est le Christ lui-même. Nous ne sommes que ses serviteurs, ses ministres, et en même temps le Christ fait de nous ses amis, car il nous fait partager sa vie. La liturgie est le chemin que nous devons emprunter pour aller vers Dieu, par le Christ. Le but de notre vie chrétienne est l'union à Dieu, et cette union s'obtient par la prière et la conformité à la volonté divine. Aussi la liturgie est-elle le chemin par excellence, car elle est la prière de l'Église elle-même, et le lieu où nous sommes assurés de rencontrer Dieu et de faire sa volonté en le louant, en le remerciant et en l'adorant, en lui offrant un culte "en esprit et en vérité". C'est donc un chemin, mais ici-bas, nous allons à l'intelligible, au spirituel, par le sensible. Nous avons besoin de signes et de symboles extérieurs, matériels, pour nous introduire aux réalités spirituelles ».

Le travail de l'atelier de paléographie de Solesmes a été nécessaire pour colliger, conserver et déchiffrer les manuscrits. L'abbaye sarthoise a accompli un travail herculéen et prophétique. Depuis, certains manuscrits ont disparu, et les chercheurs n'en trouvent leur copie qu'à Solesmes.

Une étrange question me brûlait les lèvres. Peut-on être moine si on n'aime pas le chant grégorien ? Un homme qui a une véritable vocation monastique, une vocation surnaturelle, peut-il éprouver une gêne musicale avec le chant grégorien ? Selon le maître de chœur, « il y prendra goût s'il s'y donne généreusement. L'exemple le plus célèbre est sans doute celui de dom Mocquereau, à Solesmes. Ses premiers contacts avec le chant grégorien furent douloureux. Dom Mocquereau était un fin musicien, il avait brillé comme violoncelliste et il semblait promis à une belle carrière, avant de choisir la vie monastique. Or le chant grégorien le déçut *a priori*. Les lois de composition de ce chant si particulier le déconcertaient. Ce qui n'empêcha pas ses supérieurs de le lancer dans l'étude du chant aux côtés de dom Pothier, qu'il seconda pendant près d'une dizaine d'années avant d'être nommé lui-même maître de chœur en 1889. Je voudrais vous lire un passage de Justine Ward qui nous raconte la "conversion" de dom Mocquereau au chant grégorien : "Dans le calme de sa cellule, dom Mocquereau préparait un offertoire pour la fête d'un martyr : '*Posuísti Dómine in cápite ejus corónam de lápide pretióso*', 'Vous avez placé sur sa tête, Seigneur, une couronne de pierres précieuses'. Il fredonna doucement la mélodie et s'arrêta, étonné et fasciné : 'Eh ! C'est de la musique, de la vraie musique, de la belle musique !' Il prit son violoncelle, l'accorda et joua la mélodie *legato* ; ce fut le moment de sa conversion. L'offertoire Posuísti fut la lumière aveuglante qui changea la direction de sa vie entière, comme dans la conversion de saint Paul. Après avoir été 'l'ennemi' du chant grégorien, dom Mocquereau devint son apôtre le plus fervent[1]." Il commença à travailler le chant grégorien par obéissance, et cette obéissance lui valut de se "convertir" totalement ».

Sans montrer de répulsion pour le chant grégorien, un moine peut n'avoir aucun sens musical. Un père de Fontgombault, aujourd'hui décédé, n'alignait pas trois notes. Il était fidèle à l'office divin, assidu aux classes de chant, et notait avec soin toutes les indications du maître de chœur. Il ne préférait rien à l'œuvre de Dieu, comme le demande saint Benoît. Mais il

1. Dom Pierre Combes, *Justine Ward and Solesmes*, The Catholic University of America Press, 1992.

n'était pas capable de chanter. D'ailleurs, les marches militaires lui semblaient la forme la plus élaborée de la composition musicale.

Dom Jean-Baptiste commentait sans fard cette situation : « Il faut être conscient que le chant grégorien est d'un abord austère. Il n'est pas facile, mais conduit à l'amour de Dieu. Or la vie de la grâce, qui est l'intimité avec Dieu, ne détruit pas notre humanité mais l'évangélise. Cette culture a besoin d'une musique adéquate, que ne peut pas offrir n'importe quel genre musical. En particulier, il faut une musique qui ne sépare pas le profane et le spirituel, la vie naturelle et la vie surnaturelle. »

Le grégorien s'adresse aux profondeurs surnaturelles de l'âme. Ce chant n'est pas écrit pour flatter les sens. C'est pourquoi il n'est pas toujours facile d'entrer dans son univers, de comprendre sa cohérence. Mais plus les moines chantent, plus ils y prennent goût. Le répertoire revient chaque année, invariable, avec toujours plus de fraîcheur. La musique pacifie l'être, jusqu'aux passions les plus sensibles.

Le cardinal Joseph Ratzinger, mélomane et pianiste, interprète de Mozart, a beaucoup réfléchi sur la place éminente de la musique dans la liturgie catholique. Dans un livre au titre délicieusement suranné, *Un chant nouveau pour le Seigneur*, il établissait une véritable théorie de la musique dans laquelle le grégorien prenait toute sa valeur : « Il y a une musique de l'agitation qui entraîne l'homme au service de différents objectifs collectifs. Il y a une musique sensuelle qui aiguise l'appétit érotique ou le pousse vers d'autres plaisirs sensuels. Il y a une musique de pure distraction, qui n'a rien à dire, qui se contente en fait de rompre le silence devenu trop pesant. Il y a une musique rationaliste dont la mélodie ne sert que des constructions rationnelles, sans parler réellement ni à l'esprit ni aux sens. Il faudrait sans doute classer dans cette catégorie certains chants catéchétiques sans âme, maints chants modernes confectionnés par des commissions. La musique adéquate pour le culte du Dieu fait homme, exalté sur la croix, puise sa vie dans une autre synthèse, plus vaste et de plus grande portée, synthèse d'esprit, d'intuition et de mélodie parlant aux sens. On peut dire que la musique occidentale, du chant grégorien à Bruckner et au-delà, en passant par la musique des cathédrales et la grande polyphonie, par la musique de la Renaissance et de l'époque baroque, est issue de la richesse intérieure de cette synthèse dont elle a déployé une foule de possibilités. C'est là seulement que nous trouvons cette grandeur parce qu'elle ne pouvait se développer que sur le terreau anthropologique qui fondait en une unité humaine dernière le spirituel et le profane. Elle se dissout dans la mesure où cette anthropologie s'évanouit. La grandeur de cette musique est pour moi la vérification la plus immédiate et la plus évidente de la vision chrétienne de l'homme et de la foi salvifique chrétienne que puisse nous offrir l'histoire[1]. »

1. Cardinal Joseph Ratzinger, *Un chant nouveau pour le Seigneur : la foi dans le Christ et la liturgie aujourd'hui*, trad. fr. de Joseph Feisthauer, Paris, Desclée, 1995.

La musique grecque voulait ordonner les âmes ; le grégorien accomplit peut-être l'idéal rêvé par les philosophes de l'Antiquité en raison de l'utilisation d'une autre langue, le latin. Par bonheur, l'importance du latin ne fait plus guère débat. Ses détracteurs s'interrogèrent sans répit sur l'intérêt de conserver une langue morte pour la liturgie. Mais la question ne serait-elle pas plutôt : le latin est-il vraiment une langue morte, dans la mesure où il est toujours utilisé par l'Église ? Pour le maître de chœur de Fontgombault, il est important de rappeler que « le latin est la langue officielle de l'Église. Tous les actes importants et officiels de l'Église sont rédigés en latin. Il est piquant d'entendre dire que, alors que ses textes officiels sont écrits en latin, le concile en aurait interdit l'usage. Parce qu'elle n'est propre à aucun pays, cette langue convient bien à l'Église. Le latin transcende les frontières. Par son universalité, la langue des Romains marque l'unité de l'Église. Le latin nous fait sortir du temps en reliant l'Église d'hier à l'Église d'aujourd'hui et à celle de demain, comme il nous fait sortir de l'espace en reliant l'Église qui est en France à l'Église qui est en Corée, au Sénégal ou en Amérique. Cette langue permet aux catholiques de parler la même langue, de prier et de s'adresser à Dieu avec les mêmes mots ».

De fait, le latin n'a jamais cessé d'être la langue liturgique de l'Église. Parce qu'il n'est plus la langue d'un pays, le latin est réservé pour parler à Dieu. Certes, le Ciel n'a pas besoin du latin. Lorsque je l'interrogeai à ce propos, dom Jean Pateau m'avait répondu que « le latin est pour nous, pour que nous comprenions que les paroles qui sont dites en cette langue sont importantes. Elles sortent de l'ordinaire. Avec lui, nous quittons le monde profane, le quotidien, pour entrer dans un autre monde, un autre univers, celui des choses de Dieu et de l'Église. C'est pourquoi le concile Vatican II, dans la constitution *Sacrosanctum concilium*, a décidé que "l'usage de la langue latine, sauf droit particulier, sera conservé dans les rites latins". L'éviction pratique du latin sous prétexte que tout le monde doit pouvoir comprendre les paroles est une erreur. À travers le latin, sans saisir le mot à mot, les fidèles comprennent que quelque chose de grand et de mystérieux est en train de s'accomplir. À l'église, on parle "l'abbé", comme disait un enfant de chœur, ce n'est plus le parler du quotidien ».

Le latin est par excellence une langue musicale. Le latin ecclésiastique, héritier du latin populaire, est construit sur l'accent tonique, alors que le latin classique est métrique. La musicalité du latin se retrouve à tous les niveaux : syllabe, mot, phrase. Il est une langue rythmée et assonante. Le grégorien est né de cette musicalité. Ainsi, il est techniquement impossible de chanter du français sur des mélodies grégoriennes.

Pourquoi tant de conflits autour du chant grégorien ? La réponse du maître de chœur fut proprement radicale : « Pour comprendre les divisions au sujet du grégorien, il faut revenir à la racine, c'est-à-dire au diviseur par excellence, au diable. Le diable n'aime pas le chant grégorien, de même qu'il déteste la liturgie. Il ne supporte pas le rythme, c'est-à-dire l'ordre, l'ordonnance du mouvement. S'il y a une musique en enfer, elle ne peut être que cacophonique. Le rythme est ce qui met en relation les différentes parties qui composent un mouvement et qui leur donne vie. De plus, le chant grégorien est saturé de vérité, comme le disait dom Gajard. C'est un chant vrai, au point de vue de sa composition comme de son message. Le diable n'aime ni l'ordre ni la vérité. Il abhorre ce qui peut nous rapprocher de Dieu. Alors il favorise tout ce qui peut nuire au chant grégorien, tout ce qui peut le défigurer. Bien sûr, il ne faut pas mettre sur le compte du démon ce qui est souvent le fait de la bêtise humaine. Mais dans ce qui touche le plus la religion, il est certain que Satan attisera tous les foyers de division et de révolte. »

Mezza voce, en parlant de la musique, un moine de Fontgombault m'avait dit avec sagesse que les circonstances engendraient souvent plusieurs approches d'une même réalité. Il n'est pas évident de discerner la part de vérité que chaque approche contient. Le grégorien n'échappe pas à la règle. Le conflit naît souvent du fait qu'on privilégie une approche aux autres, un élément par rapport aux autres. Il ne faut pas perdre de vue la synthèse.

Pour le maître de chœur, « le conflit naît d'une forme de superficialité. On ne va pas au fond des choses. Réaliser la synthèse, c'est revenir à la racine, à ce par quoi tout tient ensemble. Il faut reconnaître que ce n'est pas évident pour une réalité aussi complexe que le chant grégorien. Si on garde le point de vue de l'Église en prenant comme unique critère le bien de la prière chantée de l'Église, bien des difficultés s'estompent. Les conflits prennent racine dans l'idéologie. Nous sommes face à une idéologie lorsque la volonté tient l'intelligence captive et entrave l'appréhension du réel tel qu'il est. L'idéologie ne cherche plus à rendre compte de la réalité mais seulement à justifier son système. "Les systèmes reposent sur des abstractions", disait dom Guéranger. La vraie liberté se déploie au contraire lorsque l'intelligence offre un cadre à la volonté, par la recherche de la vérité. C'est pour cela que seule la vérité rend vraiment libre. Si nous en faisons l'application au chant grégorien, cela signifie qu'il ne suffit pas de dire qu'une théorie a nécessairement raison contre une autre. En matière scientifique il faut rester ouvert à toute hypothèse, et demeurer attentif à l'objectivité du réel. Lorsque l'interprétation d'une pièce ne nous fait pas prier, il faut se remettre en question. Pour ce qui est de l'opposition entre les tenants de la voix et ceux de la mélodie, il me semble qu'elle est factice. Si certains refusent l'orgue, d'autres chantent aussi bien a cappella qu'accompagnés à l'orgue. Il faut seulement que l'orgue reste à sa place ».

Dans son *Journal d'un curé de campagne*, Georges Bernanos écrivait que « seule de la prière peuvent sortir des larmes qui ne soient pas lâches[1] ». Le grégorien est l'ennemi du mensonge. Fils de l'Antiquité et de la liberté parfaite de sa musique, il est un prodige ; avec lui, l'être s'élève, se nourrit et se tait.

1. Georges Bernanos, *Journal d'un curé de campagne*, Paris, Plon, 1936.

IV

Les quatre saisons

Sous le soleil d'août

Les tilleuls de la grande cour des hôtes n'exhalaient plus le merveilleux parfum de juin. L'herbe jaunie, les tapis roux de fleurs séchées, la terre dure, les murs chauds trahissaient la grande œuvre de l'été caniculaire qui ne finissait plus. Les tendres contrées berrichonnes n'étaient pas habituées à ce combat. La plupart des hôtes cachaient avec peine la fatigue des jours de chaleur. Le soleil était intraitable et le ciel bleu inondait l'abbatiale. Pourtant les moines n'avaient pas changé de tunique. Ils portaient sans se plaindre le même habit de laine noir qu'en hiver.

Dans le lit de la Creuse, le niveau de l'eau baissait à vue d'œil. La centrale électrique ne fonctionnait plus ; le débit était trop faible. Une nuée de nénuphars blancs embrassaient les eaux calmes.

Le soir, sous les arbres, quelques hommes s'attardaient sur les sièges dispersés. Ils espéraient trouver un peu de fraîcheur. Des retraitants parlaient en tête à tête avec un moine. Des solitaires fumaient une cigarette en lisant un livre, des bavards racontaient leurs journées. La rencontre avec un moine, la beauté des offices, la promenade dans la campagne alentour, la chaleur qui s'installait dans les chambres, tout était prétexte à échanger un mot. La nuit passée, des chasseurs avaient organisé une battue de l'autre côté de la rivière. Ils traquaient sans doute des sangliers. Vers minuit, des coups de fusil partirent. On entendit longtemps l'écho des chiens qui exultaient. Chacun livrait son anecdote. L'un aurait rêvé sauter de son lit pour participer à la traque. L'autre se demandait si les moines avaient été réveillés. Les conversations allaient bon train.

La nuit tombait, il fallait rentrer. L'escalier de pierre blanche qui montait à l'hôtellerie en avait vu d'autres. Il ne s'offusquerait pas de ces hôtes qui ne respectaient pas le silence qui sied après complies. Le bon moine portier, dont la cellule se trouve au débouché des marches, dormait du sommeil du juste. L'inscription en lettres gothiques qui ornait le mur en haut des marches prenait tout son sens : « Paix et joie à cette maison ».

À Fontgombault, le petit déjeuner des hôtes est fixé à huit heures trente. Après l'office de prime, ils se rendent au petit réfectoire qui donne sur la grande cour. Dans la pièce un peu triste, de longues tables, quelques vieux bahuts et une tapisserie défraîchie ont semblé suffisants aux moines pour cette collation matinale. Près de la cheminée en pierre poitevine, la collation est simple et copieuse. Le lait et le beurre de la ferme, le café maison, le pain de la boulangerie monastique et les confitures préparées chaque été avec les fruits des vergers composent ce repas silencieux. Ce matin du 9 août, les frères avaient laissé grandes ouvertes les fenêtres pour faire entrer la fraîcheur du matin. Quelques oiseaux venaient proposer joyeuses ritournelles. Le décor est toutefois moins poétique en hiver ; l'humidité et la lumière grise rendent les lieux déprimants.

De leur côté, avant prime, les moines prennent debout dans le réfectoire leur premier repas de la journée. Ils n'ont jamais de beurre, à l'exception du dimanche et des grandes fêtes, ni de confiture. Ils consomment simplement, avec le café, des compotes, des bouillies ou du fromage blanc.

Le petit déjeuner achevé, les hôtes cherchaient à profiter des derniers moments de température clémente. Devant le porche de l'abbatiale, un enfant qui était loin de se soucier de tout cela apprenait à marcher. Ses parents paraient à toutes les chutes pendant que des garçons plus âgés jouaient à cache-cache derrière les arbres de la grande allée. Au fond de l'église, des petites filles modèles attendaient pour aller se confesser.

Les jours se ressemblaient. Les moines sont les gardiens d'une monotonie heureuse. En cette matinée, la canicule ne changeait pas les horaires séculaires : la messe conventuelle, les obédiences du matin, l'office de sexte.

Après le déjeuner, je regardai les moines partir pour une marche sur les routes étroites alentour. Sous les sapins, un petit groupe du noviciat de chœur était assis sur l'herbe autour du père maître. De son côté, le père hôtelier discutait avec des familles. Mais les cloches sonnaient déjà. À quatorze heures trente-cinq, l'office de none commençait.

L'après-midi, des heures durant, l'organiste joua. Il répétait les pièces des offices du 15 août. Les notes du septième concerto pour orgue et orchestre en *si* majeur de Haendel, et le Grand Prélude en *ré* majeur de Bach donnaient à l'abbatiale un air de palais abandonné.

Dehors, sous les arbres, une famille amie écossait les haricots du jardin placés dans de larges paniers. Un second groupe épluchait des centaines de pommes du verger. Un moine apporta un jus froid à la menthe monastique pour les encourager. Près d'un arbre, un jeune homme regardait avec son frère moine les dernières photos de famille. Non loin, un religieux coiffé d'un chapeau de paille avait une allure fort élégante. Il nettoyait sagement les portes des garages. En clôture, des adolescents de passage aidaient un jeune moine fantasque qui portait des sabots ; les recrues plantaient une nouvelle pelouse. Peu à peu, l'abbaye s'était lancée dans la restauration de ses beaux jardins à la française.

En fin d'après-midi, la pluie se mit à tomber. Les fines gouttes apportaient l'humidité tant attendue. Tout le monde rentra heureux sans demander son reste.

Le lendemain, le vent s'était levé. Il tourbillonnait dans les arbres. Les fenêtres de la boulangerie qui donnaient sur le jardin de l'hôtellerie étaient ouvertes.

On pouvait humer l'odeur du pain qui cuisait dans le four. La senteur des bonnes pâtes voltigeait.

Sur l'herbe, un prêtre téméraire était installé derrière une petite table. De loin, tel un enfant sage, il semblait faire des devoirs de vacances. Mais la petite tempête jouait avec ses feuilles. Il dut renoncer à poursuivre, salua un frère chargé de paniers de légumes et rentra dans l'église.

Pendant la messe, la porte imposante de l'abbatiale était restée ouverte. Le souffle du grand air semblait accompagner délicatement le chant des moines. La pluie fine et soutenue tombait droite.

Dans le parc, des scouts marins chantaient joyeusement. Les tourterelles aussi. Le moine fermier était heureux. C'était la fin de la sécheresse. Dans le cloître, les buis avaient été savamment taillés. À la sortie de sexte, la longue procession des moines passa de l'église au réfectoire. L'eau ruisselait sur les ardoises du clocher. Les murs étaient détrempés. Il en fallait peu à Fontgombault pour revêtir ses habits automnaux.

La poésie de l'automne

Ce soir de novembre, la nuit tomba vite. La campagne était enveloppée dans un épais brouillard, et l'abbatiale ressemblait à un phare solitaire. Les pierres blanches, les lumières des vitraux nimbaient de poésie les dernières gouttes bleutées qui tombaient du ciel. Dans la nef, on s'étonnait : il ne faisait ni froid ni chaud.

Avant complies, j'avais entendu les hululements d'une chouette dans le verger proche et le bruit agréable des grains du chapelet d'un vieux fidèle agenouillé devant la statue de Notre-Dame du Bien-Mourir. Un novice venait de quitter la communauté. Il avait pourtant pris l'habit religieux. Mais l'expérience n'avait pas été heureuse. Je l'observais. Son visage était douloureux et mélancolique. Le jeune homme logeait pour quelques jours à l'hôtellerie avant de quitter l'abbaye. Pendant les offices, il avait abandonné sa place au chœur. Il continuait de suivre avec application la prière des moines depuis la nef. Le matin, pour le petit déjeuner, il rejoignait le réfectoire des hôtes. La vie du monde revenait peu à peu.

Le silence de l'hôtellerie avait changé. Il était moins doux, plus oppressant. On distinguait parfois des pas feutrés dans le long couloir. Dehors, les couleurs dorées de la campagne ne parvenaient plus à briser la gangue sépulcrale des arbres détrempés par le passage d'une petite tempête. De la fenêtre de mon bureau, j'apercevais un moine qui nettoyait les grands fûts de bois d'une des caves de l'abbaye. Le vent soufflait, et le frère luttait contre les rafales. Il s'activait courageusement. Quelques instants plus tard, je me trouvais dans l'église où l'organiste répétait une pièce. En toutes saisons, la musique résonne sous les voûtes.

Le lendemain, après le déjeuner, la vaisselle achevée, je vis les religieux partir en promenade. La basse saison ne changeait rien à leurs habitudes. Une pluie froide battait la campagne, mais l'avanie ne décourageait pas les moines. Par petites grappes, ils montaient la route de l'ancienne gare. Leurs habits étaient copieusement arrosés, sans qu'ils en aient cure. Les joyeuses conversations partaient en tous sens. À leur retour, ils ruisselaient. Une façon merveilleuse de tomber malade qui ne les troublait pas, car « nos tuniques retiennent bien l'eau », disent-ils. Ce jour-là, les moines n'avaient pas de chance. Un grand soleil perçait le ciel à l'instant où ils franchirent la porte de l'abbaye. La lumière glissait sur les arbres, les feuilles dorées rayonnaient.

Les trois retraitants qui peuplaient l'hôtellerie partirent pour de menus travaux dans les jardins. Ils devaient ramasser les feuilles mortes tombées après les dernières bourrasques. L'ancien novice resta lui au chaud et passa plusieurs heures en prière dans un oratoire.

Dehors, le jour baissait. Une lumière pâle tombait sur le village. La nuit ne tarderait pas. En montant jusqu'à la route départementale, je voyais de la fumée s'échapper des cheminées. Les fermes des hameaux semblaient perdues dans les champs. Les Cossetteries, Pré Picault et Les Tessonnières apparaissaient entre les arbres. Pour l'heure il n'avait pas gelé. Les génisses, les veaux et les vaches rechignaient à reprendre le chemin de l'étable tandis que, peu à peu, la nuit recouvrait Fontgombault.

Pour le dîner, servi dans le réfectoire, des bouillons chauds de pommes de terre et de carottes fumaient. Les frères, revêtus de leur grand tablier blanc, posaient de larges soupières au milieu des tables. Nous plongions la tête dans nos assiettes. Une légère humidité rôdait.

Dans l'église, on avait accroché un grand rideau blanc près de la porte qui menait au cimetière pour empêcher les courants d'air des premiers froids. Je n'étais pas convaincu de l'utilité du stratagème.

Avant complies, l'ancien novice attendit seul un long moment devant la porte d'entrée de la clôture qu'il ne pourrait plus franchir. Une larme coula sur son visage ; il s'empressa de trouver son mouchoir.

La nef plongeait dans une demi-obscurité. Seules les hauteurs du chœur étaient éclairées. L'abbatiale se murait dans un grand silence.

Le lendemain matin, le frère Louis-Marie resta plusieurs heures à ramasser des betteraves dans le potager. Sous un fin crachin, protégé par un vieux pardessus élimé, il travaillait sans rechigner. Je croisai son merveilleux regard d'enfant et ne pus m'empêcher de songer confusément, obstinément, qu'il ressemblait à ceux des saints du Ciel. Pendant ce temps, un vieux moine avait entrepris d'épousseter les bancs de l'église. Il s'était muni de trois chiffons blancs. L'un pour les prie-Dieu, l'autre pour les sièges, le dernier pour les dossiers : il convient d'établir une stricte différence entre les types de poussière. Le bruit doux des tissus sur le bois ne pouvait troubler le prêtre qui se confessait à un moine. On entendait des mots bas, lointains et imperceptibles.

Le midi, au réfectoire, le frère qui portait des sabots lisait du haut de la chaire *Les chrétiens dans al-Andalus : de la soumission à l'anéantissement* de l'historien Rafael Sánchez Saus. Le moine au visage d'ange, au sourire enfantin, semblait échappé d'une stalle clunisienne. Son étrange et belle voix, cristalline, fine, grave en même temps, laissait couler les pages assommantes de la lecture du jour. Le soir, dans les rais de la faible lumière du réfectoire, au moment de la lecture de la règle, tous les moines baissaient la tête. Ils ressemblaient aux pleurants d'albâtre doux et hiératiques des tombeaux des ducs de Bourgogne. Dans la chaire, un moine lisait le chapitre consacré à la figure du cellérier.

Avant complies, je vis une silhouette avancer dans la nuit. Je reconnus le fermier qui venait de s'occuper des veaux nés de quelques jours. Il me salua d'un geste amical. La nuit serait fraîche, le thermomètre descendrait à deux degrés. Ce 7 novembre, il n'avait pas encore gelé, mais les grands frimas approchaient. Le dernier office de la journée allait commencer. Dans l'église, il n'y avait que deux retraitants. Encore une fois, les moines chantaient l'office pour Dieu, et non pour les foules. Après la bénédiction de Dom prieur, qui doit suppléer au père abbé en son absence, les cloches sonnèrent à toute volée dans la nuit froide.

Le lendemain, sous une pluie battante, un frère était occupé à ramasser les dernières tomates du potager. Elles ne résisteraient pas aux premiers givres. La cuisine attendait les paniers.

La journée passa vite. À la nuit tombante, trois chasseurs se présentèrent à la porterie de l'abbaye. Ils amenaient un chevreuil tué deux heures auparavant. L'après-midi, au loin, vers les bois, on avait bien entendu des coups de feu et les hurlements d'une meute de chiens. On appela le frère boucher ; la petite troupe examina la bête au pelage roux soyeux. Dans la caisse en bois, un filet de sang s'échappait de sa fine tête.

Les hommes devisèrent sur la manière de cuisiner la bête. Soudain, dans le ciel, on entendit un étrange bruit, et une colonie de grues qui filait à l'horizon. Elles partaient vers les pays chauds. Un chasseur s'exclama alors : « Ils l'ont bien dit à la radio ce matin. Il va geler dans une semaine. » Le frère boucher était dubitatif. Il voyait la chose survenir dans quelques heures. Mais son interlocuteur était certain de son fait : « Marie l'a entendu dire aussi, au journal télévisé. »

Les cloches mirent un terme au débat. Elles sonnaient vêpres. La lumière tombait. Chacun rentra chez soi. Au loin, les lumières du village s'allumaient.

Pendant la nuit, il gela. Le moine avait eu raison. Au petit matin, nous pûmes contempler l'herbe blanche des champs qui étincelait sous le grand manteau mordoré des arbres de l'automne.

Un froid glacial

L'appel à la vie monastique est une vocation. J'ignorais que le froid en était une autre.

Le 3 janvier 2020, un vent doux et un brin de soleil réchauffaient la campagne. Mais, dans l'église, l'histoire était autre. L'hôtelier avait cru bon de me dire que le froid pouvait provoquer des engelures. Il ajouta : « L'hiver est stimulant. Il réveille le corps. » J'en étais resté sans voix.

Au fond de l'église, les moines avaient installé une crèche étonnamment imposante et sobre. Le grand orgue répétait à tout rompre des pièces de Noël, et la *Marche des Rois* de Bizet éclatait sous les voûtes.

Dehors, où il faisait meilleur en comparaison de l'église, des scouts de Paris s'apprêtaient à quitter le monastère. Sur leurs uniformes, les jeunes garçons portaient des capes bleu marine en laine, comme s'ils sortaient tout droit d'un pensionnat des années cinquante. Dans la bibliothèque de l'hôtellerie, dom Jean donnait une conférence à de jeunes hommes mariés. Ils écoutaient doctement l'enseignement du maître, chacun ayant pris soin de se couvrir d'un gros manteau. Le père abbé était concentré, son auditoire prenait courageusement des notes les mains engourdies.

De passage pour un court séjour au monastère, un pneumologue exerçant dans un grand hôpital parisien m'avait confié sans détour : « Les moines sont des héros ou des surhommes. Sur le plan médical, je ne peux expliquer comment ils traversent l'hiver. Il faut que la chaleur de la foi recouvre tout. Moi, je repars souvent avec une angine. »

À Fontgombault, le samedi est jour de ménage. On voyait régulièrement des moines apparaître à la fenêtre. L'un secouait son chiffon à poussière, l'autre tapait un grand tapis contre le mur. Dans le cloître, un jeune novice enlevait les toiles d'araignée des voûtes avec une « tête-de-loup ». Puis il utilisait un aspirateur très bruyant pour nettoyer les sols. Il ne ménageait pas sa peine. Et l'exercice devait le réchauffer.

Pendant les vêpres, l'humidité glaciale suintait littéralement des murs. Les vitraux noirs semblaient protéger les moines des bourrasques qui battaient la campagne. La buée s'échappant de la bouche des retraitants effaçait presque les visages. L'orgue de chœur accompagnait le chant, il était la présence la plus rassurante d'un office habituellement si doux.

Du côté du réfectoire, presque aussi glacial que le cloître, des soupes de pommes de terre fumaient dans les lourdes soupières que des moines apportaient rapidement. Il ne fallait pas trop rêver. Les assiettes refroidissaient vite, et les vieux moines n'en finissaient plus de presser sur leur nez de grands mouchoirs blancs.

Pendant la lecture de la règle de saint Benoît, les religieux ressemblent toujours à des statues ; en automne, ils sont de cire. En hiver, on songe davantage à des statues de glace.

Les moines paraissaient fatigués. Le teint pâle, la démarche plus lente, les yeux cernés, ils étaient différents. Comment les plus âgés pouvaient-ils accepter un tel régime ? Dans l'abbatiale, après le dîner, dom Antoine continuait son labeur du soir. À l'aube de ses quatre-vingt-sept ans, il s'en acquittait fidèlement. Je le voyais avec son plumeau, occupé à ramasser les morceaux de cierges tombés sur le sol. La température de l'édifice ne dépassait pas les six degrés.

Pour tenir dans ce froid, il faut être devenu un petit robot. Un automate qui avance sans se poser de questions. À la messe du dimanche, les enfants avaient remonté leurs cols roulés jusqu'au nez. Ils ressemblaient à des gangsters.

La lutte contre le froid est un combat contre la mort. Il faut l'empêcher de rendre le corps rigide comme un bois glacé. Les pieds gelés, le fidèle se bat contre le ralentissement impressionnant de sa circulation sanguine.

Heureusement, l'orgue jouait avec entrain les pièces de la Nativité. La *Marche des Rois* tonnait, de gros cumulus d'encens s'élevaient de l'autel jusqu'à la voûte, et les moines, dans les stalles, capuchons relevés, ne bougeaient plus un cil. L'assemblée n'en menait pas large. Comment tenir son livre de messe avec les mains gelées ? Comment retrouver un peu de chaleur en ajustant au mieux son manteau ? On était ramené à des préoccupations prosaïques.

L'après-midi, le Saint-Sacrement fut exposé sur le maître-autel. Plusieurs moines étaient agenouillés sur les marches du sanctuaire. Dehors, le vent se levait. Le silence de l'abbatiale avait les inflexions d'une tempête de neige au pôle Nord.

Dans la grande cour des hôtes, je ne trouvais âme qui vive. Plus personne n'osait sortir. Vers cinq heures, le soleil déclina. Une lumière rose rasante irradiait la campagne. Une maisonnette de vigneron, seule au milieu du coteau qui surplombe le monastère, paraissait abandonnée, et on entendait le roulement sourd de l'eau de la Creuse qui passait par le barrage des moines.

Après le dîner, je vis dans l'obscurité de l'église la silhouette de dom Forgeot qui marchait doucement pour rejoindre la crèche. Il s'agenouilla pour prier un moment devant la petite mangeoire où dormait l'enfant Jésus. Le froid se montrait si tenace qu'une forme de brouillard paraissait recouvrir le fond de l'église.

Les jours de pluie, l'abbatiale se charge en humidité. Si un froid sec survient, il colle une vapeur givrée sur les vitraux, qui deviennent semblables aux glaces de Versailles. Dans l'obscurité de la nuit, l'édifice se mue en palais féerique. Les plus anciens ont connu l'eau des bénitiers transformée en blocs de glace. Les burettes gelaient aussi. Quand la température de la nef passe sous les quatre degrés, les matines et les laudes sont chantées en salle du chapitre. Pour que les autres offices ne soient plus chantés dans l'abbatiale, il faut que le mercure descende sous zéro. En 2012, lors du dernier hiver vigoureux de Fontgombault, le thermomètre de l'église s'est maintenu une semaine à un degré cinq.

Un jour, l'organiste avait demandé l'autorisation de répéter un morceau au grand orgue avec un petit radiateur électrique à ses côtés. Au bout d'un moment, le radiateur chauffant assez fort, le moine tourna négligemment l'appareil vers les boiseries de l'orgue. Dans la passion du mouvement musical, il ne se rendit pas compte que le bel instrument n'appréciait guère le procédé : son bois au contact de l'air chaud fut carbonisé. Un moine qui passait dans l'église s'en aperçut à temps…

Au monastère, le réchauffement climatique est une réalité concrète. Les moines se souviennent bien des hivers où certains enfilaient jusqu'à sept pull-overs de laine sous leurs habits. Ce temps est révolu ; mais des religieux montent encore à trois ou cinq lainages.

De leur côté, les organistes ont gardé la mémoire des offices où leurs doigts brûlaient de froid. Désormais, ils jouent tranquillement. Chaque demi-degré supplémentaire améliore le confort des musiciens.

Un moine espagnol de passage à l'abbaye aurait déclaré en partant : « Je vous laisse avec joie votre frigidaire roman ! » Un autre avait formulé une juste maxime : « Qui résiste au froid de Fontgombault résiste à tout ! » Quant au curé de la paroisse voisine, il surnomme gentiment l'église du monastère « la glaciale » !

Pourtant, même dans cet hiver sibérien, il me suffisait de regarder le beau sourire d'un moine pour comprendre que le froid n'était pas grand-chose. Il y avait le gel, la neige, le vent. Mais la foi était plus grande, plus belle et plus chaude.

Vive le printemps, cependant ! Vive le soleil des beaux jours de mai !

Le temps des cerises

Pendant la période de confinement liée à la pandémie du coronavirus, les moines avaient fermé l'hôtellerie du monastère. Dom Philippe se reposait un peu. Habituellement, la Semaine sainte est une des plus chargées de l'année. En avril 2020, le grand couloir des chambres était resté désert ; au réfectoire, la table des hôtes semblait désespérément solitaire.

L'abbaye mobilisa sa ferme pour aider les familles de la région. Des quantités de pain, d'œufs, de fromages, des pots de confitures et de miel, des cageots de pommes quittèrent les réserves pour être donnés aux plus pauvres. La ferme fit même le don d'une vache jersiaise pour offrir de la viande à ceux qui n'en mangeaient plus.

L'orée du printemps était joyeuse et triste. Le soleil d'avril donnait l'impression d'être en été. Heureusement pour les frères fermiers et jardiniers, les pluies furent abondantes – car, comme le dit souvent le frère Raphaël-Marie, « la meilleure des fertilités, c'est la pluie et le soleil au bon moment ».

Avant la fête de l'Ascension, les trois jours des rogations furent consacrés à implorer l'aide du Ciel. Le matin, après la messe, les moines partaient à travers les champs, les vergers et les jardins pour demander à Dieu des récoltes abondantes. Les processions visitèrent chaque recoin du monastère. Les frères partirent même au loin pour bénir les enclos de céréales. Les vaches n'en revinrent pas. Elles virent la longue file des moines noirs déambuler dans les traverses, encensant, chantant et priant.

La nature était luxuriante et le fermier, heureux. Cette année, le foin serait abondant. Avec le vent d'est, il sècherait facilement.

Sur la Creuse, dom Pateau avait entrepris de grands travaux à la centrale électrique. Les travaux de modernisation furent d'une telle ampleur qu'on ne savait plus s'il s'agissait d'ordonner aux grandes eaux de Marly ou de pourvoir en électrons les pauvres moines. Toute la communauté se passionna pour l'avancement du chantier. Des camions, des pelleteuses, des dameuses se disputaient sans cesse l'avantage. On alla même jusqu'à construire un batardeau qui traversait la rivière de part en part. Le courant de l'eau était fort et s'en laissait peu conter...

Dans les cuisines, les cerises des vergers arrivaient dans de grands paniers. La récolte était précoce. Du côté des étables, les petits veaux nouveau-nés s'ébrouaient. Rustine, Régate, Rosa, Rarita, Rigolotte, Rabelais et Raja n'en faisaient qu'à leur tête. Dans les champs, les hérons pique-bœufs et les mouettes rieuses dansaient devant le tracteur du frère Raphaël-Marie. Quand le tracteur avançait, les sauterelles et les insectes de toute espèce sautillaient : les petits oiseaux n'avaient plus qu'à ouvrir le bec pour composer le meilleur des déjeuners. Sur les terres monastiques, la machine agricole moderne est la promesse d'un estomac bien rempli.

Derrière les murs encore un peu froids de l'abbatiale, l'orgue respirait à pleins poumons les parfums du verger voisin. La myriade d'arbres fruitiers n'était plus qu'un grand bouquet, où le jaune thé, les roses pâles et le blanc de lin dominaient les jardins. Le père Jorge, moine d'origine argentine, répétait des pièces de Johannes Brahms, Jean-Sébastien Bach, Jakob Kortkamp, Lambert Chaumont et Jean Titelouze.

Les notes de la huitième partita pour orgue en *ut* mineur, sublimées par la vivacité latino-américaine de l'organiste, étincelaient de joie.

Fontgombault était toujours dans Fontgombault.

V

Les moines et les abeilles

Tous les travaux des moines sont enveloppés dans un grand tourbillon vers Dieu. Le père abbé donne une homélie, le frère s'occupe d'un bouquet de fleurs, le cellérier écrit un bilan comptable, le jardinier bine un rang de carottes ; ils ont tous une même importance. Chacun à sa place et à sa tâche, chacun à sa peine sous le regard du Très-Haut.

Un moine n'a pas d'ambition. Il ne revendique pas l'égalité. Il ne doit pas être envieux. Dans la règle, saint Benoît considère que « l'oisiveté est ennemie de l'âme ». Le fondateur demande que les frères s'adonnent à certains moments au travail manuel et à d'autres heures à la lecture de la parole divine, la *lectio divina*.

Le bonheur monastique est le fruit d'un idéal. Son pilier porteur a pour simple nom la prière. Le travail est pour Dieu. La beauté de la liturgie est pour Dieu.

La ferme est pour Dieu. L'infirmerie aussi est pour Dieu.

La liste des obédiences ressemble à un inventaire sans fin. En découvrant le long catalogue des charges, le profane écarquille grands les yeux. Les abeilles n'ont plus qu'à reprendre l'organisation des ruches. Elles feraient presque figure de gentilles anarchistes à côté de la rigueur insubmersible des moines.

Il faudrait pouvoir s'imaginer comment, derrière les hauts murs de clôture, les moines s'activent pour faire fonctionner l'abbaye. Le respect des temps de lecture et de prière, la célébration solennelle de l'office divin, la participation effective au chant, la joie des promenades et des récréations, l'obéissance mutuelle et l'esprit de service ne s'apprennent pas en un jour. Les moines chargés de la formation ont un rôle éminent. Le père maître des novices de chœur, le père maître des convers, le père zélateur des novices de chœur, c'est-à-dire celui qui seconde le père maître dans la formation des novices, le père zélateur des convers, les moines professeurs chargés de cours – en philosophie, liturgie, histoire de l'Église, patrologie, doctrine sociale de l'Église, théologie dogmatique, ecclésiologie, mariologie, théologie morale, théologie sacramentaire, droit canon, Écriture sainte et latin – ont la noble tâche de donner aux plus jeunes les moyens de leur vie monastique. Il faut aussi évoquer le secrétaire du chapitre, qui tient à jour les registres pour les vêtures et les professions ainsi que les offices de charité : les confesseurs, l'infirmier et ses aides.

Au monastère, rien n'est préféré à l'œuvre de Dieu. Chaque jour, plus de vingt-cinq messes sont célébrées à Fontgombault. Les moines responsables de tout ce qui touche à la liturgie sont légion. Il y a le sacristain et ses aides, qui s'occupent du ménage de l'église, de la préparation matérielle des offices avec le soin des burettes, le lavage et le repassage des linges liturgiques ; le suce-mèche, en charge de la confection et de l'entretien des cierges ; le moine responsable des cierges de dévotion ; le moine qui s'occupe de la conservation des objets d'art, de la fabrique et de la réparation des chapelets ; celui qui a la charge de l'atelier de paramentique où sont fabriqués et restaurés les ornements liturgiques ; le trésorier, qui a la garde des reliques du monastère ; le réglementaire, responsable de toutes les cloches du monastère et de la manière de les sonner, avec ses aides – le second et le troisième réglementaire. On devine combien les cloches sont chéries, sur les bords de la rivière noire. Elles s'appellent Maria-Petra, Michaëla, Joanna-Josepha et Benedicta. La plus grosse pèse environ mille six cents kilos, la plus petite, quatre cents. Elles furent bénies par dom Roy le 8 décembre 1976. Il ne faut pas non plus oublier le moine en charge de la gestion des offrandes de messe, le bibliothécaire et ses aides, les relieurs et le moine responsable des livres de chœurs. Ni le moine en charge de l'entretien des orgues et les organistes, le maître de chœur, le préchantre et les trois chantres, les autres membres de la *schola*, le cérémoniaire et son second.

Et l'inventaire ne s'arrête pas là ! Il y a encore les fleuristes, avec le moine responsable du jardin des fleurs, le moine responsable des bouquets de l'église, les moines chargés de fleurir les statues de Notre-Dame et de saint Joseph dans l'abbaye. Il y a aussi toutes les charges afférentes aux artisanats d'art, aux ateliers dont les créations sont soit destinées au culte, soit permettent d'embellir la vie quotidienne : le potier, le céramiste, le moine responsable des émaux, le calligraphe.

Viennent ensuite les tâches qui assurent la vie matérielle des moines et de l'abbaye – travaux de première nécessité, nourriture, vêtement, logement, la propreté et la beauté des lieux. Car, à Fontgombault, nécessité fait bon ménage avec gratuité. Le cellérier est chargé de l'économie du monastère, assisté de son comptable. Le dépositaire, qui a la haute main sur tout ce qui arrive dans les assiettes, avec les premiers cuisiniers – quatre frères –, les seconds cuisiniers – huit frères –, le boulanger, le pâtissier, le boucher, le vigneron-caviste, le réfectorier, chargé de la mise du couvert, le moine responsable de l'épluchage des légumes, l'apiculteur, les confiseurs – confectionneurs de confitures, pâtes de fruits et noix déguisées, une spécialité sucrée des moines dont les visiteurs raffolent –, le fermier et ses aides, le frère qui veille sur les poules, le jardinier et ses aides au potager, ainsi que le responsable du verger complètent ce beau tableau.

Il y a encore le chambrier, en charge de ce qui est nécessaire à la vie quotidienne, des meubles aux vêtements, avec ses aides à la buanderie, la lingerie, la taillerie, aussi bien pour la confection des tuniques que pour la réparation du linge et la cordonnerie.

Une autre kyrielle de charges est associée à l'entretien des bâtiments et des équipements de l'abbaye. Outre le frère qui en est responsable et chapeaute le tout, il y a le plombier, les peintres, l'électricien, le moine qui s'active à la centrale électrique et son aide, ceux-ci ayant également la haute main sur le chauffage, l'informaticien responsable de tout le réseau ainsi que de la vidéosurveillance, le moine qui contrôle la sonorisation à l'église et au réfectoire, le moine en charge de la téléphonie, mais aussi les moines mécanos, qui entretiennent voitures, tracteurs, groupe électrogène, vélos, et font tourner l'usine bénédictine !

Pour les terres qui dépendent de l'abbaye, un moine est responsable de l'exploitation des parcelles forestières, un autre des parcs intérieurs, un autre encore des jardins de l'hôtellerie. Après les moines OS, voici donc les maîtres des Eaux et Forêts…

Il faut aussi mentionner toutes les obédiences liées aux relations avec l'extérieur et les artisanats d'art destinés à la vente : l'hôtelier et le second hôtelier, le père maître des oblats, le moine chargé de l'accueil des scouts, l'aumônier qui s'occupe des chômeurs et des routards, les moines responsables de l'école de prière pour les enfants, le portier, ses aides et les deux conseillers municipaux.

Enfin, j'en termine avec la petite imprimerie, les iconographes, le secrétariat, le vaguemestre et l'archiviste, qui tient aussi la chronique où est relatée la vie quotidienne de l'abbaye. Ajoutons aux obédiences propres les mille et un services pris en charge par les uns et les autres – par exemple, chaque frère a une zone de la maison à nettoyer – et qui permettent de maintenir le monastère dans la paix, qui est la tranquillité de l'ordre, selon la belle expression de saint Augustin.

« Chacun des moines a un rôle éminent que le père abbé lui donne et qu'il doit remplir chaque jour fidèlement », résume parfaitement dom Pateau.

Pour gouverner le monastère, le père abbé est secondé par le prieur et le sous-prieur. Il dispose également d'un Conseil. Le nombre de ses membres dépend de l'importance de la communauté. Actuellement, le Conseil en compte cinq. Deux conseillers, dont le prieur, sont nommés directement par le père abbé. Les trois autres sont élus par le chapitre, composé des profès solennels de chœur. La majorité absolue est requise pour être élu. En fonction des décisions à prendre et selon les Constitutions de la Congrégation de Solesmes, le père abbé demande l'avis ou l'autorisation du Conseil. Pour certains actes, il sollicite le chapitre ; sans cet accord, il ne peut avancer seul. Enfin, il doit parfois recourir à dom Dupont, le père abbé de Solesmes et président de la Congrégation, ou au Saint-Siège.

Ces divers conseils n'ont pas pour but de confisquer ni de limiter le pouvoir de l'abbé, mais plutôt de lui donner les éléments d'une sage décision.

Pour les questions concernant les services du monastère, la préparation de la consultation du Conseil ou du chapitre implique évidemment le responsable de la charge, qui peut être invité à rédiger une note transmise aux conseillers avant la réunion du Conseil ou même être présent afin d'exposer plus précisément le projet et son point de vue. Soulignons que le Conseil ne se limite pas à l'examen du projet au plan matériel ou financier ; il lui revient aussi de considérer l'impact du projet sur la vie de prière de la communauté et de ses membres.

Ainsi, le père abbé, le Conseil et le chapitre forment trois cercles de décision. Mais si l'Église a prévu que certaines décisions nécessitent un vote en Conseil ou en chapitre pour prévenir des abus de pouvoir, la confiance réciproque permet aux trois instances de s'appuyer l'une sur l'autre plutôt que de se gêner.

Le père abbé doit déposer l'ensemble des charges au moins tous les trois ans. La grande déposition est un temps important dans la vie du monastère. Dans l'intervalle, lors d'une conférence hebdomadaire, dom Pateau peut décider de relever un moine d'une obédience particulière. Différentes raisons peuvent l'y conduire. À titre d'exemple, saint Benoît, dans le chapitre de sa règle consacré aux artisans du monastère, les invite à exercer leur art « en toute humilité, à condition que le père abbé le permette. Mais si jamais l'un d'eux s'enorgueillit de la connaissance qu'il a de son métier, en voyant qu'il rapporte quelque chose au monastère, celui-ci sera relevé de son emploi ».

La dernière déposition générale a eu lieu en septembre 2019 ; le père abbé avait innové en demandant préalablement à tous les moines de lui écrire une petite note sur leur travail et d'y ajouter le nom d'un ou de plusieurs remplaçants éventuels auxquels ils songeraient pour prendre leur suite. Il voulait rappeler à chacun que les obédiences ne constituent jamais une propriété. Le moine est pauvre. Rien ne lui appartient.

Le bien commun d'une famille monastique n'est pas la somme des biens propres de chaque moine. Mais plutôt l'addition des renoncements de tous. Le bonheur est à ce prix : « Certains jours, quand nous partons en promenade, des moines aimeraient rester au monastère. Mais nous devons faire un effort pour que le bonheur de tous devienne le bonheur de chacun », me disait simplement dom Pateau. Il faut sacrifier les petites jalousies individuelles, les petites fatigues, les petites peurs. Cela vaut aussi dans le domaine du travail.

Le père abbé annonce la déposition des charges par un message manuscrit qu'il affiche à la fin de la récréation au babillard. Les moines le découvrent après none. Le texte est pour le moins laconique : « Dix-neuf heures cinq, déposition des charges. » Chacun comprend immédiatement que toutes les charges vont tomber en fin de journée.

Le soir, dans la salle du chapitre, le père abbé dépose un à un les officiers, c'est-à-dire les frères en charge d'un office, mais qui n'ont pas forcément de rôle de commandement à l'égard des moines, à la différence des doyens dans la règle de saint Benoît. Le prieur, le sous-prieur, le père maître des novices de chœur, le père maître des frères, le cellérier, le premier chantre, le chambrier, l'hôtelier, le portier et l'infirmier ont préparé une accusation où ils rendent compte des fautes commises dans l'exercice de leurs charges. Le prieur a perdu la communauté en promenade, causant un retard, il s'accuse… L'infirmier ou le dépositaire se sont légèrement trompés dans l'ordonnance des régimes pour les moines anciens ou malades, ils s'accusent… Le premier chantre a induit le chœur en erreur ou a nui à son unité, il s'accuse… Le père maître a manqué de disponibilité à l'égard des novices, il s'accuse…

Le prieur et le sous-prieur, qui, par leur charge, sont à la première place au chapitre, reprennent leur ancienne place de profession. Ils font de même au réfectoire et au chœur. Sur les portes des cellules, les noms des offices sont remplacés par le nom des moines. Cet usage peut paraître formel, mais il montre encore qu'aucun moine n'est propriétaire de sa charge. Le moine n'a qu'une richesse à préserver : Dieu. Il ne doit jamais l'oublier. La règle et l'abbé se chargent de le lui rappeler.

À la fin de cette conférence, le monastère doit continuer à vivre : il faut assurer l'office divin, nourrir les moines, s'occuper des novices. Aussi, le père abbé nomme-t-il des suppléants pour vaquer aux activités courantes en attendant la nomination des nouveaux officiers et distribue les clefs que les officiers sortants lui ont rendues.

Sans tarder, le père abbé nomme un prieur. La décision est personnelle. Comme pour l'ensemble des charges, il peut reconduire celui qui vient d'être déposé. En septembre 2019, il a renouvelé le père Jean-Baptiste.

Cela fait, le père abbé pourvoit à la constitution de son Conseil. Dans le cas de Fontgombault, il nomme son second conseiller, dit *ex parte Abbatis*, et préside sans voter lui-même l'élection des trois autres conseillers par les membres du chapitre. Cette élection peut comporter jusqu'à trois tours.

Un moine peut-il changer d'obédience quand il est resté longtemps en poste ? Dom Jean sait que le travail d'explication est fondamental : « Les frères doivent comprendre que les décisions ne sont pas prises *ad hominem*. Le bien supérieur de la communauté, le bien du moine, aussi, prime toujours. » Les bénédictins font trois vœux : l'obéissance, la conversion des mœurs et la stabilité. La durée, dans une obédience, ne doit pas amener le moine à se considérer comme inamovible, ni l'autoriser à s'estimer seul à pouvoir l'accomplir. Il faut du courage et de l'abandon pour renoncer à une charge après des années, parfois des décennies. La charge ne meurt pas avec soi, le monastère poursuit son chemin : « Le frère rendra grâces à Dieu pour les dons reçus durant son service. Il se réjouira même qu'un autre soit en charge, faisant son possible pour que le transfert s'accomplisse au mieux. Il se gardera par la suite de s'immiscer dans les affaires de son ancienne charge, que ce soit de manière directe ou indirecte. » Le propos de dom Pateau peut sembler difficile. Mais la stabilité de l'édifice communautaire est à ce prix.

Le Conseil élu, le père abbé le réunit et l'écoute afin de préparer la « collation des charges ». On décide alors de la nouvelle attribution de toutes les obédiences. Ces échanges sont sensibles, car ils impactent directement la vie des moines.

Une obédience ne devrait jamais nuire à la vie de prière d'un moine. Cela est difficile pour un cellérier, un hôtelier, un infirmier, un portier... D'autres obédiences, en apparence plus anodines, nécessitent une vigilance affective. Ainsi, le moine en charge du poulailler ne doit pas trop s'attacher aux gallinacés sur lesquels il veille. Le fermier ne doit pas produire plus de lait que nécessaire. L'apiculteur ne doit pas imaginer que les abeilles de Fontgombault produisent le meilleur miel de France... Même si cela est vrai.

L'abbé préfère un surcroît de prière à un excès de travail. La recherche d'un équilibre toujours précaire est son pain quotidien.

Lors de la collation des charges, en salle du chapitre, le père abbé annonce officiellement à la communauté les nouvelles affectations. Les suppléants rapportent les clefs ; les nouveaux titulaires les reçoivent. On songe à la parole de Matthieu : « Je te donnerai les clefs du Royaume des Cieux : ce que tu lieras sur la terre sera lié dans les cieux, et ce que tu délieras sur la terre sera délié dans les cieux » (Mt 16, 19).

Après une déposition, des moines changent de cellule, des novices disent au revoir à leur ancien zélateur, des moines laissent des consignes sur le fonctionnement d'une charge qu'ils occupaient la veille encore. C'est un temps émouvant. Le nouveau responsable ne travaillera pas nécessairement comme son prédécesseur. Mais ce dernier doit se départir de tout esprit de critique sur la manière dont son successeur s'y prend, et même de tout esprit de conseil. Il lui faut désormais demeurer silencieux. Dom Pateau est un gardien vigilant, scrupuleux de cette pratique.

Au moment de sa nomination comme prieur, il se souvient d'un texte préparé pour la formation des novices. Il était alors zélateur des novices de chœur. Sauf qu'il n'a jamais prononcé cette conférence puisque d'une heure à l'autre il ne fut plus zélateur.

L'organisation de Fontgombault est digne d'une horlogerie suisse. Le père abbé, représentant du Christ dans l'abbaye, tient entre ses mains le mécanisme complexe. Le monastère pourrait sembler aux yeux du monde comme l'un des derniers lieux où s'exerce un pouvoir quasi absolu. Pourtant, saint Benoît, il y a quinze siècles, a su tempérer ce pouvoir en rappelant à l'abbé les comptes qu'il aura à rendre à Dieu.

Le monastère serait-il une démocratie, une société où les membres exercent leur souveraineté à travers l'abbé et les conseils qu'ils ont élus, un gouvernement des moines, par les moines, pour les moines ? À cette question on doit répondre par la négative. Celui qui gouverne le monastère et celui pour qui le monastère existe, ce n'est pas l'assemblée des moines, c'est Dieu.

Les moines, le Conseil, l'abbé n'ont qu'un devoir : saisir la volonté de Dieu sur la communauté, sur chacun de ses membres, et l'accomplir.

VI

Quasi modo geniti infantes[1]

Dans la règle, saint Benoît nous dit : « L'abbé qui aura été jugé digne de gouverner le monastère doit avoir incessamment devant les yeux le nom qu'il porte et s'étudier à remplir par sa conduite tous les devoirs d'un supérieur : car on le regarde comme tenant la place de Jésus-Christ entre ses frères ; et c'est pour cela que par une distinction de prééminence, il en a le nom, selon ces paroles de l'Apôtre : "Vous avez reçu l'Esprit d'adoption des enfants, par lequel nous crions Abba, c'est-à-dire, Père" (Rm 8, 15). Ainsi, l'abbé ne doit rien enseigner, ni instituer, ni prescrire, qui soit contraire aux préceptes du Seigneur – ce que Dieu ne permet pas ; mais il faut que ses commandements et sa doctrine, comme un levain spirituel de la justice divine, se répandent et remplissent le cœur de ses Disciples. »

1. « Comme des enfants nouveau-nés » (1P 2, 2).

À Fontgombault, l'homme qui remplit cette tâche terrible a le visage d'un enfant, d'un professeur, d'un musicien. Cet homme doux, qui peut devenir un sage et un guerrier, un avocat et un juge, semble difficile à saisir, indéfinissable.

Il pouvait dire à ses moines, après la bénédiction abbatiale : « Ainsi la vie monastique est-elle une vie faite pour des enfants. La vie monastique est un jeu, le grand jeu de la charité. » Mesure-t-on la force qu'il faut pour affirmer avec des mots si simples des réalités si grandes ?

Jean Pateau est né le 9 juin 1966 aux Sables-d'Olonne. Après l'agrégation de physique, obtenue à vingt-deux ans, une belle carrière s'ouvrait à lui. Il a d'ailleurs enseigné deux années en classes préparatoires scientifiques, au lycée Stanislas, à Paris, où il était le plus jeune professeur de l'établissement. Mais il décida de passer les portes austères de la clôture de Fontgombault à vingt-quatre ans. Ordonné prêtre en 1998, prieur en 2004, il est élu abbé le 18 août 2011, à quarante-cinq ans, en présence du président de la congrégation de Solesmes, dom Dupont. Il succédait ainsi à dom Antoine Forgeot. La tâche n'était pas simple, il l'a relevée avec force d'âme.

Dom Jean est un homme droit et sincère, convaincu qu'un bon abbé est celui qui sert les moines de sa communauté. Avec l'humeur égale qui le caractérise en toute circonstance, il me confia lors de l'une de nos conversations : « Saint Benoît souligne le caractère "utile" du service de l'abbé. Cette utilité ne se définit pas en fonction de sa personne mais par rapport au plan de Dieu sur ceux que le Seigneur lui a confiés. L'abbé doit essayer de discerner quel est ce plan et le chemin où le moine doit orienter sa vie. Mais il y a une difficulté : il faut marcher au pas de Dieu ; pas plus vite et pas moins vite. L'abbé reste un homme. Il aimerait régler les problèmes instantanément pour courir plus vite. Mais Dieu peut permettre que les problèmes durent des années. Est-ce alors un drame ? Non. » Seul le pas divin compte. Le mot *auctoritas* vient de *augere*, qui signifie « augmenter ». Dans un monastère, l'exercice de l'autorité vise le bien de la communauté et des personnes. Le père abbé doit aider les moines à grandir, ce qui n'exclut pas une part de souffrance de la part de celui qui obéit, mais aussi de celui qui doit commander.

A contrario, comment définir un mauvais abbé ? Selon dom Pateau, ce serait un homme centré sur lui-même, il s'économiserait, ne se donnerait pas, se garderait pour lui, utiliserait le monastère et les moines à des fins personnelles. Il pontifierait et ne servirait pas : « La plus grande joie de l'abbé est de trouver Dieu dans l'âme de ses moines. Quand il voit la lumière du Ciel dans le cœur de ses fils, il est heureux. Quand la communauté est soudée, unie, sa joie est parfaite. Il faut une vie entière pour faire un bon père abbé. Si ce n'est pas Dieu qui édifie la maison, c'est en vain que travaillent ses ouvriers. Le Ciel prépare le cœur des abbés longtemps avant leurs bénédictions abbatiales. L'élection se fait par le vote des moines qui ont voix au chapitre, et les capitulants ont pour mission de discerner la volonté de Dieu pour la communauté. »

Si étonnant que cela puisse paraître, la vocation de l'homme qui ose de telles affirmations fut un chemin semé d'épines. Ses parents, profondément chrétiens, montrèrent d'abord une véritable opposition face à sa vocation religieuse. Il découvrit les cieux berrichons en classe de seconde. Lors d'une retraite à Fontgombault, le lundi de Pentecôte de l'année 1981, il fut ébloui par la beauté du chant grégorien. Ce séjour reste gravé dans sa mémoire. Malgré les supplications de son père, qui l'implorait de ne pas entrer au monastère, il finit par franchir le pas, empli d'une grande paix, d'une certitude, d'un élan. Un secret brûlait dans son cœur.

La première année, les parloirs avec ses parents étaient rudes. Son père ne disait mot, laissant sa mère seule s'adresser à lui. La douleur débordait. Les temps étaient difficiles. Mais le destin ne manqua pas de surprises : vingt ans après son entrée au monastère, le 7 octobre 2011, à l'occasion de sa bénédiction abbatiale, le père de dom Pateau revint à l'abbaye. Les vents mauvais étaient des souvenirs révolus. Désormais, il était heureux. Après avoir connu des troubles cardiaques et vasculaires graves, sa présence relevait du miracle : Claude Pateau assista à tous les offices de cette magnifique journée.

Hélas, le nouvel abbé perdit son père quelques semaines plus tard. La nuit du 29 décembre 2011, dom Pateau put venir le veiller. Vers cinq heures du matin, Claude Pateau ouvrit les yeux, il sembla se lever comme pour se diriger vers quelque chose qu'il voyait et il partit. Tout doucement.

Son fils a toujours été sûr du sens de sa vie contemplative. Dieu ne l'abandonnerait pas : « Le seul écueil, c'est que je n'accueille pas ce que le Seigneur me donne et me demande en faisant de la charge abbatiale ma propre charge. Il ne faut pas conformer les choses de la vie à notre volonté. Si je reste proche de Dieu, je n'ai aucune crainte. »

Dom Pateau n'est pas un homme qui doute. Est-ce une forme de radicalité ? En aucun cas. Il réfléchit beaucoup, il change parfois de chemin, il sait que des situations difficiles peuvent advenir. Mais il a la certitude que Dieu est toujours présent. Dans la vie de foi, il faut avoir la capacité de se remettre continûment en question. Le moine doit se demander si ce qu'il fait est vraiment le désir de Dieu : « Ma vocation est quelque chose que j'ai profondément assumé. » Mais la peine n'est pas restée une terre inconnue : « Il s'agissait d'une douleur que j'ai consciemment suscitée et acceptée chez mes parents. Je savais que Dieu me voulait à Fontgombault. J'avais une certitude. Dans ma famille, la déchirure de la séparation physique est devenue peu à peu un grand bonheur ; et, pour moi, la douleur s'est révélée une certitude et une tranquillité. Rien n'est impossible à Dieu. »

Les moines de Fontgombault savent que leur abbé possède une grâce particulière pour accompagner et aider les religieux tourmentés. Les certitudes de dom Jean donnent aux âmes douloureuses de retrouver le chemin de la confiance : « Le jour où nous arriverons au Ciel, nous comprendrons les trésors d'amour que Dieu a déployés sur chacune de nos vies. » Ces heures passées auprès des moines sont pour lui des moments heureux.

Il faut regarder dom Jean marcher. Il ne semble pas venir vers vous, et tout d'un coup, il est là. Vous pensez qu'il ne vous regarde pas, il vous scrute. Il ne veut rien déranger, pourtant soudainement, il a l'intention de tout dire. Cela prendra le temps nécessaire ; il dira ce que la vérité impose. Dom Jean n'est jamais dans la demi-mesure. Il ne s'étonne de rien, sans être un homme insensible. Des choses le peinent ; alors il monte au front, comme un enfant intraitable. Dans la communauté, l'abbé de Fontgombault peut faire preuve d'une sévérité redoutable contre les manquements à la charité fraternelle. Elle le rend entêté : « Les entorses à la charité blessent et tuent la vie communautaire. Les monastères meurent rarement d'indigence, ils meurent du manque d'amour dans le cœur des moines. » Le monastère doit être « un laboratoire de charité, le lieu d'une symphonie d'amour, d'une conspiration de miséricorde ». Il poursuit joliment avec l'élan dont il est capable : « Ce n'est pas nous qui devons vivre, mais Dieu qui doit prendre possession de toute l'existence de la communauté monastique. Alors, tous, nous vivrons. »

Un jour, dom Dysmas de Lassus, prieur du monastère de la Grande-Chartreuse, avait eu cette parole que je n'ai jamais oubliée : « Dieu regarde les âmes des moines, il s'occupe peu des caractères. » Dom Pateau s'exprime autrement : « Les personnalités évoluent lentement au contact du travail que Dieu fait dans les âmes. On peut parfois se dire : Dieu n'a aucun discernement quant aux vocations qu'il suscite dans un monastère ! Pourquoi a-t-il permis à ce moine de venir alors que la vie quotidienne est difficile pour lui ? Mais Dieu a un plan. Un père ne choisit pas ses moines. Dieu choisit seul. Par le travail accepté dans l'âme, le caractère va s'assainir. Dieu tire toujours l'homme vers le haut, jusqu'à la rencontre ultime, au terme de la route. »

Il se souvient d'un vieux moine dont le chemin ne fut pas facile. À la fin de sa vie, il avait confessé : « Oh ! Le Ciel sera si beau ! » Dom Pateau ajoute : « Dieu ne peut être que bon. Il lui arrive de corriger durement mais il reste bon. Au moment voulu, sa bonté triomphe et vainc le cœur tiède et l'intelligence froide. »

Dom Jean est un mystique qui ne dévoile pas son jeu. Les flammes de sa bonté ne l'empêchent pas de garder une humble réserve. L'homme a son jardin secret, il se cache derrière des fulgurances qui donnent le sentiment d'un homme d'action. Son intelligence est redoutable. Avec ses grands yeux ronds, son regard moitié enfantin, moitié juge des peines, ses petites flèches parfois provocantes, sans volonté de faire mal, il avance et ne se retourne pas. Il ne mâche guère ses mots, qu'il choisit soigneusement : « L'idéologie nous empêche d'écouter le silence de Dieu. Dans une abbaye, le drame survient lorsqu'il y a un mur entre le plan de Dieu et celui des moines. Pour comprendre Dieu, il faut montrer un grand oubli de soi. Le mal consiste à confondre la parole de Dieu et nos désirs. Dans un monastère, comme dans l'Église, l'idéologie, c'est le drame, le faux dieu et l'idole. Le service de l'homme et du moine implique de le prendre tel qu'il est. Le réel est plus important que l'idéologie. Il faut rejoindre le moine dans le concret de sa vie, le comprendre pour l'aider. » Il y a un peu de l'esprit de la Compagnie de Jésus dans ces mots. Et une forme de distance résolue avec toute l'hypocrisie janséniste. On songe aux deux étendards des *Exercices* de saint Ignace. Il faut choisir. Le bien ou le mal.

Le père abbé propose à ses moines de partir de leur vie, leurs qualités, leurs blessures. Comment encourager la recherche de Dieu chez un religieux en respectant sa personnalité ? Sa vocation est la rencontre avec le Ciel. La ligne est simple. Hélas, la chute n'est pas impossible : « Si le père abbé suit une idéologie, il court après sa petite méthode personnelle. » Il ressemble à un poulet sans tête…

Lorsqu'un homme entre au monastère, dans ses bagages, il porte aussi son passé, ses passions, ses idées politiques, son histoire familiale. Le jour de l'entrée en clôture, il ne faut pas attendre une rupture miraculeuse. Avec le temps, le centre de gravité de sa personnalité se déplace. Car le moine est fasciné par Dieu, il est tendu vers Lui. La volonté d'entrer au monastère trahit un appel profond de Dieu qui va focaliser toute sa vie nouvelle. Les passions, les compétences, les métiers passent au second plan.

Je pensais à Raïssa Maritain. À une époque de sa vie, elle cherchait à prier, elle voulait croire en Dieu, mais Il avait disparu. Son ami Léon Bloy auquel elle s'en ouvrit lui répondit sagement : « Par la science, vous l'approcherez seulement. Mais c'est par l'amour que vous le trouverez et c'est grâce à cet amour que vous serez heureux et saints : car il n'y a qu'une seule tristesse, c'est de ne pas être des saints. » Dom Pateau se souvient de sa propre route : « Par la science, je me suis rapproché de Lui. Je me suis pris au jeu et Il a tout emporté. Il a tout voulu. Se laisser éclairer, c'est devenir aveugle. »

Dans la vie monastique, l'unique nécessaire parfois si lointain, diffus, devient la nécessité unique, pressante. La voix de dom Pateau, au fil de notre conversation, se fait plus passionnée : « Dans le monde, nous savons bien que Dieu est l'unique nécessaire, mais il y a tant de choses sans intérêt qui nous captivent. Avec le temps, au monastère, la lumière de Dieu rend superflues des réalités qui semblaient incontournables. »

Le père abbé de Fontgombault est fasciné par Dieu : « Dieu est éblouissant. Regardez la nature. Il n'est pas une merveille qui ne porte Sa griffe. Mon passé de physicien, mon étonnement devant l'univers, m'a toujours conduit vers Lui. »

On se surprend encore à songer qu'il faut être étrange pour devenir moine. La vie monastique est un saut dans le vide ; à l'arrivée, on peut trouver un désert insupportable, une vocation illusoire, ou une oasis, le lieu de la joie. Dieu attire les moines. Ils sont des chouettes cachées dans les forêts avec leurs yeux ahuris, fascinées par la lumière.

Comment comprendre qu'un moine n'est plus heureux ? Son visage est-il triste ? Sa présence à l'office divin devient-elle superficielle ? Parfois, il aimerait être heureux, mais ne croit plus le pouvoir. Le père abbé, sourcils froncés, répond avec franchise à mes interrogations : « Le don à Dieu et le don aux frères passent par le même chemin. La vie monastique est fragile. Un moine se trouve entre le Ciel et la terre. Il faut avoir les pieds sur terre et la tête au Ciel. La vie monastique peut mettre la nature humaine à rude épreuve. Mais le moine a-t-il le droit de garder pour lui la tristesse ? »

Un soir, je reçus ce mot manuscrit de dom Jean : « Cher Nicolas, durant les vêpres, je me disais que le moment où je suis le plus heureux, c'est l'office chanté avec mes frères. +Fr JP. » Il venait apporter quelques précisions à notre échange. Je lui avais demandé de me parler de son meilleur souvenir au monastère. Après un long temps de réflexion, il évoqua la journée de jubilé du père abbé Antoine, pour ses vingt-cinq ans d'abbatiat. En 2002, toutes les filles de Fontgombault s'étaient réunies à l'abbaye. Des moines de Randol, Triors, Gaussan et Clear Creek avaient fait un long voyage pour célébrer l'anniversaire du cher père abbé : « La réunion de toutes les communautés autour de dom Antoine était magnifique. » Il ajouta deux moments personnels : la journée de son élection abbatiale, le 18 août 2011, et le temps d'un recueillement, la veille de son ordination, dans l'église déserte, après les complies, où il était resté seul un long moment en prière.

Il y a aussi des moments douloureux. La mort de son premier prieur, dom Yves Chauveau, est demeurée une blessure profonde. Le moine fut emporté par un accident cardio-vasculaire lors d'un séjour en Toscane. Le 13 mai 2015, il donnait un cours aux séminaristes de Gricigliano[1]. Le pauvre religieux a rendu l'âme dans un hôpital de Florence quelques semaines plus tard, le 2 juillet. Il fut enterré à Fontgombault le 9 juillet, en présence du cardinal André Vingt-Trois. Moine d'une envergure exceptionnelle, professeur et théologien brillant, dom Yves avait été prieur de 1977 à 2004, puis de 2011 à sa mort. Les derniers mois, il était fatigué. Pendant son agonie, dom Jean a gardé l'espoir, quitté le Berry pour aller le voir en Italie. Le jour de sa mort, il s'est senti profondément seul : « Malgré notre différence d'âge, nous nous comprenions spontanément. Je savais que Dieu me prenait un saint moine, un proche, un conseiller prudent. Pendant son agonie, je Lui ai demandé qu'Il me le laisse. Mais Sa volonté n'était pas la mienne. Parfois, sur son lit d'hôpital, alors qu'il ne pouvait plus parler, dom Yves montrait le Ciel avec sa main. » Le jour de son enterrement, il y avait un grand soleil et le ciel était bleu.

Dom Jean pense souvent au frère Clément. Le convers a marqué ses premières années monastiques. Toute sa vie, il a gardé sa charge à la cuisine du monastère, servant humblement, sans jamais se plaindre. Il souriait toujours. Le père Henry, l'ancien hôtelier,

1. Cette fondation de Fontgombault, en Toscane, fut transformée en séminaire pour des prêtres séculiers au début des années 1990. Les liens avec les moines français sont toujours restés vivants.

demeure également dans sa mémoire. Homme de lettres, doté d'une grande culture, chaleureux, il était malade quand dom Pateau a été élu. Ce dernier s'était alors ouvert à lui : « "Comment vais-je pouvoir écrire toutes les homélies et tous les textes que doit prononcer un abbé ?" Il m'a regardé avec un air entendu et il m'a répondu : "On vous y aidera." Quelques mois plus tard, il est mort. Il savait certainement qu'il m'aiderait depuis son éternité. » Enfin, le père abbé me parla du père Barais, ce moine capable de rayonner d'une joie qui n'allait pas sans une vraie souffrance. Il était sacristain, une charge difficile. Il se dépensait sans compter face aux sollicitations abondantes. Dans une communauté, les frères qui savent donner une petite part de leur bonheur sont importants.

Soudain, la voix du père abbé est devenue une prière : « Tous les moines que j'ai accompagnés vers la mort sont partis dans une grande paix. Au moment de quitter Fontgombault, j'espère que mon âme sera pareillement légère. »

Quel a été le moment le plus important dans l'histoire de Fontgombault depuis la restauration de 1948 ? La question était importante. « Dom Édouard Roux a planté la maison sur les bords de la Creuse. L'orientation donnée ensuite par le père abbé Jean Roy a été fondamentale. Le bateau aurait pu échouer. Les vents contraires étaient forts. Dans les années soixante-dix, il a tenu la barre. Le père abbé Antoine a repris le flambeau sans jamais se décourager. Il fut un ferment d'unité. La liturgie a été le combat de son abbatiat. Il a gouverné, il a fondé. On ne peut pas essaimer sans être profondément unis. Dom Antoine avait une grâce de pacification. L'avenir de l'abbaye est dans les mains de Dieu. Un abbé n'est rien sans sa communauté. Fontgombault apporte sa petite pierre à l'histoire du salut chrétien. Dans le monde, jeune étudiant, comblé par mes séjours à l'abbaye, j'étais convaincu qu'il n'y avait que des saints dans cette maison de Dieu. Avec les années, je me connais, je connais mes frères… Non, il n'y a pas que des saints. Mais tous aspirent à le devenir. La rencontre avec la vérité de ce que nous sommes est le premier pas sur le rude chemin de la sainteté. Dans cette vision plus juste, la communauté m'apparaît paradoxalement plus belle, avec ses qualités, ses joies, ses défauts, ses vies. Dieu nous aide, sous le regard de Marie, qui a une présence toute particulière dans nos murs. »

Dom Jean Pateau est le père d'une famille heureuse, d'une famille de moines.

J'écrivais que cet homme est indéfinissable. Maintenant, je peux ajouter : comme toutes les personnes extraordinaires.

VII

Les premiers émois

Un moine n'oublie jamais le jour où il a compris que Dieu l'appelait. Le matin de l'entrée en clôture, la cérémonie de la profession perpétuelle ou de la messe d'ordination restent gravés dans sa mémoire. Mais le jour de la reconnaissance, le jour de la certitude de l'appel, est unique.

Le père Ambroise s'en souvient fort bien. Issu d'une famille aristocratique, il entra à l'abbaye à l'âge de trente et un ans. Plusieurs de ses grands-oncles étaient prêtres ; deux furent assomptionnistes. Brillant élève, il avait intégré le prytanée militaire de La Flèche. Il découvrit Fontgombault lors d'une retraite. Le jeune homme fut frappé par la phrase écrite sur la grande pancarte poussiéreuse au fond de l'église : « Les moines viennent sept fois le jour rendre à Dieu le culte qui Lui est dû. »

Nous nous rencontrâmes un matin pluvieux dans une jolie pièce de l'hôtellerie. Le père, robuste, au visage juvénile, un peu rouge, me parla de son travail dans le contrôle technique immobilier. Il vivait dans une maison à la campagne avec son chien de chasse. Un célibataire heureux. Son désir d'indépendance était plus fort que tout. Ce fils de bonne famille ne voulait pas être embrigadé. Il voulait être libre.

En un mot, il était loin de penser à la vocation.

Pendant l'été 2008, il partit au monastère pour une retraite de trois jours. Le résultat ne fut pas brillant. Six mois durant, il perdit le sommeil. Comment parler de ses tourments qui ne le quittaient plus ? Il revint à Fontgombault pour y passer une semaine de retraite et demanda à rencontrer un moine. Le père prieur, dom Pateau en ce temps-là, vint le voir dans sa cellule. Mais il se déclara incapable de répondre à ses interrogations. Il lui promit de prier pour lui et lui envoya le père maître des novices.

Le matin, notre homme voulait devenir moine. L'après-midi, il avait des doutes. Le soir, il ne savait plus rien. Pourtant, au fond de lui, il pensait qu'il était fait pour Fontgombault. Puis, à un moment précis, avec une netteté foudroyante, une précision inimaginable, il sut qu'il devait répondre à l'appel de Dieu, ressentant de manière physique que sa vocation religieuse était irréversible.

Il est difficile d'entrer au monastère à trente ans. Pendant une année, une fois par mois, le père Ambroise prenait la route du Berry. Il cherchait à maintenir le contact, à entretenir la flamme. Il continuait de garder son secret. Ses parents, frères et sœurs ne savaient rien. Un dimanche soir, dans la cuisine de la maison familiale, il décida de se lancer et annonça la grande nouvelle. Après le premier vertige, comme un saut dans le vide, sa famille a accepté son choix. Il fallut quitter son travail. Un collègue eut cette phrase saisissante : « Je n'arriverai pas à te dire que c'est une bonne nouvelle, mais c'est une grande nouvelle. »

Comment se séparer de ses biens à un âge qui n'est plus celui de la prime jeunesse ? « C'est parfois crucifiant ! » Le cadeau de sa chevalière, à laquelle il était attaché, ne fut pas un geste facile. Un an plus tard, en apprenant que son père avait modifié la crosse de sa carabine pour la mettre « à sa couche », il en fut chagriné. Les moines sont des hommes.

Le déménagement ne s'est pas fait sans une certaine tension, une part de nervosité. On l'arrachait et on le libérait dans la même journée. « Il y a tant de choses à désapprendre », me confia-t-il pudiquement : l'amour de la liberté, une forme d'égoïsme, aussi.

Quand il venait à Fontgombault, il était impressionné par le sourire des moines. C'était un sourire profond et désaltérant. Cet éclat le rassurait sur la réalité de leur bonheur. Il espérait la même joie pour lui. La sérénité des moines était un roc, une île à atteindre : « S'ils sont joyeux, alors je peux le devenir aussi. »

Pour le père Ambroise, le secret de la vie spirituelle consiste seulement à aimer. La relation à Dieu est simple. Le moine est un enfant qui joue, et les enfants qui jouent ne sont jamais seuls : soit ils jouent ensemble, soit ils s'inventent des compagnons. Le monde extérieur n'existe plus pour eux.

Quel est le secret de ce jeu ? Quelle est la règle ? Rien d'extraordinaire : « Le Seigneur est derrière la porte. Il ne force pas. Il attend qu'on Lui ouvre. Il veut qu'on sorte spontanément vers Lui. »

Le jour de son entrée à Fontgombault, quand sa famille est repartie en voiture, personne n'a dit mot pendant le trajet. Sa chère maman lui a confié : « Nous aurions eu le sentiment de rompre un moment si profond. »

En apparence, l'histoire du père Vincent est différente ; car il est entré à Fontgombault à l'âge de vingt-cinq ans. Le jeune homme était militaire dans l'ouest de la France où une belle fiancée l'attendait. Un jour d'été, il est venu à l'abbaye pour faire une retraite et réfléchir à son mariage. Sa vie était toute tracée. Il avait un métier qu'il aimait, une fiancée qu'il épouserait bientôt. Dans sa famille, personne n'avait jamais eu la vocation. Sa décision fut pourtant fulgurante. En trois jours, il s'est résolu. Il voulait tout quitter, tout solder et entrer au monastère.

Quelques années auparavant, il avait fait un séjour à l'abbaye bénédictine du Barroux. Dans l'enchantement de la campagne provençale, au pied du mont Ventoux, entre les oliviers et les abricotiers, il n'avait pas ressenti d'appel. Pendant les trois jours de feu à Fontgombault, dom Forgeot lui a demandé de lire le texte de dom Delatte sur la vocation. Ces lignes eurent l'effet d'un baume. Pourtant, ce furent aussi des heures d'agonie et de tristesse. Au réfectoire, il n'arrivait pas à retenir ses larmes. Dès que le père abbé le vit, il eut la certitude, sans même lui parler, qu'il avait la vocation monastique.

Il passa un temps dans un autre monastère pour être certain de l'abbaye qu'il devait choisir. « Il faut comprendre que Dieu appelle dans un lieu précis », me dit-il avec son regard d'enfant rieur un peu espiègle.

Le père maître ne s'est pas inquiété de sa fiancée, mais de sa vocation. De son côté, le jeune homme ne s'est pas demandé si la vie monastique était faite pour lui. Il pensait simplement : « Si je n'ouvre pas cette porte, je passe à côté du bonheur. » Pourtant, une autre promesse l'attendait. À portée de main. À portée d'amour. Elle avait le visage d'une jolie jeune fille. Mais le désir de Dieu a brisé cet élan.

Plus jeune encore, avec ses yeux d'adolescent fougueux, le père Athanase se posait les mêmes questions. Sa recherche dura quatre ans. Il est entré au monastère à vingt et un ans, après une petite année comme postulant dans une autre communauté. Originaire de l'ouest de la France, il passa un bac scientifique, bien qu'étant plutôt littéraire. C'était le temps prétentieux du baccalauréat série C. Puis il entra en hypokhâgne, option musique, au lycée Fénelon, à Paris, où régnait la proviseure Marguerite Gentzbittel, qui dispensait « une formation enrichissante mais difficile ». Là, entre les quatre murs de sa classe, il comprit que Dieu l'appelait.

Comment ce grand moine au visage souriant définit-il sa jeunesse ? « Le travail avec la manécanterie des petits chanteurs et le scoutisme ont eu une importance déterminante dans ma formation humaine et chrétienne. » Le père Athanase était routier. Un soir d'hiver, son chef scout lui demanda ce qu'il voulait faire de sa vie. À vrai dire, il eut beaucoup de mal à répondre ; le jeune garçon remuant, un peu nomade, avait tant de projets qu'il n'aurait jamais pu les réaliser en une seule vie : « Dans les filières littéraires, personne ne sait ce qu'il veut faire. Je n'étais pas inquiet. Mais c'est vrai que j'avais des envies différentes chaque jour. » Sans détour, le chef scout lui avait dit : « As-tu déjà pensé à devenir moine ? » Le préparationnaire en fut d'autant plus étonné qu'il n'était jamais entré dans un monastère. Il savait vaguement que les moines existaient encore. Il les imaginait perdus dans les brumes moyenâgeuses. Le chef scout lui expliqua qu'il songeait pour lui-même à la vocation et lui donna une photocopie de mauvaise facture sur l'abbaye bourguignonne de Flavigny. « J'étais fâché d'une telle façon de s'occuper de ma vie privée. Dans la soirée, j'ai vaguement lu la vilaine feuille accompagnée d'un extrait de la règle de saint Benoît. Mais j'étais si troublé que j'ai mal dormi. » Le lendemain, il n'arriva pas à suivre les cours. L'étudiant ne pensait qu'à cette idée improbable. « J'étais nerveux, inquiet. Je sentais qu'une question inattendue et profonde venait de s'imposer à moi. En fin de journée, pendant le cours d'anglais, dans le fond de la classe, d'un seul coup, je me suis dit : "Pourquoi pas !" J'ai dit oui à Dieu en dix secondes. Je n'ai fait aucun raisonnement. En un instant, j'ai été envahi par une joie immense et indescriptible. J'ai regardé toute la classe, essentiellement composée de filles. Mes camarades étaient peu nombreux à pouvoir dire ce qu'ils voulaient faire. Et je me répétais, fier comme Artaban : "Moi, maintenant, je sais." Je n'ai pas écouté un mot des derniers cours de la journée. Je ne connaissais rien de la vie monastique, mais j'étais heureux. J'ai eu la vocation avant de savoir parler d'un monastère. »

Il a téléphoné au chef scout et lui a demandé : « Où est-ce qu'on peut aller dans une abbaye ? » L'autre lui a répondu : « Va faire une retraite à Fontgombault ! » Les vacances de février allaient commencer. Il est entré en relation avec le père hôtelier. Et il a débarqué au monastère pour une semaine. Autant dire pour toute sa vie.

À son arrivée, il faisait un froid glacial et la campagne était endormie dans un manteau blanc. La température de l'église ne dépassait pas les deux degrés. L'hypokhâgneux fut impressionné par la procession des quarante heures. Les moines désignent sous ce terme une supplication instante par laquelle ils implorent Dieu, en se relayant dans l'adoration du Saint-Sacrement exposé avec solennité quarante heures durant. Cette longue prière a lieu les jours qui précèdent l'ouverture du carême, du dimanche de la quinquagésime au fameux mardi gras. Dans le souvenir ébloui du père Athanase, les moines processionnaient autour d'une église pétrifiée par le givre. Revêtus de leur ample coule noire, ils tenaient un cierge à la main. Et ils chantaient.

Il n'a pas eu l'idée de faire un tour de France des monastères. Il savait d'instinct que s'il devenait moine, son choix se porterait sur Fontgombault : « La vocation n'est pas un choix entre plusieurs possibilités, mais l'assentiment au choix de Dieu. Dieu décide. Nous devons simplement dire oui ou non. Le choix est déjà fait. C'est un appel amoureux. »

Après la classe préparatoire, il s'inscrivit à la Sorbonne en Lettres classiques, pour passer le temps : « Je voulais toujours entrer au monastère. Au bout d'une année dans une autre famille monastique, je suis revenu à Fontgombault en 1994. Mes aspirations étaient là. »

Entre la vie parisienne suractive et les heures millimétrées de Fontgombault, les premiers mois furent tumultueux. Au début, le manque d'efforts physiques était difficile, insurmontable. Au noviciat, la vie est réglée, le jeune moine ne dispose que d'une heure et quart pour les tâches quotidiennes et l'exercice physique : « Mais quand vous devez plier des draps, vous n'êtes pas forcément dehors. Parfois, le père maître des novices m'autorisait à courir dans les bois, avant matines, en pleine nuit. Je devais absolument me dépenser. »

Le noviciat ressemble à la découverte d'un nouveau monde. Le père Athanase a gardé des souvenirs précis de ces moments extraordinaires : « J'étais subjugué par la joie qui existait en clôture. Ce bonheur était insoupçonnable de l'extérieur. L'atmosphère des récréations me semblait légère, d'une simplicité magnifique. Les plus jeunes moines et les plus âgés sont tous des enfants. »

Pourquoi cette joie ? L'équilibre de la vie monastique, la régularité de la prière, le statut d'enfance dans lequel les moines flottent permettent-ils d'abandonner les difficultés, les peurs, les angoisses ? Dans une abbaye, le devoir est un impératif catégorique. Le moine sait ce qu'il doit faire et quand il peut le faire : « On a toujours l'impression de repartir à la maison, comme un étudiant qui revient chez lui. Les parents s'occupent de tout. C'est un monde sécurisant. »

L'euphorie du début n'était pas factice. Mais cette sécurité a un prix. Elle n'existe qu'à proportion des abandons consentis par le moine. Celui-ci se trouve devant un choix : soit il reconstruit dans le secret de la clôture ce qu'il a abandonné en cherchant à sauvegarder ses préférences, son temps, ses habitudes, et les problèmes reviennent, soit il continue à s'abandonner, et il moissonne au centuple. Le combat ne prend jamais fin. Plus le moine s'abandonne, plus il devient un enfant. Léger, serein et libre.

Dans un monastère, on peut se charger de mille difficultés pour ne pas laisser derrière soi sa vie antérieure. Le moine qui fait ce choix n'est pas facilement repérable. L'abbé demeure le gardien vigilant du phare. Il connaît la couleur des tempêtes qui pointent à l'horizon.

En m'entretenant avec le père Athanase, j'avais parfois l'impression d'entendre un héros romantique, un nouveau Grand Meaulnes, vêtu d'une tunique noire. Mais mon interlocuteur était très sérieux : « Tout ce que j'ai appris dans ma jeunesse a servi au monastère. Rien n'a été vain. Le latin, le chant, les études scientifiques me furent utiles. La Providence m'a aidé. J'aurais voulu être médecin, ingénieur, avocat, compositeur, journaliste, écrivain. La seule manière de réaliser mes rêves consistait à entrer à Fontgombault. En renonçant à toutes mes chimères, je les ai toutes réalisées. Quand je dois exercer une obédience, je choisis de l'aimer. Je ne sais pas comment faire pour renâcler. »

La joie monastique ressemble au chant grégorien. Elle est légère, elle coule, elle enchante. Rien ne saurait être dramatique. L'enfant qui perd à un jeu est triste. Mais il repart aussitôt en courant. La maison, les parents sont là.

Le frère Norbert ressemblera peut-être toute sa vie à cet enfant. Lorsqu'il est entré à l'abbaye le 15 août 2010, on lui donnait quinze ans alors qu'il en avait dix de plus. Une décennie plus tard, il n'a pas beaucoup changé.

Auparavant, il avait passé deux années dans une communauté religieuse apostolique. L'expérience fut heureuse, mais il s'est peu à peu rendu compte qu'il voulait embrasser une vie contemplative. Il a grandi en région parisienne dans une famille nombreuse. Scout, il venait à Fontgombault pour des camps. Le jeune homme prenait aussi parfois le chemin de l'abbaye pour réviser des examens. Il connaissait bien les lieux.

En terminale, à dix-neuf ans, il acquit la certitude qu'il avait une vocation : « Dieu a touché mon cœur de manière définitive. J'ai souvent eu du mal à me décider. Mais la volonté de répondre à l'appel du Ciel a été foudroyante. Il y a encore eu six ans entre ma réponse et l'entrée à Fontgombault. »

C'est au cours d'une retraite dans l'abbaye berrichonne qu'un second appel décisif s'est fait entendre : « Le bon Dieu a mis Sa main sur moi. Je voulais rester avec les moines. Dans mon cheminement, il y avait un désir de perfection par la charité. Je comprenais que la vie monastique me permettrait d'y répondre de manière absolue. J'étais sûr de moi. Je voulais embrasser la vie bénédictine. »

Non sans tristesse, il dut quitter ses attaches ; Fontgombault était le véritable port. Tout le monde savait qu'il ne partait pas par lâcheté.

Selon les traditions bénédictines, il ne pourrait plus retrouver sa famille pendant les vacances. Il accepta ce sacrifice des contemplatifs. L'arrivée fut magnifique. Il avait le sentiment de rejoindre la cohorte de tous les moines qui s'étaient engagés depuis mille cinq cents ans dans le sillage de saint Benoît : « J'ai tout de suite voulu que cet héritage soit existentiel. Je devais recevoir et vivre. J'étais empli d'une grande paix. La vie liturgique me comblait de joie. Avec le temps, on réalise combien Dieu nous conduit avec délicatesse. »

Le frère Norbert était fasciné par les appels répétés de Dieu tout au long de la vie des moines : « La cloche qui sonne pour convoquer la communauté aux offices manifeste un même appel à servir et louer Dieu. » Il veut poursuivre, rechercher et cultiver la paix que le Ciel lui a donnée à Fontgombault.

Malgré une petite épreuve, il n'a plus jamais douté : « Il ne faut pas avoir de retour sur soi-même. L'unique nécessaire est à ce prix. » Pour un moine, l'inquiétude est la conséquence d'une dispersion dans le multiple : « Au contraire, la paix vient simplement de l'amitié retrouvée et entretenue avec Dieu. Dans le monde, nous devons sans cesse approfondir l'amitié que nous avons pour nos proches. Il en est de même avec Dieu. Le moine demeure un homme faible. Il trébuche sans cesse. Mais il se relève. Dans un monastère, on devine ce que sera la vie intime avec Dieu au paradis. »

Si on écoute le frère Norbert, on sait que la phrase de saint Théodore Studite est vraie : « Est moine celui qui dirige son regard vers Dieu seul, qui s'élance en désir vers Dieu seul, qui est attaché à Dieu seul, qui prend le parti de servir Dieu seul, et qui, en possession de la paix avec Dieu, devient encore cause de paix pour les autres. »

Est moine celui qui aimait un monde mais en a préféré un autre, plus petit, plus fragile, plus fou.

Lors de nos échanges, je songeais souvent à un autre moine. Il aimait par-dessus tout sa famille, la marine, l'eau et le large. Un jour, il est entré à Fontgombault : « Je n'ai plus jamais revu la mer. Quand je survolais la presqu'île de Crozon et l'abbaye Saint-Guénolé de Landévennec en hélicoptère, je regardais le monastère et je me disais que les moines priaient. Mais je ne pensais à rien de particulier pour moi. » De là-haut, il avait comme une forme d'intuition du Ciel ; désormais, il se dit avec nostalgie que le mal de terre est plus persistant et tenace que le mal de mer ou le mal de l'air. Repensant à son ancienne vie de marin et de pilote d'hélicoptère, il me cita cette phrase de l'aviateur Jean Mermoz : « Je voudrais ne plus jamais redescendre. » Dans le Berry, point de vaste horizon. Le Seigneur appelle pour autre chose.

La vie d'un marin, c'est le grand large, les espaces infinis. La vie d'un moine, c'est l'Infini, c'est Dieu.

VIII

La mémoire magnifique du père abbé Antoine[1]

Il avait la régularité imperturbable des grands travailleurs. Quand les moines venaient le voir dans son bureau, ils trouvaient invariablement le père abbé la plume à la main. Une conférence, une homélie, une méditation, une lettre : il écrivait sans arrêt.

Aujourd'hui, dom Antoine s'occupe du petit ménage de Notre-Dame du Bien-Mourir. La tâche consiste à nettoyer quotidiennement les brûloirs qui se trouvent au pied de la statue romane. Matin et soir, à quatre-vingt-sept ans, il vient avec sa balayette et ses pauvres ustensiles pour mettre de l'ordre dans la forêt de bougies et brosser la cire refroidie qui s'est répandue. Le dos voûté, la démarche claudicante, il remplit fidèlement sa dernière obédience.

1. Dom Antoine Forgeot est mort le samedi 15 août 2020, quelques heures après la messe de l'Assomption. Je n'ai pas voulu changer ce portrait : ces pages resteront pour toujours celles qu'il a lues un mois avant son départ pour l'éternité.

Dom Antoine Forgeot est né le 15 octobre 1933 à Bayonne. Après une année en droit à l'Institut catholique de Paris, il entra en clôture le 8 octobre 1953. Son grand frère Xavier l'avait précédé et était novice. Il fit profession simple en 1955 et partit cinq jours plus tard au service militaire dans les services de santé, à Montauban, puis au Val-de-Grâce, pour revenir en 1957. Pendant cette période, il perdit son frère qui mourut subitement d'un accident cérébral. Il acheva son noviciat en 1959 et fit profession solennelle en 1960. Il fut ordonné prêtre en 1964 et obtint une licence en théologie en 1966. Les charges se succédèrent : il fut nommé zélateur des novices de chœur par dom Roy en 1966, maître des novices en 1971, puis prieur en juillet 1976. Hélas, le 23 septembre 1977, à Rome, lors d'un congrès des abbés, dom Roy fut emporté par une crise cardiaque foudroyante.

Cette journée noire marqua une rupture, un basculement pour toute la communauté. Le jeune prieur n'avait jamais totalement imaginé qu'il prendrait un jour la suite de son cher père abbé. Dom Forgeot se chargea de la délicate question des obsèques : « Ce fut une épreuve douloureuse. Il fallait organiser le rapatriement du corps qui est revenu à Fontgombault le 27 septembre en faisant halte à Gricigliano et à Randol, les jeunes fondations. » Le convoi arriva juste après la messe conventuelle. Tous les moines étaient rassemblés. La dépouille traversa solennellement l'abbatiale et fit une station devant Notre-Dame du Bien-Mourir.

Quelques jours plus tard, il fut élu père abbé. Son abbatiat courut trois longues décennies ; des années intenses, belles et fécondes. Personne n'imaginait qu'il puisse un jour renoncer à sa charge. Pourtant, à l'été 2011, après un échange avec dom Dupont et deux moines de l'abbaye, il annonça sa démission.

Il n'est pas simple de comprendre l'ancien père abbé. De prime abord, dom Forgeot paraît lointain, presque hiératique. Pourtant, il sait se montrer proche, souriant, prévenant.

Il était d'abord l'homme d'un héritage. Il croyait au legs précieux de dom Roy. Alors il s'est battu. La tempête menaçait de tout emporter. Il s'est accroché. Dom Forgeot n'a pas cédé un pouce de terrain. Il a pu faire mine de reculer ; en vérité, il tenait, tel un chêne à qui personne n'aurait su donner d'âge. Dans les années soixante-dix et quatre-vingt, la crise liturgique faisait rage. Elle divisait, fâchait, arc-boutait. En 1969, Solesmes adopta le nouveau missel dit de Paul VI ; Fontgombault suivit cinq ans plus tard, c'est-à-dire une éternité. Mais les moines berrichons voulaient revenir à l'ancien rite de Jean XXIII. « Mon prédécesseur savait que la liturgie est le chemin de l'âme vers Dieu, m'expliqua dom Forgeot. Il avait tracé le sillon. Il me restait à suivre son enseignement. Je devais être fidèle. Je n'avais rien à changer. »

Le combat pour la liturgie dit bien la volonté de fer de dom Forgeot. Des histoires, contées à voix basse, racontent mieux encore ce caractère trempé. Un jour, un visiteur s'étonna du froid hivernal qui régnait dans l'abbatiale. L'homme était bien imprudent. La réponse de dom Forgeot ne tarda pas, implacable : « Personne n'en est jamais mort ! »

Le 12 octobre 1952, il séjourna pour la première fois à Fontgombault. Il accompagnait son frère Xavier qui entrait en clôture. Après le déjeuner, ils s'étaient promenés en famille. Le supérieur de Fontgombault, dom Roux, marchait avec son père, les deux frères Forgeot les suivaient à faible distance. Antoine Forgeot trouvait que dom Roux était déjà vieux alors qu'il n'avait que cinquante-sept ans… Mais son admiration fut instantanée.

Le jeune homme revint pour une retraite en août 1953. À l'approche de son vingtième anniversaire, il était sûr de sa vocation. Le 6 octobre de la même année, il posait définitivement sa valise à l'abbaye. Le lendemain, à l'occasion de la bénédiction abbatiale de dom Roux, Fontgombault était en fête. Le célèbre maître de chœur de Solesmes, dom Gajard, était venu spécialement pour préparer et diriger le chant des moines. Puis, le 8 octobre, le cadet avait franchi le seuil de la clôture. Dom Antoine se souvient encore qu'on avait célébré la messe conventuelle pour les défunts de l'Ordre et les bienfaiteurs. Il ne connaissait pas alors les usages dont il serait un jour le gardien.

Comme tous les jeunes novices, il était un peu perdu. Son frère Xavier fut désigné pour être son ange gardien. Avant le voyage berrichon, il s'était rendu à l'abbaye basque de Belloc. Puis, pendant son service militaire, il avait visité les monastères d'En-Calcat, de Tournay et de Saint-Benoît-sur-Loire. Mais Dieu le voulait à Fontgombault.

Dom Forgeot garde un excellent souvenir du noviciat. À l'époque, le père abbé était aussi le père maître. Les conférences de dom Roux pour les novices, données trois fois par semaine, l'enchantaient. Son cours préféré était celui consacré à la sainte règle : « C'est vraiment la formation professionnelle du moine. » Il prononça devant moi ces mots étonnants le plus sérieusement du monde.

La parole de dom Antoine est rare. Il faut bien l'observer pour mieux le comprendre. Pour comprendre ses silences, et ce que peut signifier l'union à Dieu. Les vies de fidélités, les vies humbles, les vies simplifiées façonnent les regards, les voix et les souffles. Dom Antoine Forgeot est de cette lignée rare.

Dans certains monastères, il est demandé au père abbé démissionnaire de quitter son abbaye. Dans le cas de dom Forgeot, la question fut évoquée le jour de l'élection de son successeur. Dom Pateau s'en souvient encore : « Ma liberté à l'égard du père abbé Antoine a fait que je n'ai pas jugé cela nécessaire. Je n'ai jamais regretté cette décision. Le père abbé est parti quelques semaines à Clear Creek pour me donner le temps de prendre l'abbaye en main. Les choses se sont faites très simplement. »

L'abbé émérite a une vision précise de la dernière étape des vies monastiques : « Le vieux moine doit s'efforcer d'être discret, dans la simplicité de la vérité. Il a l'obligation d'être le moins encombrant possible. Surtout, il se garde de la tentation de la marginalisation, plus ou moins consciente, par rapport à une communauté qu'il peut avoir du mal à suivre ne serait-ce que par les limites ou les fragilités de l'âge. »

Dom Antoine sait qu'il arrive à la fin de son existence terrestre. Il toussote souvent. Le regard se perd parfois. La démarche est moins assurée. En promenade, il prend toujours sa canne. Les moines se séparent en petits groupes. En tête, il y a souvent dom Pateau. Les plus âgés ferment le ban. Dom Forgeot est de ceux-là. Récemment, pour la première fois, il a fait un grand classement dans son bureau. Il a ordonné, arrangé, brûlé : « Il y a une grâce d'état pour chaque moment. La grâce qui m'a accompagné quand j'étais un jeune novice n'est pas la même que celle qui m'aide à être un vieux moine. Comme père abbé, j'ai dû affronter beaucoup de difficultés, en particulier les nouvelles fondations. Je n'étais pas seul. Dieu, par l'assistance de Sa grâce, m'a aidé. Aujourd'hui, je suis réduit à presque rien. Dieu demeure toujours avec moi. Si nous essayons d'être fidèle, Il donne à chaque instant ce dont nous avons besoin pour la mission actuelle. Dieu me permet aujourd'hui d'accepter le temps qui passe et de vivre simplement. »

Dans le chapitre soixante-huit de la règle, saint Benoît écrit : « S'il l'on enjoint à un frère des choses difficiles ou impossibles, il recevra en toute mansuétude et obéissance le commandement qui lui est fait.

« Cependant, s'il voit que le poids du fardeau excède tout à fait la mesure de ses forces, il fera connaître, avec patience et au moment opportun, à son supérieur, les raisons de son impuissance, ne témoignant ni orgueil, ni résistance, ni contradiction.

« Que si, sa suggestion entendue, le supérieur maintient l'ordre commandé, l'inférieur saura que la chose lui est avantageuse, et il obéira dans la charité, confiant que Dieu lui viendra en aide. »

Dom Forgeot aime parler de l'obéissance dans la vie bénédictine. Pendant longtemps, les moines se rendaient à son jugement. Désormais, il écoute et obéit lui-même à son successeur.

Parfois, pendant nos rencontres, se formait un silence énigmatique. Dom Forgeot n'a rien à cacher. Mais peut-être préfère-t-il perfectionner son silence que de professer des opinions supplémentaires qu'il juge inutiles ? Il écoute plus qu'il ne parle. Ce qui ne l'empêche pas d'avoir des jugements tranchés. Le père abbé qu'il fut perce encore sous le poids des ans. On ne peut pas avoir été si longtemps le supérieur de Fontgombault sans que quelques habitudes perdurent.

On imagine qu'il réserve ses meilleurs mots pour son successeur bien-aimé. On imagine quelques conseils donnés à voix basse. On imagine le sérieux de dom Jean. Il doit être alors un fils et un père.

Comment le moine accepte-t-il la vieillesse ? Quand je lui posai cette question, il me répondit sans hésiter. Sa voix était basse, un peu éraillée : « Quand on ne meurt pas jeune, il faut se résigner à devenir un vieillard ! Nous ne devons pas regarder la vieillesse comme une dernière étape triste ou avilissante. Elle appartient au plan de Dieu. Le moine, et tout homme, peuvent vieillir heureux. La mort est un instant, une porte à franchir. Un vieil homme sait qu'il ne cesse de se rapprocher de ce seuil. Nous ne savons pas ce qu'il y a derrière les deux battants. Mais nous savons qu'ils ouvrent vers Dieu. Les moines n'ont qu'une seule chose à faire : il faut nous préparer le mieux possible pour être dans les meilleures dispositions. Je m'efforce d'être prêt. »

Le vieux moine apporte beaucoup à son abbaye. Il reste présent : c'est déjà important. Sa fidélité est un encouragement pour les plus jeunes. La communauté peut profiter de sa belle expérience. Il est la mémoire du monastère : « À Fontgombault, je dois transmettre les souvenirs que je suis le dernier à connaître. » La fidélité n'en reste pas moins un combat. Jusqu'aux derniers jours d'une vie de moine, il ne faut pas se dispenser de l'observance : « On s'installe facilement dans une demi-mesure. Un moine qui sort d'une maladie doit reprendre ses habitudes le plus vite possible. Le père abbé est juge de ce que chacun peut faire ou ne pas faire. »

Il ne s'agit pas uniquement de transmettre de grands principes. Au cours des récréations, dom Forgeot peut rappeler de petits événements, des conversations anciennes, des bons mots, des anecdotes que les plus jeunes ignorent.

Les vieux moines ne doivent pas se prendre trop au sérieux. Ils ne sauraient se poser en sages. Il n'y a pas de place pour une forme de vénération. Les vieillards doivent aimer les jeunes, et les jeunes doivent révérer les anciens.

Dom Forgeot pense souvent au jugement de Dieu : « Nous ne devons pas imaginer le jugement comme un tribunal. C'est l'âme qui se juge elle-même. Au seuil de l'éternité, l'âme voit la merveille de Dieu et elle comprend si elle est prête ou non pour Le rejoindre. Elle part d'elle-même vers le purgatoire ou, malheureusement, vers l'enfer. En ces moments, la protection de la Sainte Vierge est très importante. »

Dans la règle, saint Benoît enseigne à ses moines qu'ils doivent « avoir chaque jour la mort sous les yeux ». La pensée de la vie éternelle n'est pas réservée aux moines qui approchent de la fin. Les novices ne sont pas dispensés d'une telle activité. L'éternité commence dans la vie de foi. Que sera la vie éternelle ? Lorsque je lui adressai cette question, les paroles de dom Forgeot se firent poétiques : « La vision de Dieu. Un bonheur parfait. Des cieux nouveaux. Les saints nous attendent. »

Malgré des inquiétudes mystiques, l'ancien père abbé se départit rarement de son humour tout en retenue : « Dom Roy et dom Roux vont m'aider à passer la porte. Nous oublions trop la parole de saint Benoît qui demande de "redouter l'enfer". Dieu est toute miséricorde, et toute justice. Sœur Faustine dit pourtant que ce qui offense le plus Dieu, ce sont les personnes qui doutent de Sa miséricorde. La pensée du Ciel devrait attiser le désir d'y aller. Au noviciat, dom Roux nous disait : "Je ne sais pas si nous aurons du travail manuel au Ciel. Mais si nous en avons, on le pratiquera comme un sport." »

Dom Forgeot parle avec joie des abbés de Fontgombault. D'un côté, il vénère ses deux prédécesseurs comme des saints. De l'autre, si on lui demande de résumer en un mot son successeur, il répond : « Merveilleux. » Il lui voit toutes les qualités : « Notre père abbé est un très bon théologien, il a une belle autorité, il montre une véritable charité, et chacun sait qu'il est un technicien extraordinaire. » Il est vrai que le passage d'un abbatiat à l'autre fut exemplaire.

Entre dom Roy et dom Pateau, il se représente comme un abbé de transition. Tout au plus concède-t-il que l'intermède fut long : « J'ai été le petit instrument dont Dieu S'est longtemps servi. Si on sait qu'on est devenu un instrument dans la main de Dieu, il faut s'évertuer à être le plus maniable possible. Dom Roy avait tracé une ligne droite. Je l'ai suivie. »

Parfois, subrepticement, dom Forgeot l'inflexible redevient un enfant. Il en a les yeux. La voix douce, le souffle, la timidité aussi. Dans ces moments, il se livre plus facilement : « Le temps court vite, et c'est bien. Ici-bas, nous sommes en exil. Je n'ai pas vu passer mes soixante-sept ans à Fontgombault. J'ai quelques points de repère. Rien de plus. Les années du noviciat et celles des études semblent un peu longues. Avant l'ordination, le point d'arrivée est précis. Après, le but, c'est le Ciel. » Le temps file comme les nuages, les « merveilleux nuages » aurait dit Baudelaire.

Malgré sa pudeur, il ose une petite confidence : « Quand nous vieillissons, il y a beaucoup de souvenirs de la petite enfance qui reviennent. Je retrouve des moments et des visages que j'avais oubliés. C'est très agréable. Un jour, un visiteur demanda à Marthe Robin[1] ce qu'elle ferait au Ciel. Elle répondit sans détour : “Je gambaderai.” Avec l'âge, nous gambadons déjà un peu. »

Le sérieux revient au galop, accompagné de nouvelles paroles éclairantes : « Le vieux moine a besoin de se trouver à genoux devant son père abbé. Comme un novice qui vient d'entrer au monastère. »

Parfois, je me disais à moi-même que le temps était décidément un peu farceur sur les bords de la Creuse. Il ne passait pas... Quand j'interrogeai dom Forgeot, il alla dans ce sens : « Fondamentalement, rien n'a changé. Nous sommes toujours ce que nous avons reçu de dom Édouard Roux. Il était lui-même le fils des grands abbés de Solesmes. »

Rien n'a changé ; et dom Forgeot parle à contrecœur de ses réalisations. Il dit à voix basse que la communauté est restée fervente et fidèle. Il convient que l'unité n'a jamais manqué ; cette unité qui prévaut également chez les filles de Fontgombault.

Dom Forgeot a achevé le lancement de l'abbaye auvergnate de Randol, il a ouvert Triors dans la Drôme et Gaussan-Donezan dans l'Ariège, puis il s'est lancé sans réserve dans l'aventure de Clear Creek, aux États-Unis. Ils partirent treize de Fontgombault pour le lointain État de l'Oklahoma. Ce lancement héroïque a marqué les esprits. Dom Forgeot y est retourné une

1. Marthe Robin (1902-1981) fut une mystique, recluse dans sa petite ferme familiale de la Drôme, qui eut de nombreuses visions.

dernière fois en 2011. Les soixante moines américains de Clear Creek préparent désormais leur propre fondation.

La sagesse exigeante de dom Forgeot ne le tenait jamais éloigné de ses moines. Mais l'essentiel n'est pas là. L'essentiel est l'humilité. Paradoxalement, elle est éclatante. Elle surpasse tout.

Charles Péguy s'émerveillait : « Ce qui m'étonne, dit Dieu, c'est l'espérance. Et je n'en reviens pas. Cette petite espérance qui n'a l'air de rien du tout. Cette petite fille espérance. Immortelle[1]. » Combien de fois ai-je pensé à ces vers du *Porche du mystère de la deuxième vertu* en écoutant, en observant, dom Antoine Forgeot ? Souvent, je me répétais : « Ce qui m'étonne, dit Dieu, c'est l'humilité. Et je n'en reviens pas. Cette petite humilité qui n'a l'air de rien du tout. Cette petite fille humilité. Immortelle. »

Le 16 juillet 2011, il a renoncé. Sa démission fut mûrement réfléchie. Il ne regrettait rien, n'avait aucun doute ; dom Jean serait le successeur parfait. Un jour, il n'a plus eu aucune responsabilité. Il reconnaît seulement qu'il s'est « senti plus léger ». Chaque jour de son abbatiat était ordonné, car il n'avait rien laissé au hasard. Il n'a eu aucun mérite, pense-t-il ; Dieu a décidé de tout.

Pourquoi ce désir si tenace d'imaginer qu'il ne fut pas grand-chose ? Que son utilité fut infime ? Je n'aurai sans doute jamais la réponse.

1. Charles Péguy, *Le Porche du mystère de la deuxième vertu*, Paris, Émile-Paul, 1911.

Dom Antoine aura été un pèlerin au pas lent. Désormais, il regarde l'avenir avec sérénité. Il a confiance. Le soir, après l'office de complies, il prie près des tombes de ses prédécesseurs. Un jour, son corps reposera dans cette terre.

En 2008, au collège des Bernardins, Benoît XVI consacra un grand discours aux origines du monachisme occidental. Il affirmait : « Au milieu de la confusion de ces temps où rien ne semblait résister, les moines désiraient la chose la plus importante : s'appliquer à trouver ce qui a de la valeur et demeure toujours, trouver la Vie elle-même. Ils étaient à la recherche de Dieu. Des choses secondaires, ils voulaient passer aux réalités essentielles, à ce qui, seul, est vraiment important et sûr. On dit que leur être était tendu vers l'eschatologie. Mais cela ne doit pas être compris au sens chronologique du terme – comme s'ils vivaient les yeux tournés vers la fin du monde ou vers leur propre mort – mais au sens existentiel : derrière le provisoire, ils cherchaient le définitif[1]. » En lisant ces lignes, je songe immanquablement à dom Forgeot, au sens qu'il a voulu donner à la vie monastique, à sa stabilité.

Deux souvenirs, deux images de l'ancien père abbé de Fontgombault resteront toujours dans ma mémoire.

C'était l'été 2019. Il faisait très chaud. Après le déjeuner, le second hôtelier, le père José-Marie,

1. Benoît XVI, « Au monde de la culture », discours prononcé au collège des Bernardins, à Paris, le 12 septembre 2008.

emmena quelques hôtes pour visiter l'abbatiale. Je connaissais bien les lieux. Mais j'étais heureux de me joindre à la petite cohorte. Le jeune moine nous présentait l'abbaye avec force érudition. Les retraitants se concentraient. La lumière drue de juin éclaboussait le sanctuaire. Soudain, au détour du déambulatoire, j'aperçus dom Forgeot. Il priait à genoux dans une chapelle axiale. L'ancien père abbé était entouré de quelques moines âgés. Il avait posé ses lunettes à côté de lui et ses mains cachaient son visage. Il semblait fatigué et plein d'une grande force spirituelle.

Les hôtes admiraient les colonnes, les volumes, les lumières. Mais il fallait détourner le regard des pierres pour le poser quelques brèves secondes sur dom Forgeot. Car en cet instant il n'y avait rien de plus estimable que l'humble prière d'un moine qui aurait bientôt quitté ce monde.

Je me souviendrai aussi d'un jour d'hiver sans relief. Ce matin de janvier 2020, le père abbé était absent. Au déjeuner, dom Forgeot se trouva seul à la table abbatiale. Soudain, sa petite voix éraillée résonna sous les grandes voûtes. Il commençait la récitation du bénédicité. Dans ces moments immuables, le silence est la règle. Mais, ce jour-là, le silence fut unique, sublime, céleste. Car, sans qu'il s'en rende compte, le silence était modelé, transformé par une seule présence : la sienne.

Le soir, lors de la lecture du traditionnel passage de la règle, dom Forgeot était à nouveau seul à sa table. Pendant la lecture, il ressemblait à un vieil empereur, stoïque, impeccable. La scène était fascinante. Le corps fragile, droit, la tête profondément inclinée, les yeux mi-clos, il était l'image parfaite du sage, du père bien-aimé, du priant.

IX

En parcourant les albums du passé

Les albums étaient posés sur la table de la bibliothèque. Autrefois, toutes les familles prenaient soin de constituer ces jolis livres qui renfermaient tant de souvenirs. Les naissances, les baptêmes, les communions, les anniversaires, les mariages, les fêtes et les voyages défilaient si vite...

À l'abbaye aussi, les photographies sont consciencieusement glissées dans leurs petits coins ; des commentaires écrits à la main accompagnent tous les clichés.

Je regardais avec dom Antoine Forgeot ces images d'un autre temps, ces madeleines de Proust monastiques. Il n'en avait pas tourné les pages depuis longtemps. Le moine n'est pas un *Homo nostalgicus*. Le passé lui importe peu, l'avenir ne l'inquiète pas. Il vit pleinement dans le présent. Car il attend l'éternité.

Les images les plus vénérables montraient l'arrivée des moines dans le Berry. Nous suivions la colonie des vingt-trois bénédictins de Solesmes qui s'installait dans les grands bâtiments déserts. Une abbaye est une famille. En feuilletant ces pages, j'avais l'impression de passer un joyeux moment avec l'auguste grand-père de Fontgombault. La mémoire de l'ancien père abbé était impressionnante. Elle lui jouait parfois de petits tours. Pourtant, le vieux moine en aurait fait rougir plus d'un.

« Il faut que tout change pour que rien ne change[1] » : la phrase de l'écrivain sicilien Giuseppe Tomasi di Lampedusa s'appliquait merveilleusement à notre conversation. Les générations de moines passaient, les histoires personnelles, les parcours étaient différents, mais, à la vérité, rien n'avait changé depuis 1948. D'album en album, les visages étaient les mêmes. Les sourires, les regards, les gestes aussi.

Nous sommes restés de longues heures à ausculter l'album consacré à la vie de dom Édouard Roux, père abbé de Fontgombault de 1948 à 1962, année de sa mort. Les photos de l'enfance marseillaise du petit garçon, né en 1896, de l'adolescent sage, du jeune soldat, faisaient place au jeune moine angélique, heureux et vif, entré d'abord à l'abbaye britannique de Quarr, avant de rejoindre Solesmes avec ses frères au sortir de la Première Guerre mondiale.

L'homme avait un tempérament de feu, mais il ne s'était jamais remis d'une terrible opération de l'appendice, pratiquée sans anesthésie. Cette petite

1. Giuseppe Tomasi di Lampedusa, *Le Guépard*, trad. fr. de Jean-Paul Manganaro, Paris, Points, 2007.

barbarie avait fragilisé sa santé. À l'époque, poussés par la loi du 1er juillet 1901, hostile aux congrégations, les bénédictins avaient quitté Solesmes pour l'Angleterre en septembre de cette même année. Sur les photos de cet exil forcé, dom Forgeot ne reconnaissait pas tout le monde. Il cherchait au fond de sa mémoire, mais ne parvenait pas à mettre un nom sur les visages de ces temps révolus. Parfois, il s'amusait : « Tiens, qui est ce moine qui sourit aux anges ? Et celui-ci, il est tout rond ! Je ne le reconnais pas. »

Dom Roux affichait une mine austère, glaciale, presque sévère, mais sous ce visage se cachait un homme juste. Sensible et pudique, il comprenait son monde. L'album reproduisait des extraits des innombrables lettres affectueuses que le religieux envoya aux jeunes novices appelés sous les drapeaux. En cette période de troubles dans l'empire colonial, de l'Indochine à l'Algérie, le service militaire était long et risqué. Dom Forgeot, par exemple, partit le 17 août 1955 ; il rentra le 1er novembre 1957. Parfois, sur une même période, deux ou trois novices étaient loin de Fontgombault. Voici quelques-uns des extraits de lettres conservées. À Pierre Rotgé, il écrivait le 22 avril 1954 : « L'avenir est à Dieu ; n'y pensons pas trop. Le présent est si beau, où que l'on soit, puisque le Ciel est en notre âme et que partout on adore en esprit et en acte. » À Pierre Rotgé, encore, le 28 avril 1954 : « Le programme n'est pas le même pour chacun. L'essentiel est de vivre le sien dans l'amour. » À Antoine Forgeot, le 24 août 1955 : « C'est si simple de tout donner, et ce devrait être aussi simple de ne cesser de le faire au cours des jours qui s'écoulent un à un dans des modalités variées. » À Antoine Forgeot, le 21 février 1957 : « Toutes les épreuves ont un sens, un but, une fin. Heureuses les âmes qui savent les découvrir et qui trouvent dans la souffrance un aliment de foi plus profonde et d'amour plus absolu. » À Antoine Forgeot, toujours, le 8 août 1957 : « Le temps est lourd, très chaud. Ce qui n'empêche pas d'être heureux et de dire au Seigneur des folies : *quoniam bonus* [car il est bon]. » À Xavier Forgeot, le grand frère, le 18 novembre 1954 : « Je vous laisse entre les bras de Notre-Dame, ces bras qui ont porté Jésus enfant et mourant. » À Xavier Forgeot, le 21 janvier 1955 : « Vous seriez au pôle Nord nous ne serions pas pour autant séparés. La distance ne joue pas pour les âmes qui sont esprits, et se retrouvent en Dieu qu'elles adorent en esprit et en vérité. » À Xavier Forgeot, le 21 août 1956 : « Dieu seul est intéressant, et tout le reste n'est rien. Comme il faudrait savoir se passer de tout ; vivre dans cette pauvreté qui est richesse : *dives et pauper* [riche et pauvre]. » À Jean-Yves de Lamarzelle, le 6 août 1961 : « Vous pouvez compter sur moi qui donne ma vie pour vous, mais mes jours sont comptés. Vous aimerez davantage encore mon successeur, quel qu'il soit. » À Jean-Yves de Lamarzelle, le 8 février 1962 : « La tendresse divine enveloppe tout, et par-dessus tout l'heure de la mort. » À Jean-Yves de Lamarzelle, enfin, le 15 février 1962 : « Tout a une fin ici-bas, Dieu merci ! Mais la Vie éternelle n'en aura pas, Dieu merci mille et mille fois ! »

Sur les beaux clichés de sa vie, le Marseillais apparaissait tour à tour comme un jeune moine aimable, un religieux rêveur, déterminé, enfiévré ou inquiet. Nous le suivions en compagnie de ses novices, à Solesmes, lui qui fut un père maître aimé et admiré. Nous scrutions la préparation minutieuse de la Fête-Dieu, dans les jardins à la française de l'abbaye mère, les conversations avec dom Germain Cozien, le troisième successeur de dom Guéranger. Nos regards s'arrêtaient sur une première promenade sur les bords de la Creuse. En revanche, dom Antoine ne se souvenait plus des images impressionnantes des travaux de restauration du chœur de l'église berrichonne. À l'époque, dom Roux avait décidé de démonter le grand jubé. Je m'attardai sur la photographie d'une récréation en 1953, près de l'abside, le jour solennel et glorieux de la bénédiction abbatiale, en présence du futur cardinal Joseph-Charles Lefèbvre, archevêque de Bourges, et de dom Cozien ; dom Roux parlait avec un prélat, et dom Dupriez, de l'abbaye d'Hautecombe, conversait avec le prince Xavier de Bourbon-Parme, devant la sacristie. Un monde évanoui.

En ce temps-là, un abbé devait prendre la pose pour réaliser son portrait officiel. L'image était hiératique et froide. Aujourd'hui, il n'en serait pas de même. Les bénédictins portaient alors la tonsure. Puis venait une photo de groupe à Solesmes, datant de mai 1948. Dom Forgeot chercha obstinément dom Joseph Gajard. Nous finîmes par le trouver. Le musicien portait des lunettes cerclées qui trahissaient une myopie ancienne. Les moines étaient alors au nombre de cent dix. Les doigts fins de dom Forgeot passaient de visage en visage. Celui-ci était un grand artiste, celui-là un intellectuel reconnu, cet autre un excellent jardinier ; il se souvenait des talents de chacun. Soudain, la lumière déclina. Une averse de novembre tombait sur Fontgombault. On ne voyait plus grand-chose. Il fallut allumer une jolie lampe de bureau afin de poursuivre notre voyage dans le passé.

On s'arrêta sur une photographie prise près du chevet de l'abbatiale. Dom Forgeot regarda longtemps le père Isambert, mort dans la fleur de l'âge. Quelques instants après, il me parla du petit frère François, un moine qui n'avait pas prononcé de vœux mais était mort en odeur de sainteté.

Les dernières années, les traits du père abbé Roux étaient devenus douloureux. Le sourire était noble, fraternel, mais les yeux enfoncés dans les orbites trahissaient une forme d'effondrement physique. L'homme était épuisé ; il avait beaucoup donné.

En février 1962, revenant de Paris, dom Roux avait fait halte à la cathédrale de Chartres. Après avoir célébré la messe, il était resté deux heures à genoux devant la statue de Notre-Dame du Pilier. Les moines ont appris plus tard qu'il avait demandé à la Mère du Christ de le rappeler au Ciel.

Quelques semaines avant sa mort, il était parti bénir une croix de mission dans un village voisin. Il faisait un froid glacial, et le père abbé contracta une pneumonie. Son agonie fut douloureuse, la respiration devenant difficile. Le 19 mars 1962, dom Édouard Roux quittait ses chers fils.

Curieusement, un moine avait pris de nombreuses images de dom Roux quelques heures après son trépas.

Une quinzaine de clichés le montraient allongé sur un lit recouvert d'un drap noir, ou dans son cercueil posé à même le sol, près de la cathèdre. Le photographe n'avait rien manqué. Nous tournions des pages et des pages. Le visage du défunt s'était transformé. Malgré son teint diaphane, il semblait pacifié et serein. Le prince ascétique avait certainement trouvé son Roi.

Les obsèques de dom Roux furent belles. On voyait la longue procession qui partait de la salle du chapitre, pour passer dans la cour de l'hôtellerie et monter les marches du porche royal de l'abbatiale. Les photos d'un album intitulé *Obsèques du P. AB. Édouard* étaient délicatement entrecoupées de citations du mort. La première page s'ouvrait par des mots adressés au frère Dominique, le 24 février 1958 : « Un Père du désert à l'article de la mort exultait de joie. Comme on lui en demandait la cause, il répondit : “Parce que je n'ai jamais fait ma volonté propre.” » Les images mises en boîte depuis les hauteurs donnaient une impression grandiose. Le cercueil ouvert était posé sur un grand catafalque. Il semblait dominer le chœur et la nef, qui paraissaient minuscules. Près du cercueil, on avait installé six grands candélabres.

Ce jour-là, dom Antoine Forgeot était sous-diacre. Il assistait dom Jean Prou, le père abbé de Solesmes. Je distinguais nettement le jeune moine sur une photo où le célébrant encensait et bénissait le corps du défunt. Dom Forgeot me dit : « C'était très beau. Il y eut quatre absoutes ; la tradition, pour un prélat, le voulait ainsi. »

L'inhumation avait eu lieu l'après-midi. La communauté s'était rassemblée avec quelques membres de la famille. L'album s'achevait par trois photos de la tombe, située dans l'abside. La pierre était désormais scellée, les moines y avaient gravé l'inscription la plus simple qui soit, en caractères majuscules : EDUARDUS ABBAS † *1896-1962.*

Lorsque je le retrouvai le lendemain, dom Antoine avait apporté une grosse loupe. Il voulait revoir les images des obsèques. Il m'apparut soudain tel un vieux moine copiste, penché sur son parchemin. Scrutant de près les photos, il put reconnaître les abbés qui furent nombreux à venir à Fontgombault. Saint-Wandrille, Quarr, Wisques, Kergonan, Ganagobie, Ligugé, Clervaux… les visages des abbayes défilaient. La noblesse, la paternité, la chaleur de dom Roux étaient restées intactes dans son cœur. Il prit le temps de regarder les photographies du visage du défunt. Pour lui, le moment était charmant et émouvant. Pour moi, il était extraordinaire.

L'album le plus volumineux était dédié à dom Roy, le successeur de dom Roux. Moine intelligent, rapide et précis, il ouvrait une nouvelle époque pour l'abbaye. Plus spirituel que mystique, plus théologien que philosophe, il était un homme de gouvernement et de décision au caractère joyeux qui avait su garder une âme d'enfant. Il avait été chasseur dans sa jeunesse, et continuait à aimer la nature et les grandes promenades communautaires.

Une photo du 2 juillet 1962 montrait combien la communauté avait grandi. Autour de dom Roy, il y avait cinquante-quatre moines. Sur un cliché pris pendant l'été de cette année-là, on le découvrait avec sa propre famille. C'était une image de la France heureuse des années gaulliennes à Fontgombault...

Promenade dans la campagne avec les frères, travaux d'équeutage des haricots verts, chapitre général à Solesmes en 1964, voyage à Rome pendant le concile Vatican II, visite du mont Cassin et voyage à Ganagobie en 1965, pose de la première pierre du nouveau bâtiment des convers à Fontgombault, audience avec Paul VI en 1967, prière devant la Vierge de dom Guéranger à Rome la même année, recherche d'une abbaye en Auvergne en 1967 toujours, *Congresso* romain des abbés bénédictins à *Sant'Anselmo all'Aventino* en 1968, jours de repos à Castagniers, en Provence, à l'hiver 1968, séjour à l'abbaye d'Hauterive en 1969, déplacement à l'abbaye de Montserrat en 1970, en la compagnie extraordinaire d'un ermite, et à la chartreuse de la Valsainte, avec le grand cardinal Journet en 1970, puis avec le noviciat de chœur de Fontgombault dont le père Antoine Forgeot était le zélateur : les images tournoyaient, vivantes, émouvantes.

Le 2 mai 1970, sur la photo de groupe de Fontgombault, il y avait soixante-dix-neuf moines. En moins d'un demi-siècle, la troupe monastique aurait plus que triplé son volume. Bientôt, quinze moines partiraient dans les monts d'Auvergne pour la fondation de l'abbaye de Randol.

Dom Jean Roy, bâtisseur, architecte, sage, laissait un héritage solide. Souvent, en parlant de lui, dom

Forgeot disait « mon père abbé ». Son décès fut tragique. En 1977, à cinquante-six ans, il mourut subitement. Il se trouvait à Rome pour le *Congresso* des abbés. Le père Jean-Louis de Robien, son secrétaire, et le père Doat l'accompagnaient. Un petit matin, dans la maison généralice des cisterciens, il s'est écroulé devant la porte de sa chambre, terrassé par une crise cardiaque. Une infirmière a essayé de le ranimer, mais son âme s'est envolée quelques minutes plus tard.

La communauté était triste, abasourdie, désemparée. Dom Forgeot est convaincu qu'il a senti sa dernière heure venir. Dans ses affaires personnelles, qu'il n'avait pas eu le temps de mettre en ordre, les moines ont retrouvé une prière sur la mort. Il venait d'en recopier les strophes. En 1976, il avait voulu qu'un architecte puisse préparer sa tombe. Son secrétaire particulier avait rédigé une lettre pour mettre à exécution sa demande. Il précisait que rien n'était pressé. En relisant la missive, dom Roy avait écrit dans la marge : « Mais qu'est-ce qu'il en sait ? » Un après-midi, dans le cloître, il confia sans préambule à dom Forgeot qu'il n'en avait plus pour longtemps. Il sentait que ses jours étaient comptés. Pourtant, il venait de faire un examen cardiaque et ne présentait aucun signe inquiétant. Dom Forgeot n'a rien oublié : « Il était magnifique, courageux, droit. Nous lui devons ce que nous sommes. »

Le premier album en couleur était consacré à la bénédiction abbatiale de dom Forgeot. Ce 8 décembre 1977, par une froide journée, les images montraient la douleur encore présente et la joie d'une élection prometteuse.

Le père abbé émérite ne s'attarda pas sur les clichés de cette journée. Tout ce qui touchait à sa personne n'avait aucune importance. Son humilité était, encore une fois, édifiante.

Pour marquer son soutien aux moines, la foule s'était pressée à la bénédiction. Plusieurs évêques étaient présents, et les prieurs de Gricigliano et de Randol assistaient dom Forgeot. Sur les derniers clichés, on voyait dom Prou qui saluait longuement le nouveau père abbé avant de s'en retourner à Solesmes.

Bien des moines dont nous avons contemplé les visages dans les albums étaient morts. Que pouvait ressentir dom Forgeot en voyant ces religieux qu'il avait si bien connus et qui reposaient dans les cimetières de leurs monastères ? L'ancien père abbé ne laissait rien paraître, calme, imperturbable. Comme toujours.

X

Les grottes de l'ermite dans le brouillard

Face à l'abbaye, sur l'autre rive de la Creuse, la nature se fait presque sauvage. Dans les falaises creusées par la rivière, plusieurs grottes sont blotties les unes contre les autres, comme de petites maisons alignées.

Au début du XIe siècle, l'érémitisme connut un nouvel essor dans le royaume de France. Par des exemples édifiants, les solitaires voulaient prêcher à leurs contemporains la nécessité du retour à l'Évangile.

Ce coin du Berry offrait un cadre parfait pour les hommes en quête d'une vie cachée. Choisi comme lieu de retraite par un anachorète du nom de Gombaud, il devint bientôt une laure prospère sous la régie de Pierre de l'Étoile.

Il subsiste huit grottes. Après la « cellule » assez spacieuse de Gombaud, voisine d'une fontaine demeurée célèbre pour son eau, le promeneur pénètre dans une suite d'excavations dont plusieurs sont étroites et peu faciles d'accès. La dernière grotte, proche d'une chapelle reconstruite au XIXe siècle par les trappistes, est plus vaste. Elle est soutenue en son centre par un pilier massif taillé dans le roc. Au vu de sa taille, elle servait sans doute de salle communautaire aux solitaires. Elle est joliment appelée le « chapitre des ermites ».

Près du rivage, bien visible depuis l'abbaye, la chapelle, récemment restaurée, dédiée à saint Julien du Mans, était à l'origine un modeste oratoire en bois.

En 1091, devant l'afflux des vocations et l'exiguïté des lieux, Pierre de l'Étoile décida de traverser la rivière et de fonder un monastère cénobitique placé sous la règle de saint Benoît. Ainsi, pendant quelque temps, les ermitages et le monastère coexistèrent-ils. La modeste tombe du moine appelé Gobert, mort en 1130, fut retrouvée au siècle dernier près de la chapelle. On releva avec son corps une plaque ainsi libellée : « *Hic requiescit corpus gloriosissime indolis viri Goberti monachi sacerdotis. Hic ab infantia virgo Christum amavit. Obiit V idus Augusti* » : « Ici, repose très glorieusement le corps du bon moine et prêtre Gobert. Ici, vierge depuis l'enfance, il aima le Christ. Il mourut le 9 août. »

Au milieu du XIIe siècle, les derniers ermites disparurent définitivement.

Pourtant, en 1970, un bénédictin de Fontgombault voulut retrouver cette vie solitaire.

Il avait pour nom Pierre Rotgé. L'homme était né le 17 août 1930. Entré au monastère en 1950, profès solennel en 1956, il fut ordonné prêtre en 1963. À la fin des années soixante, il demanda au père abbé de partir dans les grottes. Dom Roy en fut fort surpris mais il ne voulut pas s'opposer au désir brûlant de son moine.

Depuis longtemps, il portait secrètement une vocation érémitique. En récréation, dom Rotgé était toujours pressé d'en finir. Le lundi de Pâques 1970, il traversa la rivière et s'installa dans l'excavation qui se situe juste au-dessus de la chapelle.

Le père Rotgé était originaire du village voisin de Lurais. Issu d'une famille de journaliers pauvres, il se trouva orphelin de mère à cinq ans et de père à neuf ans. Recueilli par un oncle, il dut arrêter l'école vers dix ans, avant d'avoir pu passer le certificat d'études. Il travaillait durement, de ferme en ferme. La guerre éclata bientôt. On ne mangeait pas vraiment à sa faim.

Un jour, il frappa à la porte du monastère pour se faire administrer un vaccin. Il venait pour s'occuper de son corps, il est reparti conscient qu'il pouvait prendre soin de son âme. Un beau chemin commençait.

Le 30 mars 1970, par un matin froid et brumeux, il s'installa dans sa nouvelle cellule. Sans confort, sans électricité, sans eau courante. Une grotte d'environ dix mètres carrés. Rien de plus. Cette vie si extraordinaire et troublante était pour moi pleine de mystère.

Lors de mon séjour à l'abbaye en août 2019, avec le prieur, nous étions d'abord venus le saluer à l'infirmerie, puis nous avons traversé la Creuse pour visiter les lieux de sa retraite érémitique. Je contemplai le sol en terre battue, l'entrée basse de l'excavation et le simple boyau dans la pierre où l'ermite avait placé autrefois son lit, non loin d'un petit poêle de fortune. Si l'endroit offrait une belle vue sur l'abbaye et les forêts alentour, j'avais du mal à envisager qu'un homme ait pu vivre ici, dans ce cadre rude et austère. Cela me paraissait presque inhumain.

Le père Rotgé n'avait rien voulu emporter avec lui. Il disposait d'une petite table en bois, d'une chaise et d'un bahut. Il mangeait peu, se contentant de riz, de légumes, de fromages ou de fruits que les bonnes âmes posaient devant la grotte. Un jour, des villageois avaient laissé du chocolat avec un mot : « Pour l'ermite pas fou. » En confiant l'anecdote à ses frères, longtemps après, il ajouta : « Pas fou, pas fou… », d'un air interrogatif. Privé de confort, loin des hommes, à quelques encablures de ses frères, il était heureux. Tous les samedis soir, pendant les vêpres, pour ne croiser personne, il venait chercher de maigres provisions à l'abbaye.

Ascétique, déterminé, courageux jusqu'à l'oubli complet de lui-même, il faisait l'admiration des moines. L'ermite revenait à l'abbaye en de rares occasions, dont il profitait pour consulter rapidement quelques journaux. Il tenait à être présent pour les tonsures, qui ont toujours lieu dans le *scriptorium*, ainsi que la Semaine sainte, le dimanche de Pâques et pour quelques grandes fêtes. Un moine, témoin oculaire et olfactif, se souvenait parfaitement du jour de la chandeleur où le père Rotgé brûla sa barbe au chœur avec un cierge de procession…

Novice, le père Rotgé n'avait pas une grande culture. Il souhaitait rattraper son retard. Lors d'un long séjour dans un sanatorium, le jeune malade passa tout son temps libre à se plonger dans des études de peinture, dessin, reliure, grammaire française, latin, anglais, allemand… Depuis lors, il n'eut de cesse de perfectionner ses connaissances, en particulier sur les sujets théologiques les plus variés. Dans l'ermitage, à l'aide de vieux dictionnaires, il apprit le grec, le syriaque, l'hébreu ancien et l'arabe littéraire. Au bout de quelques années, il possédait une connaissance encyclopédique des Pères du désert : Isaac des Cellules, Moïse l'Éthiopien, Jean de Thébaïde, et Macaire le Citadin étaient ses amis. Le père Rotgé prenait grand soin de leurs livres en les plaçant dans des boîtes en plastique pour qu'ils échappent à l'humidité. Car à la belle saison, point de danger : les grottes sont riantes, entourées de leurs sous-bois giboyeux et verdoyants. En hiver, l'aventure se corse. Le vent glacial et le brouillard épais recouvrent toute la rive d'une chape sinistre et les rayons du soleil parviennent rarement à percer la froidure.

Comment tenir de longues années dans des conditions si spartiates ? Comment ne pas tomber malade ? Les moines qui ont été témoins de cette épopée affirment que le père Rotgé priait continuellement. La prière fut la seule flamme qui réchauffât vraiment son cœur. Parfois, depuis les jardins de l'abbaye, les convers apercevaient une ombre qui se faufilait entre les arbres. Ils savaient que le frère récitait le chapelet en marchant. Car, dans la grotte, impossible de rester debout : le plafond était trop bas.

En 1981, le père Rotgé dut quitter son étrange paradis. Sa colonne vertébrale était disloquée. Il rejoignit un nouvel ermitage en Provence, sous des cieux plus cléments.

À son retour dans le Berry, il confia aux moines que le plus dur n'était en aucun cas la solitude. Non, le plus dur, c'étaient les moments où Dieu ne parlait pas.

Les derniers mois de sa vie, dans la petite cellule de l'infirmerie, prisonnier d'un corps usé par l'ascèse, il continuait de prier chaque heure de la journée. Au dire de l'infirmier, il était le malade le plus délicieux qu'il ait jamais connu. La figure du père Rotgé était illuminée par le sourire pur des enfants. Sur son lit de malade, il gardait un humour intact. Un matin, son médecin vint lui faire une prise de sang. Alors, le soir venu, l'infirmier qui prenait soin de lui tenta de brandir les supposés résultats pour le faire manger. « Vous savez ce qu'a dit le docteur à la suite de votre analyse ? » Il répondit sans ambages : « Qu'il ne faut pas que je me fasse de mauvais sang. »

Le prieur se souvient d'une petite visite. Assis dans un grand fauteuil médicalisé, le vieux moine lui dit dans un sourire : « Ah, vous venez me réjouir de votre visage. » Et un après-midi, voyant s'approcher le père abbé, de sa petite voix aiguë, il s'écria : « Voilà le bon pasteur ! » Tous les soirs, dom Jean venait aussi lui donner la bénédiction de complies.

Et puis, un frère avait demandé au père Rotgé : « Que direz-vous au Seigneur quand vous allez Le rencontrer ? » La réponse fut rapide : « Oh, que je vous ai mal aimé ! » « Et à notre cher saint Benoît ? » Le père Rotgé s'exclama : « Les meilleures choses possibles ! »

Les saints ont toujours une propension étonnante à se trouver mille défauts.

En mars 2019, il était aux portes de la mort. Malgré sa détresse respiratoire, il continuait de réciter son chapelet avec ténacité. Ses doigts ne cessaient d'égrener les petites perles noires. Dans un état de semi-conscience, il s'accrochait à la prière comme un petit enfant qui apprend à nager s'agrippe à sa bouée.

La Grande Faucheuse s'annonça à l'aube de l'année suivante. Dom Pateau devait partir une semaine à l'abbaye de Ligugé. Le jour de son départ, il vint rendre visite au père dans sa chambre. Le vieux moine de quatre-vingt-dix ans avait de la fièvre, il était faible. Mais il comprit que le père abbé lui demandait de ne pas mourir en son absence.

Trois jours avant son trépas, un frère lui faisait manger un yaourt. Le père Rotgé voulut le remercier, comme à son habitude. Il dit tout doucement « oui », puis « merci ». Et il n'a plus jamais parlé.

Le mourant est resté à peu près conscient jusqu'à la fin. Les deux derniers jours, cependant, il ne réagissait plus aux sollicitations de ses frères. Le dimanche, après none, dom Antoine Forgeot récita pour lui la dernière prière des agonisants. La communauté était rassemblée dans la chambre et le couloir.

Dès son retour, le lundi 13 janvier, le père abbé alla le voir. Il lui a parlé et il a placé sa croix pectorale entre ses mains. Le père Rotgé s'est un peu agité. Il était environ douze heures trente. Pendant le dîner, vers dix-neuf heures quarante-cinq, un frère a prévenu le père abbé. La mort s'approchait. Dom Jean a quitté le réfectoire pour se rendre au plus vite à l'infirmerie : il espérait qu'il serait encore en vie. Mais le père Rotgé venait de rendre son dernier souffle. Son visage était paisible et serein ; il souriait. Le père abbé lui a donné l'absolution sous condition.

Le frère Rotgé était mort seul. Comme un ermite.

Il y a bien longtemps que les moines ne l'avaient pas vu « de tout son long », car il était cassé en deux. Le père infirmier a manqué les complies pour faire sa toilette. Vers vingt et une heures trente, le prieur a été le premier à commencer la veille, puis les plus anciens moines se sont relayés. Toute la nuit, heure après heure, jusqu'aux funérailles.

Dom Jean a fixé la cérémonie au mercredi 15 janvier 2020. Ce jour-là, il faisait froid et beau. Les moines étaient conscients qu'ils allaient porter en terre le petit frère de Gombaud et de Gobert, le dernier maillon de la chaîne millénaire des ermites berrichons. Ces hommes-là partaient pour toujours.

XI

La visite d'un futur pape

Nous sommes le samedi 22 juillet 2001. L'abbaye de Fontgombault s'apprête à accueillir une rencontre de portée internationale consacrée à la liturgie. Des évêques, des abbés, des prêtres, des religieux, des théologiens, des universitaires et des laïcs triés sur le volet rejoignent les terres berrichonnes.

Le soir, vers vingt heures quinze, le cardinal Joseph Ratzinger arrive à son tour. Les moines se sont regroupés sagement devant le grand porche de l'abbatiale. La voiture du prélat descend la grande allée, tous n'ont d'yeux que pour lui. Les cloches sonnent à toute volée. Dom Antoine Forgeot baise l'anneau cardinalice en signe de respect et de dévotion. Le préfet de la Congrégation pour la doctrine de la foi apparaît tel qu'en lui-même : digne, simple et fraternel. La communauté est émue.

Au son de l'orgue de chœur, le collaborateur du pape Jean-Paul II entre dans la grande nef ; l'édifice fait toujours forte impression quand on y pénètre pour la première fois, et on lit sur ses traits son émerveillement. Puis il traverse l'allée centrale pour s'agenouiller devant l'autel du Saint-Sacrement. Après une collation servie dans le parloir du père abbé, il rejoint la belle cellule épiscopale. Le lendemain, dimanche, il célèbre la messe conventuelle au maître-autel.

Le cardinal a accepté de bonne grâce de s'entretenir avec la communauté dans la salle du chapitre. Joseph Ratzinger parle longuement de son travail à la Congrégation, de ses échanges avec les théologiens, et en particulier de ses efforts pour dénoncer les effets pernicieux de la dictature du relativisme.

Après le déjeuner pris au réfectoire, à la table de l'abbé, il rejoint la salle du colloque qui se trouve dans la vaste bibliothèque de l'hôtellerie. Son introduction magistrale porte sur le lien intrinsèque entre la crise de la foi, la crise de l'Église et la crise de la liturgie. En particulier, il considère que le catholicisme a perdu la notion véritable du sacrifice. Dans le sillage de l'un de ses maîtres, le théologien Romano Guardini, Joseph Ratzinger a développé cette thèse dans un de ses plus grands livres, publié quelques mois auparavant, *L'Esprit de la liturgie*[1]. Les contributions des uns et des autres se succèdent. Le cardinal est attentif.

Puis, le lundi 24 juillet au soir, on invite le préfet à faire une conclusion. Par humilité, il se déclare d'abord incompétent : « Je n'ose pas proposer des conclusions ; je n'avais pas le temps ni la capacité intellectuelle et physique

1. Cardinal Joseph Ratzinger, *L'Esprit de la liturgie*, Paris, Ad Solem, 2001.

de préparer quelque chose. Je peux seulement proposer quelques remarques. Mais surtout je veux dire un merci très profond à vous, cher père abbé, pour l'esprit de ce monastère qui nous a inspiré la paix de l'Église, la paix de Notre-Seigneur, et nous permet donc de chercher ensemble cet œcuménisme catholique dans lequel il peut y avoir une réconciliation à l'intérieur de l'Église, dans ses différences qui sont profondes et douloureuses[1]. »

Sans surprise, la conclusion cardinalice improvisée est brillante. Il parle une heure durant. Il évoque notamment l'importance d'une « réforme de la réforme » de la liturgie : « Le professeur Spaemann a raison : la "réforme de la réforme" se réfère naturellement au missel réformé et pas au missel précédent. Qu'est-ce qu'on peut faire, étant donné que finalement notre but commun – me semble-t-il – est la réconciliation liturgique et non pas l'uniformisme ? Je ne suis pas pour l'uniformisme ; mais, naturellement nous devons être contre le chaotisme, contre la fragmentation de la liturgie, et dans ce sens, aussi pour l'unité dans l'observance du missel de Paul VI. Cela me semble un problème prioritaire : comment retourner à un rite commun réformé – si vous voulez – mais pas fragmenté ou laissé à l'arbitraire des communautés locales, ou de quelques groupes de commissions et d'experts ? Donc la "réforme de la réforme" est une question qui concerne le missel de Paul VI, toujours

1. Cardinal Joseph Ratzinger, « Bilan et perspectives : conférence conclusive aux journées liturgiques de Fontgombault du 22 au 24 juillet 2001 », *Nouvelles de chrétienté*, 8 octobre 2009.

avec cette finalité d'une réconciliation à l'intérieur de l'Église parce que, pour le moment, il y a plutôt une opposition douloureuse, et nous sommes encore loin de la réconciliation, même si les jours que nous avons vécus ici ensemble sont un pas important vers cette réconciliation. » Il ajoute, clair et déterminé : « Il me semble indispensable de maintenir la possibilité de célébrer selon l'ancien missel comme signe de l'identité permanente de l'Église. C'est pour moi la raison fondamentale : ce qui était jusqu'à soixante-neuf la liturgie de l'Église, la chose la plus sacrée pour nous tous, ne peut pas devenir après soixante-neuf – avec un positivisme incroyable – la chose la plus inacceptable. Si nous voulons être crédibles, même avec ce slogan de la modernité, il est absolument nécessaire de reconnaître que ce qui était fondamental avant soixante-neuf, le demeure aussi après : c'est une même sacralité, une même liturgie[1]. » Ces paroles prononcées à Fontgombault furent ensuite un pilier porteur du pontificat à venir.

À la fin du colloque, le cardinal descend dans la cour des hôtes. Tous peuvent lui parler. Le père abbé Antoine se souvient d'un homme « d'une grande affabilité, d'une douceur parfaite, d'une délicatesse extraordinaire ».

Au grand regret des moines, le haut prélat quitte Fontgombault le mardi matin vers sept heures trente. Avant son départ, dom Forgeot lui propose d'entrer dans l'abbatiale au moment si exceptionnel des messes

1. Cardinal Joseph Ratzinger, « Bilan et perspectives... », *op. cit.*

basses. Le cardinal est saisi, presque interdit. Il reste un long moment en méditation, à genoux sur le sol, au fond de l'édifice. En sortant, sur le parvis, il dit tout bas au père abbé, qui se remémore encore l'inflexion précise de sa voix : « Ça, c'est l'Église catholique ! »

« Ces journées sont de très beaux souvenirs », me confia dans un souffle l'ancien père abbé. Comment oublier, à mon tour, l'intonation de la voix de dom Forgeot quand il prononça cette simple phrase ?

Dans le secret de la prière, le lien amical entre le cardinal et l'abbaye est toujours resté vivant.

XII

Mourir à l'ombre de Notre-Dame

À l'ombre des cyprès, des pins parasols, sous le regard charmant d'une glycine luxuriante qui court le long d'un petit mur, les moines défunts de Fontgombault dorment en paix. Le décor de leur dernier sommeil est enchanteur.

L'été, sous le soleil incandescent, l'odeur des vergers proches vient jusqu'à l'enclos des morts. En toute saison, des heures durant, les notes de l'organiste qui répète les pièces du répertoire sacré traversent les murs de l'abbatiale. Les trépassés voyagent en musique.

Je suis venu si souvent en ce lieu. Au centre, la croix de pierre, juchée sur son petit promontoire, dominant les deux pierres tombales des abbés trappistes, m'a toujours fait penser à un phare. Ce matin-là, avec Dom prieur, nous devisions sur la vie des défunts. Sur les trente petites croix blanches en pierre, les dates, les noms des moines gravés en latin, s'alignaient :

R.P. Xaverius Forgeot, 26 Nov. 1956. R.P. Philippus Vilain, 24 Mai 1956. R.P.D. Gilbertus Isambert, 23 Juin 1960. R.P.D. Georgius Dutfoy de Benque, 11 Sept. 1995. R.P.D. Robertus de Lamarzelle, 7 Dec. 1992. R.P.D. Theodoricus de Finance, 11 Apr. 1961. Fr. Clemens Pitard, 20 Jun. 2012. R.P.D. Yvo Chauveau, 2 Jul. 2015. R.P.D. Joannes-Michael Barais, 11 Aug. 2015. Fr. Paulus Papilleau, 12 Oct. 1968. R.P.D. Franciscus de la Blanchardière, 23 Jan. 1969. R.P.D. Albanus Saguez de Breuvery, 2 Aug. 2018. R.P.D. Andreas Bourdon, 18 Nov. 1973. Fr. Antonius Bouvet, 28 Mai 2015. Fr. Josephus Maria Jannot, 20 Nov. 1976.

Les premiers moines du XIIe siècle étaient certainement enterrés autour du chevet. Puis le cimetière a été aménagé dans l'enclos où il se trouve toujours. Près du transept nord, les bénédictins et les trappistes qui se sont succédé depuis le XIIIe siècle sont ensevelis dans ce carré de terre. Leurs restes mortels attendent le jour de la résurrection.

Aujourd'hui, quand un moine disparaît et que ses frères creusent sa tombe, leurs pelles accrochent souvent les sarcophages en pierre des trappistes, et parfois des crânes ou des os. Ils distinguent les bénédictins, enterrés perpendiculairement à la nef, et les trappistes, dont les corps sont parallèles à l'édifice, avec de petites plaques nominatives en métal posées sur les lambeaux de leurs habits.

Ce lieu calme était hautement propice à me remémorer les conversations si touchantes que j'avais eues avec dom Antoine Forgeot. Nous parlions de la mort de son frère de sang et de religion. Au moment du décès de ce dernier, il était à son chevet, accompagné du père abbé Édouard Roux : « Il est mort en paix. J'avais vingt-trois ans et mon frère, vingt-cinq. Nous étions préparés. À l'époque, il n'y avait pas de guérison possible. Pour les moines, la mort est redoutable, comme un châtiment ; mais elle ne nous effraie pas. Elle est naturelle. L'espérance donne tout. Nous avons la certitude que la mort ne séparera pas les personnes qui se sont aimées sur cette terre. »

Dom Forgeot m'avait parlé avec pudeur de ce drame douloureux de sa vie. Quelques mois auparavant, il avait perdu son père, âgé de quarante-neuf ans. Et cette même année 1956, il vit mourir aussi le jeune frère Philippe Vilain. Les deux hommes avaient fait profession le même jour. Frère Xavier et frère Philippe s'en sont allés à six mois d'intervalle. Les jeunes pousses de Fontgombault partaient comme ces blés d'été qui tombent les soirs d'orage.

À l'approche de la mort, les problèmes des moines s'apaisent et se simplifient. Des religieux compliqués, impétueux ou individualistes trouvent la sérénité. Dom Forgeot a toujours pensé qu'il fallait prêter attention à ces signes car ils annoncent la fin : « Il est beau de voir un moine qui vieillit bien. Dieu est fidèle, et Il nous aide à la condition que nous nous laissions faire. »

Les moines essaient toujours d'accompagner leurs frères avec la plus grande délicatesse. Pour dom Jean Pateau, « le soin du corps des défunts ne vise pas tant l'enveloppe charnelle que la mémoire de la personne. Le respect du cadavre monastique montre qu'il n'est pas un simple amas de cellules. Une âme s'est échappée ; sa chair et ses os ont droit à l'attention de ceux qui ont vécu avec le trépassé. Nous ne gardons quasiment rien de ce qui a appartenu au défunt. Un chapelet, un crucifix tout au plus. Nous brûlons les notes ou les archives. Après la mort, le corps possède la même rareté. Mais il ne s'agit pas de maquiller le mort pour lui donner un aspect plus jeune ou plus joyeux. Cette pratique tourne au carnaval et elle fait du défunt un mannequin grimé. Ce théâtre essaie de rassurer les vivants. Le moine qui est parti, allongé sur son lit, est le centre de l'attention. Il rappelle un frère que nous aimons. Le cadavre invite à rencontrer l'âme ».

Souvent, dom Forgeot prie sur la tombe de son frère aîné. Quand le besoin s'en fait sentir, il s'occupe de la glycine. Il vient coiffer les longues tiges de la plante ligneuse si indisciplinée qui court sur le muret du cimetière. À l'ombre de l'immense façade du transept nord, la dernière demeure des frères est paisible. Mais pour les moines, la question n'a vraiment aucune importance. Ils sont tendus vers l'éternité.

Le jour de la fête des Morts, le 2 novembre, les religieux viennent déposer deux ou trois bouquets de chrysanthèmes sur les tombes de leurs frères disparus. Tout au long de l'année, les jardiniers s'occupent d'une centaine de pots qui viendront honorer les défunts. Ils déposent traditionnellement un chrysanthème blanc devant chaque sépulture. Puis, ils dispersent des fleurs de toutes les couleurs, jaunes, orange, bordeaux, mauves ou rose fuchsia en essayant de se souvenir du goût des défunts. Je ne comptai pas moins de dix-huit pots autour de la grande croix. Les moines aiment aussi fleurir les deux pierres tombales des pères abbés trappistes dont la mémoire est un peu oubliée.

Le cimetière est devenu un petit jardin domestique coloré et chatoyant. Lorsque je m'y rendis, le temps semblait s'être arrêté. Mais la rigueur de l'hiver ne tarderait pas à remiser ces douces impressions.

XIII

Dom prieur

« Il arrive assez souvent que la nomination du prieur occasionne de graves scandales dans les monastères. C'est ce qui arrive lorsque quelques-uns, enflés d'un méchant esprit d'orgueil, et s'imaginant être de seconds abbés, s'arrogent un pouvoir tyrannique, entretiennent des scandales et causent des dissensions dans la communauté. Cela se produit surtout dans ces lieux où le prieur est établi par le même évêque ou par les mêmes abbés qui ont institué l'abbé.

« On voit aisément combien cela est absurde, puisque, dès le début de son établissement, on lui fournit matière à s'enorgueillir, lui suggérant qu'il est soustrait au pouvoir de son abbé. Toi aussi, se dira-t-il, tu as été établi par ceux-là mêmes qui ont institué l'abbé.

« De là surgissent des jalousies, des conflits, des détractions, des rivalités, des dissensions, des désordres : car, lorsque l'abbé et le prieur sont ainsi divisés de sentiment, il est impossible que leurs âmes ne se trouvent pas en péril d'une telle discorde. De même, ceux qui sont sous leur conduite, prenant parti pour l'un ou pour l'autre, vont à leur perte. De ce péril sont responsables au premier chef ceux qui se sont faits les auteurs d'un pareil dérèglement. »

Dans la règle, les paroles de saint Benoît sur le prieur ne sont guère avenantes. Les historiens de l'Église s'accordent souvent à considérer que le fondateur de l'Ordre a dû rencontrer des dissensions avec ses propres prieurs.

Heureusement, sur les rives de la Creuse, il n'en est rien. On imagine mal dom Pateau dire du père Jean-Baptiste qu'il se serait enflé « d'un méchant esprit d'orgueil ». On reste aussi songeur à l'idée d'une compromission de l'archevêque de Bourges pour imposer un moine de son choix…

De loin, le prieur de Fontgombault ressemblait à un jeune homme. Un adolescent pressé, sérieux, concentré. En ce jour de la Fête-Dieu, il conduisait les travaux de préparation de la cérémonie. J'avais l'impression d'observer un chef scout passionné, un brin autoritaire.

Mais l'image était trompeuse. Le moine que le père abbé a choisi pour être à ses côtés dans le gouvernement de l'abbaye est un religieux qui veut être sage. Et, plus encore, un moine courageux, habité d'une belle énergie.

Sa voix est grave, posée, et les mots s'enroulent. Il prononce une phrase, il se reprend, il corrige pour en ajouter une autre. Il a une idée, puis une seconde, mais les deux se contredisent un peu. On s'inquiète. L'exercice semble incertain. Où allons-nous ? Il ramasse soudain son propos, et la chose devient brillante.

Dom prieur est précis et embrouillé, pugnace et timide, sensible et résolu. Trois traits de caractère, en particulier, surnagent : la douceur, l'intelligence et la charité.

Les hommes qui ont eu la grâce de garder un esprit d'enfance montrent souvent cette trempe qui fait d'eux des êtres redoutables.

Certes, il faut du courage pour suivre le père abbé de Fontgombault. L'ombre tutélaire de son prédécesseur, dom Chauveau, est intimidante. Mais le père Jean-Baptiste n'a pas peur.

Il est né le 22 novembre 1983, petit dernier d'une famille de six enfants. Après son baccalauréat, en série économie, il intégra le prytanée militaire de La Flèche pour préparer Saint-Cyr. Jeune recrue, il entra au monastère en 2003, à moins de vingt ans.

Mon interlocuteur montrait toujours une grande politesse, une délicatesse désarmante. Nous avons beaucoup parlé ensemble de la vie monastique. Je m'amusais à le provoquer en lui demandant si les monastères n'étaient pas des sous-marins et les moines les détenus d'une prison céleste. Je savais parfaitement que les bénédictins ne sont pas des prisonniers. La véritable prison, ce sont les péchés, les blessures, les drames du passé. L'homme vient au monastère pour Dieu. Le moine veut se libérer de tout ce qui l'empêche d'être uni à Lui. La réponse de Dom prieur m'avait ravi : « La vie monastique n'est pas un chemin de roses. Les épines sont nombreuses. N'oublions pas saint Augustin qui disait : “*Ubi amatur non laboratur et si laboretur, labor amatur*” : “Où on aime, il n’y a pas de peine et s’il y a de la peine, la peine est aimée.” »

Le père Jean-Baptiste consacra son mémoire de licence en théologie morale à la vertu de miséricorde. Dans ces pages, il réfléchissait à la notion de liberté. Le moine a fait un choix libre. Chaque décision engage des difficultés. Il ne faut pas lâcher prise à la première tempête. La persévérance est fondamentale.

Le père Jean-Baptiste fut nommé prieur à trente et un ans. Comment peut-on devenir le principal conseiller du père abbé en étant si jeune ? Est-ce qu’on ne vole pas à un jeune moine sa vie religieuse en lui donnant des responsabilités aussi précocement ? Dans son cas, l’histoire est complexe, puisque l’ancien titulaire de la charge est mort brutalement. Tout alla donc très vite, depuis le début. Il fut ordonné prêtre en 2012 par Mgr Armand Maillard, puis, le 2 février 2013, il devint zélateur des novices de chœur. Enfin, en octobre de cette même année, il fut nommé maître de chœur.

Dom Delatte aimait à dire que le prieur est l’homme du père abbé. La confiance entre les deux doit être parfaite. Cela se vérifie à Fontgombault. Les deux hommes n’ont pas forcément les mêmes points de vue, mais ils se retrouvent sur l’essentiel.

Dans une abbaye, la fonction de conseiller a toute sa place. Dom Pateau écoute avec intérêt les avis du père Jean-Baptiste. L’un conseille, l’autre décide, et la proximité est forte.

Le père Jean-Baptiste s’occupe également de l’entretien des bois qui comprennent les parcelles forestières et les parcs. J'en déduisis donc qu'il avait besoin de se dépenser physiquement, et en effet, il me confia aimer ce travail. Ce n'était pas le cas de son prédécesseur, qui était un pur esprit.

Je brûlais surtout d'adresser à mon interlocuteur une question simple : comment reste-t-on un bon jeune moine ? Il me répondit d'emblée qu'il importait de ne jamais idéaliser les moines : « Il ne s'agit pas de magnifier nos vies. Le risque est grand. Une chose est de faire de longs discours sur l'obéissance et l'humilité. Une autre est de les mettre en pratique et de prier. Il y a l'idéal et la réalité. Notre authenticité est silencieuse. »

La jeunesse de Dom prieur n'a pas été sans difficultés. La place éminente qui était désormais la sienne se révélait complexe. On n'imagine guère un long fleuve tranquille. Des moines plus expérimentés peuvent toujours montrer quelques agacements. Mais la communauté n'a pas posé de problèmes.

Parfois, de jeunes religieux deviennent plus prudents que des vieillards. Le prieur de Fontgombault est de cette trempe. Un moine qui sait alterner la gravité et le sourire, la rigueur et la souplesse, était donc la bonne personne à la juste place. « L'enjeu de la vie monastique consiste à vivre librement dans un cadre fort constitué par la règle, les coutumes et les usages, m'expliquait le père Jean-Baptiste. À Fontgombault, l'histoire est partout. Les lieux sont ancrés, sécurisants, maternels. Il faut vivre avec Dieu. Voilà l'unique critère. Le contemplatif veut-il persévérer dans sa recherche ? On ne devient pas moine à la force du poignet. Le volontarisme n'a aucun sens. Le bon moine ne se donne pas pour le plaisir de se donner. Il se donne à Dieu. La nuance est importante. Les pères abbés nous aident. Leur paternité passe toute époque. On croit qu'il faut se donner, mais en fait il faut apprendre à recevoir de Dieu par la communauté. Il faut se cacher en Lui. Nous devons consentir à avancer. »

Le père Jean-Baptiste n'a pas toujours été certain que sa vocation était à Fontgombault. Il est venu pour la première fois dans l'abbaye berrichonne à l'âge de sept ans. C'était le dimanche des Rameaux. Il a gardé trois souvenirs précis de cette visite. L'enfant avait été impressionné par la procession. Puis, au réfectoire, assis en bout de table, il avait fait tomber son couteau, s'était baissé pour le ramasser, adressant un sourire au père abbé : « J'avais bien compris que les moines venaient s'agenouiller devant dom Antoine quand ils faisaient tomber quelque chose. » Au loin, à la table des novices, le frère Pateau, qui avait l'air d'un étudiant, n'avait sans doute rien vu de la scène. Et dans l'après-midi, du haut de son mètre vingt, il avait demandé tout à trac au père Henry : « Est-ce que vous êtes heureux ? » Le bon bénédictin était parti dans un grand éclat de rire.

Le jeune homme n'a jamais pensé à la vocation avant sa première année de lycée : « Je me suis senti appelé à la vie contemplative par l'adoration eucharistique. Je me souviens d'un moment très précis où l'appel fut net et clair. » Il est revenu régulièrement à Fontgombault avec les scouts, ou avec des amis. Il a hésité entre deux communautés mais le désir d'une vocation exclusivement contemplative l'a emporté.

Comment durer ? Le danger de l'activisme guette toujours ; un moine peut tenir un rôle, se perdre dans des futilités, des illusions. Dom Roux utilisait une métaphore très juste. Il comparait le monastère à un sac de cailloux. Les moines sont des pierres dans ce sac ; elles s'entrechoquent et se polissent. C'est ainsi que les caractères s'assainissent, à condition de jouer le jeu.

Un monastère est une famille. Avec ses défauts et ses qualités. Quelle place le père Jean-Baptiste a-t-il dans cette communauté ? Par définition, le prieur est l'aîné. Par sa timidité, sa simplicité, son idéalisme, on serait tenté de l'imaginer à la place du dernier-né d'une grande fratrie.

Un bon moine est seul devant Dieu. Mais il vit dans une fraternité. Une abbaye est un microcosme incandescent, caché du monde, mais dont les rayons attirent. Cet attrait est paradoxal. En fait, le moine est celui qui prend les moyens d'aller au bout de son baptême. La vie monastique est une vie chrétienne totale. Dans un monastère, tout est lié. Le fermier, comme le boulanger, le fleuriste ou même l'abbé doivent toujours donner à Dieu le meilleur de leur temps, au détriment de leur obédience si cela est nécessaire. Tout est gratuit. Un monastère peut progresser en chacun de ses membres et conventuellement. Les trois vœux, l'obéissance, la conversion des mœurs et la stabilité, prennent corps dans une famille.

Dans son roman *L'Oblat*, J.-K. Huysmans écrivait joliment : « Un vrai moine n'a qu'une patrie, son couvent[1]. » On pourrait ajouter que les moines sont détachés. Plus ils avancent, moins ils voient clairement. Ils n'ont qu'une patrie parce qu'ils sont cachés en Dieu. C'est bien le souvenir que me laisse Dom prieur. Un bénédictin caché, un bénédictin de Fontgombault.

D'autres verront peut-être le père Jean-Baptiste autrement que je l'ai connu. C'est l'apanage d'un homme au grand cœur. Il donne beaucoup. Chacun reçoit à sa manière.

1. Joris-Karl Huysmans, *L'Oblat*, Paris, Stock, 1903.

XIV

La sagesse du père maître des choristes

Le jeune homme qui entend devenir moine aimerait être sûr que Dieu veut qu'il lui donne sa vie. Son désir est compréhensible. Pourquoi entre-t-on dans la vie monastique ? Les moines prononcent souvent ces mots mystérieux : « On a reçu un appel. »

Dans un monastère, il revient au père maître d'aider les aspirants à discerner l'authenticité de leur choix. Mais personne ne peut comprendre le secret de leur vocation. Le père maître n'est pas celui qui doit séparer le bon grain de l'ivraie, les bons élèves des cancres. La vocation n'est pas un prix d'excellence.

La question qui doit être posée est simple : est-ce que le postulant cherche vraiment Dieu ? Le père maître sème délicatement des petits cailloux sur ce chemin pour aider le postulant à trouver sa voie. Celui-ci montre-t-il du zèle pour l'office divin ? L'obéissance est-elle un poids pour lui ? Les mille petits inconvénients de la vie bénédictine seront-ils surmontables ?

Ce sont des indices que donne saint Benoît dans sa règle. Le père maître est un guide de haute montagne qui encorde les candidats pour les conduire. Mais, en réalité, il ne connaît pas la route. Pour aller à Dieu, Lui seul sait le chemin. Le rôle du père maître consiste à montrer au postulant comment voir la Lumière, comment écouter la Parole, comment éviter les crevasses, comment grimper. Mais il doit accepter que ce soit Dieu qui le conduise réellement où Il veut. Chaque vocation est personnelle. Chaque chemin est unique. Le père maître peut soutenir le candidat pour qu'il parvienne à discerner la bonne direction. Cela demande déjà beaucoup d'humilité, de démission de soi, pour accepter la volonté de Dieu. Mais il ne peut rien de plus.

Les pères abbés confient ce rôle à des religieux aguerris. À Fontgombault, il y a deux pères maîtres. L'un a la charge des pères choristes, l'autre des frères convers.

Depuis sept ans, le père Jean Troupeau, entré à l'abbaye en 1979, assume une tâche exaltante et difficile aux côtés des jeunes qui veulent devenir moine de chœur. Auparavant, il fut aussi fermier, puis portier.

Sa science n'est pas infaillible, mais son expérience est vaste. Il est un passeur, un sage qui embarque sur le bateau monastique ceux qui s'éloignent d'un monde pour en rejoindre un autre. Délicatesse, empathie, rigueur : la liste des qualités dont il doit faire preuve est longue. S'il en est dépourvu, l'échec est assuré.

Lors de notre rencontre, je fus frappé par son calme. L'homme n'est pas très grand. Il sourit peu, s'exprime à travers de brèves phrases d'une voix douce et humaine.

Mon interlocuteur était-il un médecin de l'âme ? J'avais l'impression étrange que le père Jean, lorsqu'il me parlait des jeunes moines sur lesquels il veillait, établissait un diagnostic et délivrait une ordonnance. Peut-être même s'apprêtait-il à m'indiquer la route de la pharmacie. Je ne m'adressais pourtant pas au père infirmier !

Le matin de notre rencontre, mon interlocuteur m'exposa les choses simplement : « Dieu a un plan, ou Il n'en a pas. »

Pour illustrer son propos, il me parla de deux jeunes qui s'étaient présentés à l'abbaye à l'âge de quinze ans : « Je leur ai demandé de réfléchir, tout en rassurant les parents. Ils ont passé leur baccalauréat. Avec les années, l'un semblait assez tiède, hésitant, l'autre était très sûr de lui. Finalement, le premier vient d'entrer au monastère, tandis que le deuxième ne souhaite plus devenir moine. »

Avec sa gravité habituelle, le père Jean considérait que les avancées, les tâtonnements, les embardées des jeunes qui se présentent au monastère n'ont rien d'inquiétant. Leurs vies sont trépidantes ; elles ne se livrent pas facilement. Il faut classer, beaucoup jeter, faire un tri sélectif dans le cœur pour atteindre le but spirituel. Le temps et la patience sont les véritables armes.

Dieu est libre, sans nul doute. Cependant les parcours des vocations étaient plus simples dans le passé : « Les blessures familiales, les béances affectives et la brutalité des expériences sont des murs difficiles à grimper. Je pense à un garçon qui se mettait toujours au fond de l'église. Pendant les offices, il pleurait. Malgré ses fragilités, il a voulu entrer à l'abbaye. Mais il n'a pas réussi à surmonter certaines angoisses. La persévérance est importante. »

Les vocations sont des mystères joyeux, douloureux, lumineux. Le jeu de la grâce et du libre arbitre s'entremêle. Le père maître est présent pour faire comprendre à chaque regardant que sa liberté est première : « C'est lui qui dira oui ou non. Dieu pose une question. Chacun peut répondre à sa guise, parfois même refuser d'entendre. » Dieu propose, l'homme dispose, et selon la règle, c'est avec la grâce de Dieu qu'il peut acquiescer…

Un moine qui n'aurait pas fait ce long chemin a peu de chances de durer. Le père maître se doit d'écouter la voix de Dieu et celle du regardant. Et, lorsque les sons se perdent dans la nuit, le désir profond de se donner à Dieu est l'unique boussole.

Chaque vocation est singulière. Au XIXe siècle, sainte Thérèse se plaisait à dire que les âmes sont plus différentes que les visages. Le kaléidoscope demeure tout aussi varié aujourd'hui.

Le père maître se remémora ce garçon, entré au monastère après avoir réussi une belle carrière professionnelle. La rectitude de sa démarche était impressionnante. Il souhaitait construire une première vie dans le monde pour être certain de ne pas l'avoir lâchement fui. Il ne voulait pas que son choix monastique se fasse par défaut. Quand il eut atteint ses objectifs de vie laïque, à l'âge de trente ans, il abandonna tout pour prendre la route de l'abbaye. Désormais, il est un bénédictin heureux.

En 2020, les candidats sont plus âgés qu'auparavant : il est rare qu'un homme entre au monastère à moins de vingt-cinq ans. Depuis 2013, le père maître a reçu seize jeunes. Neuf d'entre eux ont choisi d'autres voies et sont partis sur les rives de la Creuse. Un prêtre qui rêvait d'une vie monastique s'est rendu compte que l'ascèse des fils de saint Benoît n'était pas faite pour lui. Un religieux d'une autre congrégation ne s'est pas éternisé non plus. La montagne était trop abrupte. Le quotidien de la vie d'avant, le rythme si particulier des contemplatifs qui obéissent à une règle, la nostalgie du monde sont des épines redoutables.

La dépossession de soi est la clef de voûte du chemin monastique. Le moine est un homme d'obéissance. Il n'est plus le maître des horloges. Ses journées sont entièrement organisées selon un temps dont il ne décide pas l'emploi. « En Occident, la seule valeur qui reste est la liberté, remarquait le père Jean Troupeau. Dans une abbaye, nous choisissons de donner à Dieu cette liberté même. »

En Berry, le noviciat dure cinq ans. Lors de notre entretien, ils étaient sept à vouloir devenir moine. Le père maître sait que les jeunes pousses sont vigoureuses s'il voit un équilibre se mettre en place entre la joie et la rigueur : « Un homme qui se consacre à Dieu fera toujours des sacrifices. Mais la peine est assumée, offerte et transfigurée. La paix de Dieu s'installe peu à peu dans le cœur du novice. Le temps fait son œuvre. »

Les moines savent bien que les novices doivent souvent apprendre à vivre avec des blessures anciennes. L'épanouissement n'est pas une chose mécanique. Les monastères n'ont rien à voir avec des lieux de recherche du bien-être. Un contemplatif cherche exclusivement la paix qui vient de Dieu.

« La vie de sacrifice rayonne dans toute l'Église. » Le père maître mesure-t-il combien cette phrase est difficile à comprendre pour le monde contemporain ? Les moines sont conscients que leur mode de vie ne pourra jamais être adopté par les foules. Une minuscule élite de Dieu est seule capable de suivre la règle : « Dieu envoie des candidats, mais nous resterons une petite famille. Au Moyen Âge, temps béni du rayonnement monastique, les moines ont accompli des œuvres considérables, mais ils étaient déjà minoritaires. »

Le père Jean a beaucoup de chance. Il voit régulièrement des jeunes qui parviennent à transfigurer les difficultés de leur vie pour devenir des hommes de Dieu. Ils ne les nient pas. Ils consentent à les regarder, les yeux dans les yeux, pour trouver la joie. Le moine ne recherche pas le bonheur pour lui-même. Il désire Dieu : « Le Ciel donne en surabondance si on le cherche », me confiait encore le père Jean. Dans un monastère, le lien entre l'ascèse et la joie est la clef qui ouvre de nombreuses portes.

Comment définir l'ascèse extérieure ? La vie commune, une existence rustique, qui refuse le confort que le monde pourrait lui donner, la pauvreté et les travaux manuels réguliers sont l'armature des journées bénédictines. L'oisiveté est un mot inconnu. Comme le divertissement.

La vie commune n'a rien d'une promenade bucolique ; mais elle est le terreau de l'épanouissement. Elle révèle les cœurs rétrécis. La communauté aide chacun à se purifier. Un moine qui cherche à s'isoler des autres, ou à reconstruire une autonomie personnelle, court un danger spirituel. L'égoïsme est une bête habile : inutile d'imaginer que ses tentacules s'arrêtent aux portes des monastères. Le groupe est un filet protecteur qui ne peut pas être un lieu de pénitence : « La communauté doit dilater le cœur. »

Par ailleurs, les obédiences ne sauraient constituer des dérivatifs de la vie spirituelle, ou alors, cette joie frelatée deviendrait un romantisme mensonger pour une publicité sur papier glacé.

Au cours d'un noviciat, les anciens apprennent les coutumes aux plus jeunes. Comment ranger sa serviette au réfectoire, comment marcher dans le couloir, comment poser son livre au chœur, comment s'adresser au père abbé… L'obéissance est partout. Ces petites disciplines peuvent apparaître bien tatillonnes pour le monde. Pour le moine, elles ne sont jamais secondaires.

Le novice est un apprenti. Il marche lentement dans les pas de ceux qui l'ont précédé : « On ne pousse pas les portes d'un monastère pour réformer les règles. On entre pour recevoir quinze siècles de tradition. L'unité est le ferment de la joie commune. » Le moine consent un sacrifice pour que l'unité soit préservée et la joie renforcée.

Les nouveaux venus lisent assidûment le *Commentaire sur la Règle de saint Benoît* par dom Delatte, véritable *magna carta* de la vie monastique à Fontgombault. Le successeur de dom Guéranger a publié en 1913 ce long texte où il écrit : « Nous nous exaltons dans la désobéissance ; il nous semble que nous faisons preuve d'énergie et de vigueur personnelle : mais saint Benoît déclare que c'est simplement lâcheté et paresse ; et s'il qualifie de labeur l'attitude opposée, il nous en dira bientôt la réelle fécondité et l'incomparable noblesse[1]. »

La vie rustique ne doit pas constituer un obstacle à des vocations vraies et profondes. À Fontgombault, cependant, le froid humide de l'église fait partie intégrante de l'ascèse. Dans la vaste abbatiale, si ce n'est l'encensoir et les volutes qui s'élèvent, les moines, au cœur de l'hiver, n'ont aucune autre source de chaleur. Si un jeune ne résiste pas au froid du monastère, alors que se passe-t-il ? « Ce peut être le signe qu'il n'est pas fait pour Fontgombault, me répondit le père Jean. Chacun doit suivre l'observance commune. Le grand froid est caractéristique de l'abbaye pendant plusieurs mois. Le nombre d'heures de sommeil entre aussi dans ces considérations. »

Un jeune homme originaire d'Amérique latine entra un jour au monastère. Au bout de quelques mois, il eut de terribles maux de tête. Il partit se reposer dans sa famille. Il alla mieux. À son retour, pourtant, les douleurs réapparurent. Le père abbé a dû

1. Dom Paul Delatte, *Commentaire sur la Règle de saint Benoît*, Paris, Plon-Nourrit et Cie, 1913.

se résoudre à l'idée que Dieu voulait autre chose pour lui. Aujourd'hui, il est évêque. Morale de l'histoire : il y a ce que l'homme veut, et les capacités que Dieu lui donne.

La vie monastique peut être éprouvante. Le rythme si intense et la monotonie imperturbable du quotidien sont susceptibles de réveiller des blessures enfouies. Or, dans une abbaye, il n'y a pas d'échappatoire. Pas de distraction pour constituer des pansements illusoires. Les moines sont des hommes, qui relèvent chaque jour le défi de Pascal : « Tout le malheur des hommes vient d'une seule chose, qui est de ne savoir pas demeurer en repos dans une chambre[1]. »

Les novices qui doivent quitter le monastère sont forcément marqués par leur échec. Les liens, les rires, les pleurs resteront gravés dans leur mémoire. Il faut parfois plusieurs années pour tourner la page. Pour les moines, les sentiments sont différents. Ils n'oublient pas ceux qui sont partis, d'autant moins qu'ils sont restés longtemps. Mais la communauté avance sans se retourner.

Le père Jean parle volontiers de la « purification des vocations » : « La recherche de soi est le grand écueil. Il faut consentir à détruire nos vieilles ambitions pour que Dieu établisse Son amour. » Il n'existe pas de passe-partout monastique. Chaque moine a une histoire particulière. Les crises de croissance sont nécessaires. Le contemplatif qui ne connaît pas la souffrance, le mystique enfermé dans une joie céleste,

1. Blaise Pascal, « Divertissement », in *Pensées*, *op. cit.*

sont autant de mythes : « Dieu permet les larmes pour grandir. »

L'obéissance est le révélateur de cette ascèse intérieure : « Le moine obéit vraiment quand sa pensée rejoint celle du supérieur. Dans les questions contingentes, il faut savoir renoncer à son jugement pour rejoindre celui du représentant du Christ dans l'abbaye. » L'obéissance va jusqu'à l'intime. Saint Benoît vise ainsi la paix du cœur et la déroute de l'esprit de murmure. Toutefois, un moine peut toujours avoir recours à un autre supérieur si un ordre devait le troubler au point qu'il estime ne pas pouvoir l'accomplir. Il doit refuser d'exécuter ce qui est moralement inacceptable car de façon ultime, pour saint Benoît, c'est toujours au Christ qu'il s'agit d'obéir.

Cette vertu ainsi comprise n'est pas un idéal recherché par toutes les congrégations. La chose serait impensable pour les dominicains, les franciscains ou les chartreux.

Chez saint Benoît, l'enfance spirituelle est à ce prix. Le moine redevient un enfant dépendant. C'est donc une responsabilité redoutable que d'être père abbé : « Nous voulons tous marcher dans la même direction, vers Dieu. » Dom Pateau est le premier de cordée. Gare à la chute.

Ainsi la joie monastique est-elle dans la docilité : « Une lumière intérieure qui vient de Dieu montre le néant des choses humaines. Car seul Dieu peut combler le cœur. » Ce furent les derniers mots du père Jean Troupeau lors de notre rencontre. Le moine comprend tout et rien. Il ne peut répondre à un jeune qui demande : « Mon Père, dites-moi, s'il vous plaît, que j'ai la vocation… »

Dieu laisse libre.

XV

Chemin faisant avec les convers

« Je suis au service du père abbé, mais je ne dois pas prendre sa place. » La phrase ne souffrait pas la contradiction. Le moine qui me parlait semblait dissimuler sa timidité derrière les verres épais de ses lunettes.

Dom Arnaud de Saint-Chamas est le père maître des frères. Il est le vicaire du père abbé auprès des frères et des novices convers. Ces titres surannés, hiératiques, cachent une fonction éminente.

Par ailleurs, ce grand religieux réservé est aussi un artiste. La poterie, l'orfèvrerie, l'atelier des émaux occupent une belle partie de son temps. De ses mains habiles sortent nombre de croix, de vases ou de calices magnifiques.

Il parle parfois comme un instituteur habité par le désir ardent de faire progresser ses élèves. Ses démonstrations sont précises. Ce jour de juin, je n'étais guère surpris de l'entendre me dire qu'il éprouvait une grande joie à s'occuper d'une école de prière – terme impropre pour les bénédictins qui sont d'abord des contemplatifs – fréquentée par des enfants des alentours.

Je me souvenais bien de ce religieux. Souvent, au réfectoire, je l'avais vu s'occuper du père Alban de Breuvery, l'ancien cellérier. Le père Arnaud était assis à côté du vieux moine fatigué. Il portait à sa bouche de petites cuillères de purée ou de flan. Il savait prendre soin d'un malade qui achevait son parcours terrestre. Sa patience était extraordinaire.

Le père Arnaud est chargé de la formation spirituelle, intellectuelle et pratique des frères. À Fontgombault, il y a dix-huit frères convers et trois novices sur les soixante moines que compte l'abbaye.

Le jour de notre rencontre, le père Arnaud voulut d'emblée m'expliquer ce qui faisait la singularité des religieux dont il avait la charge : « Les convers ont une belle vocation. Elle répond aux attentes de jeunes qui souhaitent une vie plus largement dédiée au travail manuel. En tant que moines, les convers veulent d'abord donner leur existence à Dieu. Ensuite, leur vocation propre est une vie de service dans des obédiences matérielles qui demandent une présence plus soutenue. Il y a aussi des hommes diplômés qui entrent chez les frères par humilité. En aucun cas ils ne doivent être vus comme les domestiques de l'abbaye. Ils sont religieux à part entière. Ils n'ont pas tous la même formation et les mêmes lectures. C'est aussi le cas chez les pères de chœur, mais ceux-ci doivent accomplir le cursus des études ecclésiastiques. »

De nos jours, nombre de monastères ont supprimé le statut particulier des convers. Souvent, cette vocation est demeurée incomprise. À Fontgombault, il subsiste deux noviciats, l'un pour les pères, l'autre pour les frères. Une barrière canonique – c'est-à-dire une séparation entre les novices et le reste de la communauté – existe pour préserver les novices en formation. À l'issue du noviciat, les moines ne doivent se parler que pour des questions de travail et de charité, ou pour se rendre un service.

Tout au long de leurs vies, pères et frères auront des quotidiens relativement éloignés. Les bâtiments où se trouvent leurs cellules sont séparés. Tous les moines se retrouvent seulement au début des récréations, avant de se séparer. En revanche, le jour de la grande promenade du jeudi et les jours de fête, ils restent ensemble.

J'ai rencontré beaucoup de moines. Je savais que leur sens de la vie communautaire permettait de créer une grande unité au sein de laquelle tous se connaissent bien.

Comment le père de Saint-Chamas définissait-il son obédience ? « La charge est magnifique car je m'occupe des âmes. Je suis le témoin émerveillé de progrès quotidiens. Souvent, les difficultés viennent de la vie communautaire. Un moine n'est pas dans un monastère pour faire ce qu'il veut mais pour répondre à la volonté de Dieu. Le religieux ne doit pas faire ce qu'il aime, mais aimer ce qu'il fait. Le contemplatif n'entre pas dans un monastère pour exercer une charge, mais pour être un moine. »

Alors que je méditais ces propos remarquables, une question me vint. Comment le frère reste-t-il joyeux quand on lui enlève une charge qu'il aime ? « Les obédiences les moins gratifiantes, le ménage, la buanderie, sont souvent les plus riches sur le plan spirituel. Le travail répétitif est méritoire ; il correspond à la vocation bénédictine. Nous apprenons au novice qu'il n'entre pas à l'abbaye pour exercer un travail enrichissant. Le contemplatif n'est pas en clôture pour avoir une belle vie. Nous sommes à l'abri des soucis et des joies du monde. Mais le moine ne cherche pas à trouver une vie plus paisible. Il ne doit pas s'installer dans le confort de la routine. Il ne peut pas oublier les raisons de sa vocation monastique. Nous sommes venus dans un monastère pour répondre au plan de Dieu. Aimer Dieu ne veut pas dire profiter de Dieu. Le moine ne doit attendre aucune récompense. »

Comment, alors, le moine parvient-il à s'accommoder de cette vie répétitive qui est la sienne ? Il lui faut dépasser les petits agacements en regardant plus haut : « Je peux me dire qu'au bout du monde un homme se convertit parce que j'offre ma souffrance pour lui. On ne surmonte pas la difficulté en se reposant, mais en lui donnant du sens. Dieu rend la souffrance fructueuse. Nous suivons l'exemple du Christ. Et c'est le rôle du père maître d'être présent pour aider à remonter la pente quand elle devient trop abrupte. »

Les moines s'appuient les uns sur les autres. La charité fraternelle, expression qui semble à beaucoup désuète, est un pilier de la vie bénédictine. Quand un moine voit un frère qui peine, il lui vient en aide. Cette charité permet de porter le poids des heures.

Les temps de prière, d'étude et de lecture permettent d'affronter plus sereinement les épreuves. Mais si la machine est fatiguée, le moine est à la merci de toutes les chutes. Les jours sombres, le quotidien se fait pesant. La vie de prière au chœur et la vie de travail n'ont plus de profondeur. Il peut arriver qu'un moine ne se rende pas compte qu'il vit comme assoupi. Un moine triste perd son âme. Il n'a plus d'énergie intérieure : « Il est mal ; il n'a pas suffisamment donné. Il a voulu garder pour lui un trésor qu'il pouvait partager. Le moine doit tout donner. Les nuits spirituelles ne se surmontent jamais seul. Le père abbé est présent dans ces déserts. »

Tout est abandon. En rédigeant sa charte, le jour de la profession solennelle, le moine s'efforce d'écrire le plus petit possible en haut du parchemin. L'espace blanc sous les lignes tracées symbolise le vide que Dieu remplira. Dans une vie monastique, Dieu peut écrire ce qu'Il veut, c'est Lui qui conduit le moine à Sa guise.

La longue ceinture en cuir des bénédictins rappelle la demande du Christ à saint Pierre : « Quand tu étais jeune, tu mettais toi-même ta ceinture, et tu allais où tu voulais ; quand tu auras vieilli, tu étendras les mains, et un autre te ceindra et te mènera où tu ne voudrais pas » (Jn 21, 18). Par ce symbole, les moines disent à Dieu : « Amène-moi là où Tu veux que j'aille. » Ne nous méprenons pas : le moine offre sa liberté car il sait que Dieu ne jouera jamais avec lui. En prononçant le vœu d'obéissance, il ne doute pas des profits spirituels qu'il peut attendre. Son intérêt de moine consiste simplement à ne pas faire ce qu'il veut, mais ce que Dieu attend.

L'individualisme, le matérialisme et le désir insatiable du mouvement sont les ennemis de l'homme contemplatif. Ils peuvent empêcher les jeunes de faire le pas et d'entrer au monastère. Il arrive aussi que ceux qui frappent aux portes de l'abbaye aient déjà pris des habitudes routinières de vieux garçons. Or le moine n'a pas le temps de s'asseoir pour rêver. Son emploi du temps est ciselé. Les bénédictins sont certains que Dieu appelle toujours autant ; seulement, de nombreux hommes ne s'en rendent même pas compte.

« Je peux comprendre les jeunes, me confia le père Arnaud. Quand j'ai reçu l'appel de Dieu, j'ai eu peur. Je suis parti en courant. Je suis parti en sens inverse. » Après la terminale, il voulait entrer à Saint-Cyr. Le lycéen avait tout planifié. Son dossier avait été retenu en classe préparatoire. Lors des vacances de Pâques, à l'occasion d'une retraite à Fontgombault, le père maître lui demanda pourquoi il voulait intégrer l'École spéciale militaire. Il répondit qu'il voulait défendre de belles valeurs. Le moine lui rétorqua sans sourciller, avec une simplicité désarmante : « Un moine fait la même chose. » Alors, il sentit mystérieusement que Dieu l'appelait sans comprendre ce qui lui arrivait. Il écourta pourtant son séjour. En quittant l'hôtellerie, il se dit qu'il ne reviendrait plus jamais. Il ne voulait pas devenir moine. Plutôt, il refusait de comprendre sa soif spirituelle. À cette époque, Arnaud de Saint-Chamas était routier scout. Le baccalauréat dans la poche, sa troupe devait faire un camp à cheval en Norvège. Au dernier moment, l'aventure a buté sur des problèmes logistiques. Le chef a proposé de remplacer ce voyage exceptionnel par un camp… à Fontgombault. Arnaud en fut proprement ennuyé. Il comprit que Dieu insistait.

Cet hiver, un jeune lui a dit en souriant : « Vous savez, mon père, il ne faut pas trop réfléchir à la générosité du cœur, sinon nous risquons d'attraper la vocation… » Les phrases désinvoltes sont parfois criantes de vérité !

Gardons-nous d'en déduire que le jeune qui devient moine a un cœur plus généreux que d'autres : « En revenant à Fontgombault, je me suis mis à genoux devant une croix. J'ai demandé à Dieu : "Si je dis oui, que va-t-il se passer ?" J'ai vite compris que je devais entrer. J'avais peu de doute sur les sacrifices à venir. Je ne monterai plus à cheval. Je ne ferai pas de parachute. Je ne rentrerai pas à l'École militaire. Je ne deviendrai pas officier. Mais je serai fidèle au plan de Dieu pour moi. »

Le père Arnaud a dit « oui » : « Dieu donne toujours plus que ce que nous attendons. Dans un monastère, on ne voit pas Dieu, mais on sait qu'Il veut notre bonheur. Un enfant sait d'instinct s'il fait le bien en regardant ses parents. Les moines sont toujours des enfants. Ils ne peuvent pas quantifier le bien de leurs prières mais ils savent qu'elles sont utiles pour le monde. »

Un homme utile est heureux. Un moine qui sait l'utilité de sa prière est heureux de la même manière.

Ce n'est pas une joie sautillante. Elle est profonde et stable. Elle est invisible. Elle a une force insoupçonnable.

Avant de nous séparer, je demandai au père Arnaud s'il souhaitait ajouter quelque chose. Il n'eut pas besoin de réfléchir : « Les petits gestes de charité entre frères peuvent illuminer une journée et disent que Dieu existe. Il y a beaucoup de parcours différents chez les convers. Des convertis aux intellectuels qui choisissent de ne pas être moine de chœur par humilité, les itinéraires sont multiples. Dans un monastère, les savoir-faire des convers s'accumulent avec les générations. Nous profitons de l'expérience de ceux qui nous ont précédés. Parfois, au noviciat, les frères doivent dépasser la frustration qui vient de regards extérieurs qui les mésestiment. Ils sont généreux, doux, humbles. Ils sont pleinement moines et ils offrent ce que Dieu a mis dans leur cœur. »

« On franchit une montagne et on bute sur un caillou[1] », écrivait Georges Bernanos dans les *Dialogues des carmélites*. Les moines ont fait un pari. Il a pour objet l'amour. Voilà pourquoi ils franchissent des montagnes, et beaucoup de ravins aussi. La chose peut sembler héroïque ou folle. Extraordinaire ou étrange. Jamais les moines ne se posent ce genre de questions.

1. Georges Bernanos, *Dialogues des carmélites*, Seuil, 1995.

XVI

Comme un cousin généreux

Au sein d'une abbaye, le moine qu'on appelle l'hôtelier est le premier visage que les hommes qui cherchent la paix des religieux croisent. Dans la règle de saint Benoît, il est écrit : « Tous les hôtes qui arrivent seront reçus comme le Christ, car lui-même doit dire un jour : "J'ai demandé l'hospitalité et vous m'avez reçu" (Mt 25, 35). À tous, on témoignera l'honneur qui leur est dû, surtout aux proches dans la foi et aux pèlerins (Ga 6, 10). Dès qu'un hôte aura été annoncé, le supérieur et les frères se hâteront au-devant de lui avec toutes les marques de la charité. Après avoir fait la prière ensemble, on échangera la paix. Ce baiser de paix ne se donnera qu'après la prière, pour déjouer les artifices du démon. Dans ce salut, on témoignera à tous les hôtes une profonde humilité et, soit à leur arrivée, soit à leur départ, c'est par une inclination de tête ou une prostration du corps qu'on adorera en eux le Christ même qu'on reçoit. » Ces paroles du fondateur de l'Ordre donnent à l'hôtelier une responsabilité écrasante.

À Fontgombault, le père Philippe a reçu cette charge le 1er février 2013. Il avait trente-sept ans. Il était entré en clôture dix-sept ans plus tôt, le 28 juillet 1996. Discret, d'humeur égale et d'une prévenance inégalable, il n'a pas son pareil pour enseigner aux retraitants les us et coutumes de leur vie à l'abbaye.

L'hôtellerie se trouve idéalement située près des bâtiments monastiques. De part et d'autre d'un long couloir, dix-sept chambres dont la décoration n'a pas changé depuis les années cinquante accueillent des hommes de tous âges qui souhaitent prier avec les moines. Un oratoire et une vaste bibliothèque pourvue de nombreux ouvrages spirituels complètent cet écrin élégant et simple où chacun cherche Dieu avec son histoire, ses joies et ses blessures.

En parlant de son parcours avec l'hôtelier, je compris combien l'homme qui se tenait devant moi était solide. « Les vocations précoces sont de plus en plus rares. Il s'agit d'abord d'une question de détermination », me confia-t-il. Son propre cas en était un exemple frappant : contre l'avis de ses parents et de sa famille, après cinq ans au prytanée militaire, au lycée puis en classe préparatoire, le père Philippe choisit de devenir moine.

Le sage étudiant aimait la voile. Il était naturellement intéressé par l'École navale. « Mais le concours de Navale tombait en même temps que le concours de l'École polytechnique. Plutôt que de m'accrocher à Navale, j'ai passé les concours qui m'étaient accessibles : X et Air. Recalé à Polytechnique, je suis allé à l'oral de l'École de l'air et j'y ai été admis. Je voulais me prouver que je ne rentrais pas sur un échec. » Le frère avait tenu à aller au bout de ses concours, mais il avait déjà entendu l'appel un an plus tôt : « Avec un ami, je suis venu à l'abbaye, officiellement pour réviser. En réalité, je voulais voir le père maître. J'ai demandé un entretien. Mes premières impressions de Fontgombault restent très présentes dans mon esprit. Il faisait froid. L'étage des hôtes était désert… »

Après ce séjour, le jeune homme était certain de sa vocation dans le Berry. Pourtant, étudiant à La Flèche, il lui était arrivé plusieurs fois de faire du stop avec des amis pour se rendre à l'abbaye de Solesmes. Il en connaissait le grand fondateur, dom Guéranger, et l'un de ses successeurs, dom Delatte. Il aimait la beauté de la pompe solesmienne et le chant grégorien. Mais il préféra rejoindre Fontgombault.

Comment être certain de ne pas commettre une erreur ? « Il y a des grâces d'aveuglement. Dieu cache toujours beaucoup de choses à ceux qu'Il appelle. Si Dieu nous montrait tout ce qu'Il allait nous demander au cours d'une vie monastique, personne ne rentrerait. Il faut se laisser emporter comme un enfant qui fait confiance. »

L'entrée en clôture est le moment le plus important de la vie d'un moine, une forme de basculement psychologique : « Toute la vie antérieure est achevée ; le novice commence une vie dont les richesses ne seront jamais totalement épuisées. » Pour un profane, le rite de l'entrée en clôture est troublant. Le matin, après le petit déjeuner, un jeune frère appelé selon la tradition « l'ange gardien » vient chercher le novice dans sa chambre de l'hôtellerie. Les premières journées sont une deuxième naissance. La nouvelle recrue doit tout apprendre dans les moindres détails : la place au réfectoire, la stalle au chœur, la manière de se tenir dans les processions, le respect des usages dans les salles communautaires, et mille autres conventions.

Une question taraude les novices. Elle revient sans cesse : est-ce que je vais être heureux ? Le père Philippe ne fit pas exception : « Quand on arrive des classes préparatoires, le noviciat peut être un choc. En première année, la priorité n'est plus la formation de l'intelligence, mais l'approfondissement de la vie spirituelle. L'ascèse monastique est la seule recherche. » Le père Philippe me dit se souvenir qu'il avait eu l'étrange sensation d'avoir débranché son cerveau. Mais le détachement de soi est la voie d'accès à un nouveau bonheur.

Après son ordination sacerdotale, il a retrouvé le chemin des études avec la préparation d'une licence canonique et enseigne désormais la théologie morale fondamentale.

Au noviciat, les tâches matérielles changent constamment pour que le jeune moine n'ait pas le temps de s'attacher. De même, aujourd'hui, sa charge d'hôtelier est à la disposition du père abbé. Le père Philippe sait qu'il pourrait changer d'obédience du jour au lendemain. Il garde un grand détachement : « Dieu veille. » Il y a peu, le père Philippe était hôtelier et chambrier, en charge de tous les meubles, chaussures et vêtements du monastère.

Le père abbé a allégé sa charge pour ne lui laisser que l'hôtellerie.

Les hommes qui choisissent de venir à Fontgombault arrivent souvent heureux à la perspective de leur séjour. D'autres portent de lourdes souffrances. Leurs joies, ou leurs peines, sont aussi celles de l'hôtelier. Il doit vérifier que les retraitants viennent réellement chercher Dieu. La soif de silence, autant chez les jeunes que dans d'autres classes d'âge, n'est pas feinte. Au contraire, elle se révèle souvent inextinguible. L'envie de fuir le bruit, le mouvement et les modes s'est fait de plus en plus forte au fil des années. Par chance, à l'abri des murs épais de l'abbaye, les portables fonctionnent mal. Certains choisissent même de donner leur appareil à l'hôtelier le temps du séjour.

Dès le mois de mai, des jeunes viennent des quatre coins de France réviser leurs examens. La campagne est verte, le froid de l'hiver devient un souvenir lointain. Dans le calme parfait de la bibliothèque, ils sont studieux et concentrés.

Les retraitants aiment souvent partager des secrets avec le père Philippe. L'hôtelier confie à Dieu beaucoup de situations difficiles, et il garde longtemps dans la prière ceux qui viennent à lui.

Le soir, lorsque moi-même je fus hôte de l'abbaye, je les regardais se promener dans le parc qui entoure le beau bâtiment du XVIe siècle. Quelques heures après l'arrivée, les regards, les sourires se transformaient. Chacun retrouvait un petit morceau de paix. Je songeais à la phrase du Christ : « Laissez venir à moi les petits enfants, et ne les en empêchez pas ; car le royaume de Dieu est pour ceux qui leur ressemblent » (Mc 10, 14).

Le travail de celui qui accueille au nom de ses frères les hommes qui viennent sonner à la porte du monastère est magnifique. Mais la fonction est harassante.

Il arrive encore que des hôtes se présentent spontanément à la porterie de l'abbaye pour trouver le gîte et le couvert : c'est alors au frère hôtelier de les accueillir. Le séjour d'un retraitant dure en moyenne une petite semaine. L'hôtelier ne doit pas oublier qu'il n'accueille pas les retraitants pour lui-même, mais au nom du Christ. Il rit de bon cœur en me disant : « Si je m'attachais aux hôtes, je serais malheureux toute l'année. » Dans son *Commentaire*, dom Paul Delatte écrit qu'une abbaye comporte « quatre sacrifiés » : le père abbé, le cellérier, l'infirmier et l'hôtelier. Ils ont des tâches difficiles pour que les moines puissent mieux vivre leur vocation.

En 2004, le père Philippe fut nommé zélateur de chœur. Dans une abbaye, ce mot étrange désigne l'assistant du père maître des novices. Il a aimé ce temps au service des jeunes. Puis il fut dépositaire, responsable des cuisines auprès du cellérier et zélateur des frères, autrement dit l'assistant du père maître pour guider les frères convers, y compris les novices. Cette charge lui permit de connaître ce groupe aimable. Déjà à cette époque, le quotidien n'était pas de tout repos. Mais la joie demeurait.

L'hôtelier de Fontgombault aime à considérer que tous les moines doivent rester scrupuleusement à leurs places respectives. « Un moine heureux est un moine fidèle », résuma-t-il.

À l'instar du poète, un bénédictin peut-il pleurer quand les orages et les tempêtes « pèsent comme un couvercle sur l'esprit gémissant en proie aux longs ennuis[1] » ? Les mots du père Philippe étaient doux et sages : « Si les larmes viennent, elles sont voulues par Dieu. Il nous permettra toujours d'avancer. » Une vie monastique sans épreuve serait inquiétante. Les heurts ne manquent pas. Le bonheur qui est au bout du chemin dépend de la manière de vivre ces crises : « La persévérance est une grande qualité chrétienne et religieuse. Il faut demeurer quotidiennement avec le Seigneur. Tous les jours de notre vie. Soyons des petits enfants, et tout ira bien. »

Le beau secret des moines pour être heureux serait-il si simple ? L'esprit moderne serait enclin à penser que la monotonie est un grand danger. Dans le mouvement et le bruit, rien n'est plus redoutable que les jours qui se ressemblent. Le citoyen-consommateur du XXIe siècle ne veut pas être un homme d'habitudes. C'est même son pire cauchemar. Le père hôtelier entend souvent cette question : comment ne pas s'ennuyer dans une journée qui se répète à l'identique, dix, cent, mille fois ? Sa réponse, sous forme de question, demeure invariable : « Pourquoi changer un rythme de vie stable et équilibré ? » Par exemple, il ne viendrait jamais à l'idée d'un moine de Fontgombault de remettre en cause le temps des matines. Le réveil matinal est difficile, mais

1. Charles Baudelaire, « Spleen », in *Les Fleurs du mal*, Librio, 2015.

le contemplatif veut rejoindre au plus tôt Dieu dans la prière : « Quand on perçoit la juste place de chaque moment, il reste à en profiter tous les jours. La monotonie est apparente. Pour le religieux, chaque jour est différent. Il y a sans cesse des découvertes. Rien n'est jamais banal. »

Une communauté connaît son lot de bonheurs et de malheurs. Pour un moine, la vie fraternelle est la plus grande pénitence et la plus grande joie. Dans le monde, si des désaccords surviennent, on peut toujours s'échapper. Entre les murs de sa clôture, le religieux n'a pas cette possibilité. Il doit affronter les problèmes. Il a surtout l'obligation de les résoudre. Sinon, le quotidien est impossible. Chaque moine a une expérience des qualités ou des manques de ses frères. Les défauts ne s'estompent jamais tout à fait, et peuvent demeurer une source de souffrance. La joie se vit dans les plus petites choses. Le moine sait ainsi ce qu'il peut demander à tel ou tel membre de la communauté. Dans une abbaye, il existe aussi une forme d'ajustement des caractères digne d'une pièce d'horlogerie suisse !

Souvent, nous parlâmes du froid de la terre de Fontgombault. Le père Philippe concluait en me disant que le choix du lieu a une influence déterminante sur le moine. L'enracinement dans une géographie est fondamental. Un religieux peut être malheureux car il n'a pas trouvé la maison monastique qui lui correspond. Le lieu forme les âmes.

À Fontgombault, en hiver, le froid qui règne dans l'église partage les postulants en deux groupes : ceux qui s'interrogent sur la température de l'abbatiale et les autres. Le père Philippe se souvient qu'il ne s'est jamais posé la question du froid avant d'entrer au noviciat. En quelque sorte, il appartenait à la catégorie des « résistants »... Aujourd'hui, il ne gèle plus dans l'église. Mais le froid de Fontgombault est humide et pénétrant. Il entre dans les os sans prévenir : « Les moines se sont habitués au froid, m'assura-t-il cependant. Ils n'y font même plus attention. »

En réalité, les bénédictins ne se rendent plus compte de la rigueur du mode de vie qu'ils ont accepté. La laine de mouton de leur tunique est insuffisante en hiver, trop chaude en été. Et c'est ainsi. Il reste le printemps et l'automne...

Les moines disent souvent qu'un office retardé de dix minutes peut bouleverser une journée monastique. Ils n'ont pas tort. Mais si la température de l'abbatiale venait à ne plus descendre sous les cinq degrés en hiver, il en résulterait peut-être un changement considérable...

Le citoyen monastique entre dans un *continuum* où il est heureux avec Dieu et ses frères. Ce couloir d'où il ne sort jamais est poétiquement appelé la tradition. La difficulté ultime du noviciat se trouve dans la suppression des singularités. Ainsi, le novice de chœur ne doit pas poser son livre même s'il connaît une hymne ou une antienne de mémoire. Il ne doit pas se singulariser. Il suit l'exemple des anciens. Au sein d'une communauté nombreuse, le novice comprend vite que l'unité d'observance est facteur de paix.

Il existe une frontière fragile entre la constitution d'une vie communautaire et l'écrasement des personnalités. La longue tradition bénédictine a appris aux moines à respecter les personnes. L'expérience des siècles donne les clefs de l'équilibre ; la sagesse ne vient pas en un jour. Pour le père Philippe, « quand une règle monastique est trop dure, ou trop laxiste, elle est balayée par le temps. La règle de saint Colomban, qui a eu une influence considérable en France, était âpre. Elle n'a pas survécu ». La règle de saint Benoît s'est imposée par sa douceur et sa précision. Le temps éprouve les règles.

Pourtant, l'histoire peut être un poids. La lettre finit par tuer l'esprit. Les commentaires de la règle sont précisément faits pour adapter les exigences monastiques à l'esprit du temps. Ainsi, autrefois, les moines ne prenaient pas de petit déjeuner. La tradition voulait que le seul repas se prenne après sexte. Cet usage a été assoupli. Au siècle dernier, le commentaire de dom Delatte, abbé de Solesmes, a eu un beau rayonnement.

L'histoire monastique recèle mille richesses insoupçonnées. Avant les offices de sexte et de none, on entend cent tintements de cloche pour donner le temps aux moines de rejoindre l'abbatiale. Cette tradition date de l'époque carolingienne. La continuité est fascinante.

Le moine sait vivre. Il sait mourir. Il sait poser son regard. Il sait sourire. On peut même dire qu'il y a une respiration propre au monde monastique. Pourtant, la vie religieuse est simple. Un moine ne se cache pas. Il ne cherche pas les apparences. Dans la vie fraternelle, les masques tombent. Les défauts et les qualités apparaissent vite. Chaque moine est le miroir de l'autre.

Les hôtes se sentent heureux de passer quelques jours à Fontgombault. En regardant les moines, ils ont l'impression de remettre leur vie à l'endroit. L'expérience est paradoxale car jamais ils ne pourront vivre dans le monde comme des bénédictins. Mais les retraites sont des bains. On en sort plus propre, plus reposé.

Les bénédictins accueillent des professeurs d'université, des médecins, des motards, des scouts, des lycéens, des étudiants sans le sou, des mendiants, des jeunes pères de famille, des retraités, des hommes joyeux ou déprimés, des croyants, des agnostiques ou des athées, des prêtres ou des séminaristes. Au réfectoire, la grande table des hôtes n'a jamais la même allure. Tout est possible.

XVII

Les belles promenades

Il faisait trente-six degrés à l'ombre, et quarante-deux en plein soleil. Le jeudi 6 août 2020, par une chaleur étouffante, les moines partaient pour la promenade hebdomadaire.

Les hôtes et les familles se réfugiaient au pied des tilleuls, les enfants dormaient sous les arbres de la grande allée, mais les bénédictins ne craignaient pas de défier un peu crânement les rayons qui s'écrasaient sans pitié sur la campagne martyrisée. Coiffés de grands chapeaux de paille antédiluviens, habillés de vieux habits tout rapiécés, ils allaient s'engouffrer dans les chemins ombragés qui bordent la Creuse. La rivière noire offrirait-elle un peu de répit ? Rien n'était moins sûr… Ils partaient cependant d'un pas gaillard, comme s'ils débutaient un long voyage vers des contrées lointaines, le sourire aux lèvres. Comme d'habitude.

Les plus anciens étaient restés à l'abbaye, dont les salles hautes, depuis le Moyen Âge, n'ont rien perdu de leur fraîcheur légendaire. De son côté, dom Jean Pateau était absent, parti en Provence pour la bénédiction abbatiale du père abbé de Ganagobie.

La promenade est une activité monastique comme une autre. Certes, la règle ne dit rien sur ces moments. Mais le moine ne peut s'y soustraire. Elle fait partie *stricto sensu* de la journée religieuse comme l'office divin, les repas au réfectoire ou l'obédience. Il faut distinguer la récréation journalière, après le déjeuner, qui dure quarante-cinq minutes, des promenades du jeudi, d'environ trois heures.

La récréation est un temps de repos, comme une hygiène dans des journées harassantes où la notion de temps libre n'existe pas. La vaisselle achevée, le père abbé donne quelques nouvelles de l'actualité. Dans le passage des coules, il annonce les événements graves, les décès de personnages illustres ou les choses plus anecdotiques. Puis les moines partent dans la campagne. Le plus souvent, ils montent à travers le verger, passent la petite porte du passage nord et empruntent la route qui court à l'arrière du monastère. Les semaines du confinement, ils ne sont jamais sortis de la clôture.

Pendant leur marche, les moines parlent à bâtons rompus. La lecture du midi, au réfectoire, est souvent l'objet de débats sans fin : « La lecture, ça soude », me confia l'un deux. Il y a aussi les souvenirs communautaires, les moines défunts, les petits événements des obédiences. Finalement, on cause de tout et de rien.

Car il ne faut pas croire que les récréations sont le lieu de joutes théologiques de première facture.

Dans ces moments, on s'aperçoit des décalages culturels entre les générations. Quand le père abbé annonça la mort de Johnny Halliday, les vieux moines ignoraient de qui on parlait... Il fallut leur donner quelques éléments d'explication sur l'homme dont le cortège funéraire allait descendre les Champs-Élysées. Des obsèques nationales de Victor Hugo – que les religieux connaissaient fort bien – à l'idole des anciens jeunes, il y avait un abîme.

Le jeudi, jour de la promenade hebdomadaire, l'horaire des vêpres est avancé à quinze heures quarante-cinq au lieu de dix-huit heures. Les moines quittent le monastère vers seize heures quinze pour revenir trois heures plus tard.

À l'exception des novices, tous les moines, pères et frères, se joignent à la marche. Ils se répartissent en groupes, entre ceux qui feront la « moyenne promenade » et la « petite ». Les anciens sont souvent dans cette dernière. Les novices de chœur et le noviciat des frères forment deux autres groupes séparés. « Quand on est fatigué, ça peut être dur, m'avait confié un moine. Certains préfèrent le froid, d'autres la chaleur. Aussi pouvons-nous choisir entre les différents trajets. Quand on s'assied ensemble, il y a toujours des boute-en-train et des pince-sans-rire qui aiment raconter des histoires drôles. En été, la discussion à l'ombre des arbres ou dans une prairie peut durer longtemps. »

En hiver, les moines aiment faire le tour des églises de la région pour contempler les crèches. Deux fois l'an, chaque religieux peut faire une promenade d'une quinzaine de kilomètres avec sa famille. Deux fois par an également, dans les jours qui précèdent l'Avent et le Carême, il y a une promenade avec goûter – invariablement, un quatre-quarts ou des galettes au beurre de la ferme, accompagnés de la délicieuse confiture de lait du monastère. Enfin, une fois par an, les moines organisent une grande promenade qui dure une journée entière. Ils ont l'habitude d'aller sur les bords de l'étang de la Mer Rouge, un des plus beaux de la Brenne. Ce jour-là, les bénédictins partent à huit heures[1], disent la messe en plein air, déjeunent d'un pique-nique généreux et reviennent fourbus le soir à l'heure des vêpres avec une bonne trentaine de kilomètres dans les jambes.

Le temps liturgique a une incidence sur ces moments. Pendant l'Avent, il y a des récréations, mais pas de promenade. Pendant le Carême, il n'y a aucune promenade, et pas de récréation le vendredi.

Combien de petites phrases savoureuses ai-je entendues sur ces temps récréatifs ? Je ne m'en souviens plus moi-même. J'essayais de noter dans un petit carnet les traits les plus drôles.

Un moine me lança ainsi un jour, goguenard : « Les histoires des moines ne font rire que les moines. En fait, ce sont des histoires d'enfants. » Je trouvais sa remarque pleine de vérité…

1. Tout l'horaire est avancé : les matines sont chantées la veille au soir, les laudes et prime le matin à quatre heures cinquante, pour pouvoir partir les messes basses dites.

Lors d'une grande promenade à l'étang de la Mer Rouge, il pleuvait à verse et, pendant le déjeuner, les écuelles des moines se remplissaient d'eau à vue d'œil. Un religieux se rengorgea : « Le père abbé avait dit que la promenade se ferait si le temps le permet. Je me demande ce que peut être le temps qui ne le permet pas ! »

Une autre fois, un frère me glissa à l'oreille : « Parfois, quand le moine qui dirige la promenade est un peu intellectuel, on calcule mal les distances et on finit en courant pour ne pas manquer le dîner... » Il ajouta cette conclusion pleine d'une sagesse inattendue : « On ne va pas en récréation pour se récréer, mais pour récréer les autres. »

Un autre moine, dans la force de l'âge, me dit avec enthousiasme : « Ce que je préfère, ce sont les récréations-récoltes ! » Un peu surpris, je lui demandai : « De quoi parlez-vous mon père ? » La réponse partit comme l'éclair : « Du ramassage des pommes de terre et des vendanges, cher Nicolas ! »

Récemment, un moine rêveur a appris que les jeunes garçons ne portaient plus la cravate à l'école. Ses frères en sont restés un peu pantois. Mais ils se sont gardés de se moquer de lui. La promenade est aussi le moment de la délicatesse communautaire.

À Fontgombault, les bénédictins ont la chance de pouvoir compter sur un musicien de grande valeur, le père Jorge. Il est en quelque sorte une récréation à lui tout seul ! Trois fois par an, à Noël, à Pâques et à l'Assomption, il prépare une audition musicale. Récemment, la *Passion* de Bach, *Le Messie* de Haendel, les concertos de Mozart ont enchanté les moines. Dans le *scriptorium*, l'organiste présente et commente les œuvres. La science musicale qu'il sait partager avec une générosité infinie ne lui fait pas défaut. Un autre jour, il sélectionna des *Magnificat* d'époques différentes. Les moines écoutèrent attentivement les interprétations de Palestrina, de Victoria, de Charpentier et de Bach. L'abbaye possède d'ailleurs une riche collection d'enregistrements de musique sacrée ou de polyphonie. Comme le veut une ancienne tradition solesmienne, du premier dimanche de l'Avent au 2 février, le dimanche et le mercredi, les moines se retrouvent pour chanter des Noëls populaires. Le père Jorge s'installe au synthétiseur et les moines enchaînent les vieux cantiques…

Ainsi va la vie fraternelle à Fontgombault.

XVIII

Les moines-soldats montent la garde

À bien les observer, trois religieux, au sein d'une abbaye, me font souvent songer à des moines-soldats. Le premier a la charge des finances, l'autre de la santé des corps, le dernier de la porterie et du commerce. L'expression « moine-soldat » a été créée par Bernard de Clairvaux pour parler des frères des ordres militaires et hospitaliers : « Il est aussi singulier qu'étonnant de voir comment ils savent se montrer en même temps plus doux que des agneaux et plus terribles que des lions, au point qu'on ne sait s'il faut les appeler des religieux ou des soldats, ou plutôt qu'on ne trouve pas d'autres noms qui leur conviennent mieux que ces deux-là, puisqu'ils savent allier ensemble la douceur des uns à la valeur des autres[1] », écrivait-il dans le *De laude novae militiae.*

Le cellérier ferraille avec les chiffres, l'infirmier combat la maladie, et le portier, à la proue du bateau,

1. Bernard de Clairvaux, *Œuvres complètes*, trad. de l'abbé Charpentier, tome 2, Paris, Louis Vivès, 1865.

voit défiler des visiteurs qui sont en quelque sorte les représentants du monde qu'il a quitté. Ils sont des bénédictins des champs de bataille.

Le chapitre trente et un de la règle dit qu'« on choisira pour cellérier du monastère quelqu'un qui soit sage, d'un caractère mûr, sobre, ni gourmand, ni hautain, ni turbulent, ni injuste, ni négligent, ni prodigue, mais rempli de la crainte de Dieu, et qui soit comme un père pour toute la communauté ».

Qui est l'homme vertueux qui possède tant de qualités ? Existe-t-il seulement ?

Saint Benoît poursuit : « Qu'il prenne soin de tout. Qu'il ne fasse rien sans l'ordre de l'abbé. Qu'il observe exactement ce qui est commandé. Qu'il ne contriste pas les frères. Si un frère lui fait une demande déraisonnable, qu'il ne lui fasse pas de peine en le rebutant avec mépris ; mais qu'il refuse avec raison et avec humilité ce qu'on lui demande mal à propos.

« Qu'il veille à la garde de son âme, se souvenant toujours de cette parole de l'Apôtre : "Celui qui aura bien administré s'acquiert ainsi un rang élevé."

« Qu'il prenne un soin tout particulier des malades, des enfants, des hôtes et des pauvres, sachant à n'en pas douter qu'au jour du Jugement il lui faudra rendre compte de sa conduite envers eux tous.

« Qu'il regarde tous les objets et tous les biens du monastère comme les vases sacrés de l'autel. Qu'il ne néglige rien. Qu'il ne soit ni avare, ni prodigue, ni dilapidateur du patrimoine du monastère ; mais qu'il fasse tout avec mesure et conformément aux ordres de l'abbé.

« Avant tout, qu'il ait l'humilité, et s'il ne peut accorder ce qu'on lui demande, qu'il donne du moins en réponse une bonne parole, selon qu'il est écrit : "Une bonne parole est encore le meilleur des dons."

« Qu'il prenne soin de tout ce que l'abbé lui aura confié, et qu'il ne se mêle pas de ce dont il lui aura défendu de s'occuper. Qu'il donne aux frères la portion déterminée sans contrecœur ni résistance, de peur que ceux-ci ne se scandalisent – se souvenant de la punition dont la parole divine menace quiconque aura scandalisé l'un des plus petits.

« Si la communauté est nombreuse, il recevra des aides ; afin qu'avec leur secours il puisse remplir son office l'âme en paix.

« On donnera et on demandera aux heures convenables ce qui doit être donné ou demandé, afin que personne ne soit troublé ni contristé dans la maison de Dieu. »

On reste hébété par cette kyrielle d'exigences catégoriques... À Fontgombault, il est incontestable que le cellérier est un moine d'expérience. Le père François exerce sa charge depuis vingt et un ans. Mais est-il un homme « sage, d'un caractère mûr, sobre, ni gourmand, ni hautain, ni turbulent, ni injuste, ni négligent, ni prodigue, mais rempli de la crainte de Dieu, et qui soit comme un père pour toute la communauté » ? Dieu seul le sait.

Le cheminement de sa jeunesse semblait le diriger vers d'autres cieux. Dès l'École navale, où le père François excella, et pendant toutes ses années dans la Marine, les questions administratives et financières le rebutaient ; jamais il n'aurait pu être commissaire de marine. Il était épris de liberté. Le jour de notre rencontre, sous un soleil brûlant, à l'ombre des grands arbres du jardin des hôtes, dom François parlait comme un enfant, fier de me dire : « Avant de partir à Fontgombault, ma grande joie fut de brûler tous les papiers dans la grande cheminée bretonne de la maison, au cœur de la presqu'île de Plougastel-Daoulas. J'étais sûr que j'en avais fini avec la paperasse. » Je ne pus retenir un grand éclat de rire.

Quelques décennies plus tard, cet homme se trouvait en charge des questions administratives et financières du monastère... Une considération prosaïque pèse sans cesse dans la vie d'une abbaye : comment faire pour que les questions matérielles n'étouffent pas la prière ? Car on ne peut pas prier quand on remplit un formulaire administratif. La conduite d'un tracteur à travers les champs laisse une place à la méditation, mais les déclarations fiscales sont plus revêches. Le frère fermier enrichit sa méditation du chant des oiseaux et des courses des chevreuils. Le cellérier est plus démuni quand viennent les courriers recommandés et autres notes des gestionnaires de patrimoine.

Pourtant, comme tous ses frères, il doit favoriser la paix et la charité à l'intérieur des murs de l'abbaye. Dom Delatte écrivait dans son fameux *Commentaire* que le cellérier doit être « un moine fort ».

De nombreuses abbayes ont choisi de mettre la clef sous la porte de leurs fermes tant les tracasseries bureaucratiques ou les exigences de rentabilité assombrissaient l'horizon. Cette réalité laissait le cellérier de

Fontgombault sans voix. Avec ses lunettes notariales qui cachaient des yeux pleins de bonté, affichant son sourire malicieux, il était sûr de son fait : « À Fontgombault, grâce à Dieu, ces difficultés ont été surmontées. La ferme doit rester comme un joyau de nos activités manuelles. On y respire la beauté de la création, le goût du travail et de la peine, on en retrouve avec saveur les produits dans nos assiettes et celles de nos hôtes. »

Plus encore, la grande ascèse du moine est de ne pas pouvoir parler de Dieu. Le carcan des chiffres et des tableaux devient la prison du cellérier : « Dans le monde de l'administration, tout se durcit et se complique. Une âme risque fort de s'y dessécher si elle est condamnée à trop s'y investir. Lorsqu'on passe sa vie dans des documents comptables, on ne sait plus ouvrir un livre. »

Le père François n'est pas amer. Il a gardé une âme joyeuse. Mais son visage laisse de temps à autre deviner une sévérité à mettre sur le compte d'une obédience ardue. Le cellérier se met parfois à rêver au jour où il remettra les clefs de sa charge. Un horizon se dessine ; au loin, un ermitage… On comprend que cette idée traverse l'imagination vagabonde de nombre d'économes monastiques. Ils rêvent d'une grotte dans une montagne, d'un phare sur un îlot désert, d'espaces infinis qui prendraient la place des déclarations fiscales et des bordereaux de cotisations. Les cellériers ont besoin d'imaginer des paradis sans déclarations préremplies, cotisations retraites ou documents relatifs aux normes sanitaires.

Un jour, le père abbé de Fontgombault avait demandé à celui de Triors comment choisir le meilleur cellérier. Ce dernier avait répondu tout de go : « Prenez un théologien ! » Il voulait dire combien les racines spirituelles de celui qui occupe la charge doivent être profondes. Un cellérier peut passer sept heures de sa journée les yeux rivés sur des tableaux *Excel*. Le moine qui s'adonne à ce travail desséchant ne peut partir à l'aventure sans un solide ancrage monastique.

Le cellérier tenait quand même à me rassurer : « Ma joie, c'est la communauté. Quand je marche dans le monastère et que je vois tous les moines heureux dans leurs charges, je suis plein de paix. Je comprends que mes efforts ne sont pas vains. Je suis récompensé au centuple. »

*

Parlons à présent du moine infirmier. Le titulaire de la charge fut longtemps le père Damien Thévenin. Il entra à l'abbaye en 1977, deux jours après sa soutenance de thèse, au terme de ses études de médecine. Sept ans plus tard, il devint responsable de l'infirmerie. Après trente-cinq ans au service des moines malades, sa charge prit fin en septembre 2019. Remplacé par le père Florian, il demeure le médecin des religieux.

Le père Thévenin assure toujours le cours d'Écriture sainte et celui de patrologie : « Dieu cherche les hommes. Ils sont libres de répondre, de revenir à la maison. Le moine est celui qui donne tout. La vie monastique n'a rien d'exceptionnel. Elle est simplement un état de vie parfaite. Le contemplatif refuse de se disperser. Il est tendu vers Dieu. »

L'homme qui était face à moi parlait vite, ses mots s'entrechoquaient. Parfois, une phrase m'échappait. En tout cas, il était sûr de son raisonnement. En écoutant le père Thévenin, j'avais l'impression d'assister sagement à une conférence sur une vie mystérieuse dans des catacombes supraterrestres. C'est souvent le propre des médecins de famille : ils ont les pieds sur terre et la tête dans les nuages…

Dans une abbaye, l'abbé a charge d'âme tandis que le père infirmier veille sur les corps. Le fermier s'occupe des vaches, le jardinier des légumes, le cellérier des comptes bancaires et l'infirmier des hommes blessés par la maladie ou la vieillesse. Il les garde, les regarde. Selon l'expression de saint Benoît, « il suspecte la mort ».

Le moine infirmier porte ses frères. Il prend soin de religieux qui n'ont pas épargné leur corps pendant des vies de travail souvent éreintantes. À toutes les heures du jour et de la nuit, les moines peuvent frapper à sa porte. Quand ils sont redevenus des enfants qui ne peuvent plus marcher, c'est lui qui doit les aider à se laver, à s'habiller, à se déplacer et à se nourrir.

Pendant longtemps, le père Thévenin fut médecin et infirmier. Il prescrivait l'ordonnance et l'appliquait. La chose était singulière.

Que dit la règle de saint Benoît sur sa charge ? « Avant tout et par-dessus tout, on prendra soin des malades, et on les servira comme s'ils étaient le Christ en personne ; car c'est lui-même qui a dit : “J'ai été malade et vous m'avez visité”, et encore : “Ce que vous avez fait à l'un de ces petits, c'est à moi que vous l'avez fait.”

« Les malades considéreront de leur côté que c'est pour l'honneur de Dieu qu'on les sert, et ils ne mécontenteront pas par des exigences superflues leurs frères qui les servent. Et pourtant, il faudrait les supporter avec patience, parce qu'on en retire une plus large récompense. L'abbé veillera donc avec le plus grand soin à ce qu'ils n'aient à souffrir d'aucune négligence.

« On affectera aux frères malades un logement à part, et pour les servir, un frère craignant Dieu, diligent et soigneux.

« On offrira aux malades l'usage des bains toutes les fois qu'il sera expédient ; mais à ceux qui sont en bonne santé, aux jeunes surtout, on l'accordera plus rarement.

« On accordera même l'usage de la viande aux malades qui sont tout à fait infirmes, afin qu'ils puissent refaire leurs forces ; mais aussitôt qu'ils seront mieux portants, ils reprendront l'abstinence accoutumée.

« L'abbé veillera avec la plus grande sollicitude à ce que les cellériers et les servants ne négligent pas les malades ; car il est responsable de toutes les fautes dans lesquelles tomberaient ses disciples. »

L'infirmier doit savoir préserver sa vie religieuse. D'autant que le père Thévenin a toujours été impliqué dans la direction spirituelle des hôtes. Il est moine avant d'être infirmier : « Il ne faut pas être prisonnier d'une activité. L'écueil est valable autant pour le jardinier, le cuisinier ou l'infirmier. Le moine ne doit pas se laisser absorber par sa charge au point d'oublier qu'il travaille pour rejoindre le Ciel. La spécificité du moine infirmier est souvent liée à l'inquiétude d'un mauvais diagnostic. Les pensées peuvent devenir obsédantes. En cela, l'obédience est unique. »

Le père Thévenin laisse rarement paraître sa tristesse quand l'un de ses frères meurt. Il regarde la mort comme une libération. Je ne pouvais m'empêcher de voir dans son attitude un peu froide une manière de se protéger. Il m'avait dit que « tous les moines doivent porter le fardeau de leurs frères ». Un idéal magnifique. En cet instant, il me suffisait d'observer la charité dans son regard pour ne pas douter que chaque jour il le faisait sien.

Il a toujours porté un regard placide sur son travail : « Des moines pieux, drôles, fraternels peuvent devenir des malades taciturnes. D'autres, solitaires ou taiseux, se transforment en pensionnaires charmants et attentionnés. Il n'y a aucune règle. Dieu décide. »

Dom Thévenin voit la vie monastique comme une école de charité. Derrière les murs de l'infirmerie, il ne se sent pas supérieur à ses frères : « Le moine infirmier, le moine cordonnier ou le moine fermier doivent être remplis du même zèle. La charité s'impose à tous. À la différence du monde, nous ne cherchons pas la perfection dans notre travail. Nous voulons la charité et l'obéissance jusqu'à la mort. Ce qui ne veut pas dire que l'infirmier ne cherche pas à guérir ses malades. »

Longtemps, dom Thévenin n'a pas su le nom de son successeur. Puis, à l'automne 2019, le père Florian a repris le flambeau d'une infirmerie qui compte aujourd'hui trois pensionnaires. Dans dix ou quinze ans, si Dieu lui prête vie et que la maladie frappe à la porte, le moine infirmier s'occupera de lui.

Le père Florian est aussi silencieux que le père Damien était volubile, aussi secret que son prédécesseur était un homme de démonstration. Le nouveau titulaire de la charge est un moine doux, prévenant et attentionné. Son programme est simple : « Il faut traiter la maladie, mais l'homme ne se réduit pas à son enveloppe corporelle. Je veux écouter, parler, comprendre l'autre. Surtout, je dois rester le plus humble possible, ne pas me précipiter, être patient. On peut se dépêcher de faire un pansement ou de donner des médicaments parce qu'on veut partir plus vite pour une activité gratifiante. Mais le bon infirmier est celui qui ne compte pas son temps, et qui sait le donner à ses malades. Je proposais chaque jour au défunt père Rotgé de le conduire une demi-heure ou plus à l'oratoire de l'infirmerie pour le laisser seul à seul avec son Seigneur. Je passais aussi du temps à parler avec lui dans sa cellule. Ce temps-là, j'aurais pu le consacrer à des choses plus nobles. C'était important et je ne le regrette pas. »

*

Saint Benoît se trouvait souvent à la porte du monastère, où il passait de longues heures à lire. Dans le chapitre soixante-six de sa règle, intitulé « Les portiers du monastère », il écrit d'ailleurs que l'« on placera à la porte du monastère un sage vieillard qui sache recevoir et transmettre une réponse, et d'une maturité qui le préserve de courir çà et là.

« Le portier doit avoir son logement près de la porte, afin que ceux qui surviennent trouvent toujours là présent quelqu'un pour leur répondre.

« Et aussitôt que quelqu'un aura frappé, ou qu'un pauvre aura fait entendre son cri, il dira en retour *Deo gratias*, ou *Benedicite*, et dans toute la mansuétude qu'inspire la crainte de Dieu, il répondra en hâte avec toute la ferveur de la charité.

« Si le portier a besoin d'aide, on lui accordera à cet effet quelque frère plus jeune ». Des siècles plus tard, dans le *Commentaire*, dom Delatte rappelait à son tour que la charge de portier a toujours été une obédience importante.

Le père Bernard a soixante-treize ans. Il est cependant un jeune portier : il occupe sa charge depuis le mois d'août 2018.

Chaque jour, il accueille les visiteurs qui se présentent à Fontgombault. Dès le retour des beaux jours, la maison de la porterie, près de l'abbatiale, voit affluer les fidèles, les touristes et les curieux.

Les moines se racontent parfois les petites histoires qui entourent cette obédience. Ils se rappellent par exemple le regretté père François de Feydeau. Étudiant brillant, il était passé par l'École navale, à l'issue de laquelle il débarqua de la *Jeanne d'Arc* pour embarquer définitivement dans la vie monastique. Son père n'accepta pas facilement sa vocation. Quand il apprit sa nomination à la porterie, il eut ce mot : « Voilà qu'ils l'ont mis à la porte. »

Le père Bernard est arrivé à Fontgombault en 1973. Dix ans après son entrée, il s'est vu confier la charge de l'imprimerie. Dom Forgeot voulait profiter de ses compétences acquises dans le syndicalisme étudiant. À cette époque, l'impression de tracts n'avait pas de secret pour lui. Depuis 1999, il s'occupe aussi de l'Association des serviteurs des pauvres du tiers-monde, mouvement missionnaire dont l'abbaye assure le secrétariat pour la France. Désormais, à la porterie, il supervise les commandes des articles de piété, des livres et des objets d'art que les moines proposent aux visiteurs. Il est heureux : « On donne un témoignage sans vraiment s'en rendre compte. Les gens sont bienveillants. Ils ont besoin de parler. Ils sont admiratifs de la vie que nous menons et manifestent leur joie d'être venus nous voir. Les visiteurs s'émerveillent de tout, veulent toujours connaître le nombre de moines. Ils expriment parfois la crainte qu'on ne soit plus très nombreux. Je les rassure… »

Parfois, des touristes se présentent devant la petite guérite : « Deux billets, s'il vous plaît… » Car ils sont persuadés qu'il faut payer pour entrer dans le monastère. Le père Bernard doit leur expliquer que le monastère ne se visite pas et que l'abbatiale est un lieu de prière ouvert gratuitement à tous. La déception est grande : « Mais alors, les bâtiments historiques que nous voyons sur les cartes postales ne se visitent pas ? » Armé de sa belle patience, le portier s'explique une seconde fois.

Dans le magasin qui se trouve près de la porterie, les moines diffusent un documentaire sur la vie des moines de Fontgombault. Les touristes venus en consommateurs de vieilles pierres se trouvent rassérénés. Sils visitent l'abbaye au moment des offices, comme les vêpres, ils en sortent impressionnés. Car, comme les retraitants, ils peuvent suivre les offices. De petites fiches liturgiques sont mises à la disposition de tous à l'entrée de l'église. Quand ils reviennent à la porterie pour acheter un objet de dévotion, leurs visages ne sont plus les mêmes. Ils sont calmes, sereins, en paix. Le miracle de Fontgombault a opéré.

De plus en plus souvent, les visiteurs viennent chercher des protections. Ils achètent des médailles de la Vierge Marie, de saint Michel ou de saint Benoît. Comme une forme de remède. Ils sollicitent une bénédiction à la manière d'un Graal. Mais il n'empêche que les moines proposent de bénir les objets de dévotion.

Le père Bernard se rend bien compte que certains sont à la recherche d'une forme de magie douteuse. Il doit expliquer le sens de la prière véritable et la route pour trouver Dieu.

La chose est différente pour les fidèles du monastère. Ils viennent donner une salutation amicale, acquérir un livre ou apporter un message à un moine de la communauté. « Nous sommes là pour écouter. Les gens ont besoin de parler. Nous devons garder une grande charité. L'essentiel du chemin est dans l'écoute attentive que nous offrons. Hélas, nous constatons chaque jour combien les gens manquent de personnes à qui confier leur peine. Ils vivent dans une grande solitude. Le simple fait de parler est un commencement de solution. En quelques instants, il s'agit de trouver les bons mots pour ceux qui nous exposent des problèmes de famille, des défaillances professionnelles, des chutes morales. »

Un moine ne baigne pas dans les eaux changeantes du monde. Il a quitté la société le jour de son entrée en clôture. Les religieux sont informés à grands traits des événements du pays. On pourrait penser qu'ils ne sont pas armés pour comprendre les problèmes d'une époque qu'ils ne connaissent guère. Rien n'est plus faux : ils parviennent souvent à trouver les mots justes.

La porterie de Fontgombault est une petite pièce chaleureuse. Certes, les livres paraissent un peu à l'étroit dans cette librairie de poche. Mais on s'y sent comme dans l'antichambre du monastère. Autour du père Bernard, présent les après-midi, sept autres moines viennent assurer des permanences.

Le soir, il vient faire ses comptes : « On ne peut pas dire que ce soit une activité enthousiasmante. Je contrôle les ventes et je passe mes commandes. » Malgré tout, il a plaisir à travailler avec les artisans qui lui envoient de beaux objets religieux.

Dans la règle, saint Benoît prévoit que le portier dispose d'une cellule proche de l'entrée du monastère. Si quelqu'un se présente la nuit à la porte, le père Bernard doit répondre.

La beauté de Fontgombault attire. Les hommes cherchent le silence, et les moines sont heureux de pouvoir donner quelques gouttes d'un bonheur spirituel qui se raréfie dans le monde. Si on y regarde de près, la grande recherche est toujours celle de Dieu.

L'ambiance de la porterie est fraternelle. Les visiteurs disent souvent de belles choses : « C'est touchant ; on voit que vous vous aimez. » Ils sont sensibles aux petits gestes que les religieux ont à leur égard. Ils ont l'impression d'emporter un peu de la charité des moines. Le père Bernard est lucide : « Dans le monde, les contacts sont durs. Les hommes ne savent plus se regarder. Au monastère, nous prenons le temps. Les gens éprouvent une forme de contentement à être regardés avec bienveillance. »

Paradoxalement, les visiteurs d'un instant s'intéressent au temps long. Comment vit-on en communauté ? Comment mange-t-on ? Comment se soigne-t-on ? Comment meure-t-on ? Ils perçoivent la simplicité du quotidien communautaire des moines. Ils sont admiratifs : « Au fond, vous savez vivre comme des hommes. Dans la société, nous sommes devenus des robots. Vous, vous avez un grand respect les uns pour les autres », peut-on les entendre dire.

Finalement, c'est l'humanité entière que le père Bernard voit défiler. Les agnostiques, les curieux, les jeunes retraitants qui viennent fureter à la porterie pour consulter les livres, les fidèles qui demandent des messes pour les défunts et qui savent que les moines seront de bons intercesseurs.

Tous recherchent les produits de l'artisanat monastique. La boutique qui se trouve à côté de la porterie est un passage obligé. Les sablés, les œufs, les viandes, les confiseries, les céramiques font le bonheur des petits et des grands. Tel un viatique moderne.

La vie d'un portier n'est pas routinière. Chaque visiteur est différent. Les moines leur apportent beaucoup. Mais l'inverse est vrai. Surtout, les visiteurs sont observateurs. Ils scrutent les visages des moines. Ils boivent leurs paroles. Ils gardent la mémoire du moindre mot dont ils se souviendront longtemps.

Le quotidien d'un portier de 2020 n'est pas si différent de celui du Moyen Âge ou de l'Antiquité : il mène une vie simple. Quand ils sont relevés de leurs charges, les portiers retrouvent une existence plus traditionnelle, loin du monde. Ils étaient des visages familiers ; ils repartent dans l'ombre.

Fontgombault a un portier émérite. Certes, on ne l'appelle jamais ainsi. Pourtant, je ne cessais de penser à ce titre en rencontrant le père François. Peut-être était-ce en raison du caractère bien trempé de cet ancien officier de marine, entré à Fontgombault en 1969.

Il était fier de me dire que « saint Benoît parlait de la porte du monastère au singulier. Autrefois, le portier était le dépositaire de la seule clef de l'abbaye. Cette fonction a été remplacée par le téléphone. Le portier est celui qui reçoit les appels pour toute la maison ».

Pourtant, le père François n'est pas fâché d'avoir quitté sa charge. Devenu trésorier, il s'occupe également du magasin de la ferme. Avec son humour sans affectation, il me déclarait : « À la ferme, je suis toujours un peu dans le commerce. Je vends nos bons produits et je fais les comptes ! » Le trésorier ne s'occupe pas des finances, mais des reliques. À Fontgombault, dans les bas-côtés de l'église abbatiale, trois imposantes armoires en bois contiennent les restes mortels de deux mille saints, autant d'os, de cheveux, ou de tissus précieusement conservés dans leurs beaux reliquaires, et les médaillons d'un autre temps. Chaque jour, il expose dans le sanctuaire la relique d'un saint. Le jour de notre rencontre, le père François cherchait une relique de saint Jean-Baptiste qu'il plaça sur le maître-autel, témoignant de l'importance de la fête.

Quel souvenir gardait-il de son ancienne vie ? Le vieux père, qui semble toujours sortir d'une éternelle sieste, devint plus sérieux : « Toutes les catégories sociales se retrouvent à la porterie. C'est son charme ; hélas, j'ai pu constater la dégradation de la culture religieuse des gens. La rupture de transmission est terrible. Il faut rester calme et patient. La grâce de Dieu y aide. »

Il n'a pas voulu écrire de testament pour son successeur : « Il y avait trop de choses à dire. J'y ai renoncé. Le père Bernard a tout appris par lui-même. De toute façon, il est bien plus organisé que moi. » Forcément, on ressent beaucoup d'admiration pour le père Bernard.

L'ancien portier a repris la *lectio divina*. Avant de prendre son travail à la porterie, il lisait l'imposant *Commentaire sur les psaumes* de saint Augustin. Sa charge l'empêcha de poursuivre. Dès le lendemain de son départ, il a ouvert le livre à la page où il s'était arrêté cinq ans auparavant. Le livre et son marque-page l'attendaient dans sa cellule.

Au sein d'un monastère, l'amour passe souvent par les petites choses. La porterie est le royaume des événements insignifiants. Les gens ne viennent pas toujours pour y trouver un peu de bonheur. Mais ils repartent avec une jolie part de la félicité des moines. Comme l'écrivait joliment Georges Bernanos : « Dans chaque petite chose, il y a un ange[1]. »

---

1. Georges Bernanos, *Journal d'un curé de campagne*, *op. cit.*

XIX

Veaux, vaches, cochons

Près des étables et des granges à foin, à côté du garage des tracteurs, le bureau du frère Raphaël-Marie était envahi de mouches. Les diptères de juin sont les plus insistants de l'année. Ils paraissent dépourvus de tout sens de la mesure.

Le frère Raphaël-Marie est un homme exquis. Il possède la politesse des vieilles campagnes, la gentillesse des hommes de la terre. Il observe son interlocuteur d'un regard franc et simple. Le teint hâlé sous le soleil rasant et la peau burinée par les frimas de janvier, il avance avec le pas compté des modestes. Parfois, son rire semble légèrement forcé ; c'est souvent l'apanage des timides.

Le jour où je le rencontrai, sous le ciel bleu d'une mi-journée étouffante, le thermomètre indiquait déjà trente-quatre degrés. Dans la pièce du moine, il descendait à trente. Notre conversation démarra sur les chapeaux de roue : « La recherche de l'infini est toujours au commencement d'une vocation » me dit-il. Avec un calme olympien, il poursuivit : « Je m'occupe de la ferme du monastère. Dieu est présent en toutes choses. Il est avec les veaux, les vaches, les petites poules et les gros cochons. »

L'homme est né en 1967. Quand il entra à l'abbaye à l'âge de vingt ans, il travailla d'abord au jardin potager, dans les vergers et au service des bâtiments. En 1990, de retour de son service militaire, il commença son parcours à la ferme, qui débuta avec la traite du soir des vaches laitières. Depuis trente ans, elle est son royaume.

Enfant de la Sarthe, il a grandi à la campagne sans aucune connaissance sur la vie agricole. Il était cependant déjà conscient des difficultés du métier. Son opinion n'avait pas changé : « Les paysans sont des exploitants au plus beau sens du terme, mais ils sont exploités par le système. La réalité est simple : le paysan travaille chaque jour de la semaine, son salaire est réduit aux acquêts, et il est tout le temps sale. »

Le moine est fasciné par l'éternel recommencement qui rythme les saisons. Il cherche toujours à tirer le meilleur parti des choses : « La nature vient bousculer les plans établis à l'avance. Samedi, je voulais faire du foin. La faucheuse est tombée en panne. J'ai cherché de nouvelles courroies. Puis la pluie est venue me bousculer. Et maintenant, la canicule s'est installée. Mon programme est sens dessus dessous. »

La ferme de Fontgombault s'étend sur soixante-quinze hectares. Elle compte une majorité de champs en herbe, avec vingt-cinq hectares de culture de blé, de seigle, d'épeautre et de féverole. La culture du maïs a été abandonnée. Depuis quelque temps, le frère essaie de développer la luzerne. En 2010, les moines ont acheté une petite moissonneuse-batteuse. Le frère Raphaël-Marie bombait gentiment le torse en précisant qu'il s'agissait d'une John Deere : « C'est du sérieux ! » Le frère mécanicien s'occupe de l'entretenir. L'entraide prévaut avec les autres paysans. Un voisin presse la paille des moines, l'abbaye lui bat sa céréale.

En sus, l'abbaye compte une vingtaine de vaches laitières et une soixantaine de bêtes jersiaises d'engraissement. Elles donnent le lait le plus riche en matières grasses et en protéines dont les moines font un excellent fromage. Les terres de pâturage sont groupées autour du monastère et les parcelles acides près de la Creuse. En montant sur les coteaux, on trouve des champs argilo-calcaires assez séchants qui siéent bien à la luzerne.

La ferme, le potager et le verger doivent apporter à l'abbaye son autonomie alimentaire. Pour autant, la rentabilité n'est pas une priorité : le frère refuse ainsi de planter du soja qui vient d'Amérique ou du Brésil. Les semences de maïs, qui demandent de l'engrais, n'ont plus droit de cité à l'abbaye, revenue à un système extensif. Tout simplement, la terre de la ferme bénédictine s'est habituée à ne plus recevoir d'engrais. Dans un premier temps, les rendements ont diminué. À présent, ils ont augmenté. Il fallait attendre qu'un nouveau cycle vertueux se mette en place. Le frère m'expliquait utiliser beaucoup le fumier des vaches et travailler également avec certaines bactéries : « La luzerne est capable de fixer l'azote de l'air. Pourquoi acheter de l'azote fabriqué avec des énergies fossiles ? »

La ferme monastique veut être un modèle d'agriculture respectueuse de la nature : « Dans les champs, dans les étables, je suis toujours en lien avec la création divine. Le petit veau qui vient de naître me parle de Dieu. Toutes nos vaches sont *pro-life*... » On dirait presque le couplet d'une chanson populaire.

Devant moi, le fermier n'hésitait pas à se demander si les agriculteurs modernes ne sont pas devenus les nouveaux esclaves de la société de consommation : « Nous savons que la production d'un paysan peut générer cinq ou six salaires. La population agricole représente quatre à cinq pour cent de la population active. La moyenne horaire de travail hebdomadaire est rarement inférieure à soixante heures. Le salaire n'est jamais garanti. Une tempête, une période de sécheresse, un froid trop intense peuvent anéantir une année de travail. De même, si le prix mondial du lait diminue, la coopérative locale baisse aussi sa rémunération. On demande rarement leur avis aux agriculteurs. Le système est terrible. »

Frère Raphaël-Marie me disait avoir remarqué que les agriculteurs qu'il voit en photo dans les revues professionnelles ont souvent des sourires tristes. Il lui semblait que ceux qui étaient passés à un mode de production biologique paraissaient plus épanouis. La terre n'est pas un dépotoir où l'homme peut ajouter à satiété des engrais du haut de son joli tracteur.

Le frère sait reconnaître à quel type de ferme d'élevage il a affaire en observant le comportement des bêtes. Il y a des fermes où les vaches s'approchent des hommes. Elles ont confiance. Dans d'autres, elles les fuient. Elles ont peur. Ces derniers animaux n'ont pas de contact réel avec l'agriculteur : « À Fontgombault, nous aimons nos bêtes. J'aime voir les animaux et les plantes grandir. Il n'y a rien de plus beau qu'un petit veau naïf qui recherche la tendresse de sa mère. Quand une vache met bas, elle est épuisée. Mais elle prend toujours le temps de s'occuper du petit avant de se reposer. »

L'abbaye entretient d'excellentes relations avec les agriculteurs de la région. Ceux-ci considèrent que le frère Raphaël-Marie fait le même métier qu'eux. Ils le voient parfois en habit monastique, plus souvent avec son éternelle cotte de travail beige. J'étais curieux de savoir s'il leur parlait de Dieu. Le moine me dit que lorsqu'un fermier l'interrogeait, il répondait sans détour. « Ce sont mes vaches qui font le meilleur apostolat, m'expliqua-t-il. Elles sont calmes et si câlines que beaucoup se demandent comment je fais pour qu'elles se comportent ainsi. Pendant la traite, elles sont sereines. Les coups de patte sont rares. »

Pourquoi ont-elles cette attitude ? La réponse est simple : « Tout dépend du regard que nous portons sur elles. Si nous les aimons, elles nous le rendent. Mes vaches savent que je les respecte. Je regarde tous les animaux comme un don de Dieu. Il ne s'agit pas de devenir panthéiste ! Derrière la nature, nous devons Le retrouver. L'espérance de vie d'une vache est courte. Elle ne dépasse pas dix ans. Il faut savoir profiter des beaux moments. Une merveille apparaît à nos côtés, nous devons la regarder avec des yeux joyeux. Dieu nous la donne pour mieux L'aimer Lui. »

Les vaches lui indiquent même la qualité de son foin : « Elles séparent le bon grain de l'ivraie. Si je présente de l'herbe de mauvaise qualité, elles sauront me le faire savoir. Dans l'auge, je retrouve les tacots, mais le bon foin a disparu. »

Les vétérinaires qui s'occupent de longue date des bêtes de l'abbaye lui ont appris l'art du vêlage. Le jour où il a assisté à sa première césarienne dans l'étable, il a fait un petit malaise : « Ce n'est pas rien de voir le ventre d'une vache ouvert pour laisser passer le veau. C'est une lutte magnifique pour la vie. L'autre jour, j'ai perdu une petite génisse qui est morte d'asphyxie. Elle est partie dans mes bras et je n'ai rien pu faire. J'ai tenté de lui souffler dans les narines pour évacuer les mucosités, mais la respiration ne revenait pas. On ne peut pas voir mourir une bête sans souffrir. »

Le frère Raphaël-Marie s'occupe aussi de la fromagerie. Il produit du beurre, du fromage blanc en été et de la tomme en hiver. En été, les vingt vaches donnent deux cent cinquante litres de lait par jour. « À l'abbaye, la matière grasse atteint soixante-dix grammes pour mille milligrammes. Au supermarché, elle ne dépasse jamais trente-huit grammes, et dix-neuf pour le lait demi-écrémé », me dit-il, fier comme un coq.

Au réfectoire, les retraitants sont souvent surpris par le goût prononcé du lait fermier de frère Raphaël-Marie. Le retour du sens traditionnel des choses passe aussi par le bol de lait du matin !

Le frère est horrifié par le lait et la viande synthétiques cultivés à partir de cellules souches. La ferme de l'abbaye propose sa viande en vente directe. Les gens n'en reviennent pas tant la chair est fine et savoureuse. Pour le frère Raphaël-Marie, la viande est bonne car elle a été aimée. Il s'emporte contre les élevages bovins qui ne laissent pas le temps aux bêtes de grandir. Il se fiche du rendement : « Le véritable paysan est celui qui prend soin de sa terre. L'exploitant recherche forcément une certaine rentabilité. Mais le soin que nous portons à nos champs et à nos bêtes ne peut se réduire à des techniques, à des équations comptables et à des pesticides. »

Le frère s'émerveille de tout. La lune d'été, les longs soirs de fenaison, le jeu d'un lézard qui entre par effraction dans son bureau, le vert magnifique des blés de mai : « Le don de Dieu est fugace. Nous passons tous. La seule chose qui reste, c'est le geste de Dieu. »

Le jour de notre entretien, il était préoccupé par les débuts difficiles des veaux qui venaient de naître. Une petite diarrhée, et ils quittent le monde en quelques heures. Le moine est fier de voir ceux qu'il a sauvés téter goulûment leur mère. Ils boivent, sautillent de contentement. « Mais si un veau meurt, ajoutait-il, Dieu veut que nous puissions rester dans la louange de Sa création. Nous ne sommes pas au paradis. La terre est marquée par le péché originel. Tout est un peu cassé. Il faut suivre le Christ. »

Comment le moine pourrait-il vivre sans son travail à la ferme ? Il reconnaît que son quotidien serait plus difficile. Mais il sait aussi que la vie dans la nature est source de souffrances qu'il n'endurerait plus. Quand une vache qu'il connaît depuis sa naissance quitte la ferme, le frère est malheureux pendant plusieurs jours : « Dans ma vie de fermier, tout est dur et beau. Quand j'avais quinze ans, je rêvais d'une vie courageuse, solitaire et monastique. Dieu m'a exaucé, non ? »

Bien sûr, les moines viennent prêter main-forte à la ferme quand le besoin s'en fait sentir. Le frère Raphaël-Marie est aussi en relation étroite avec les convers qui s'occupent du verger, du potager, et le père en charge de la vigne et de la cuverie. L'hiver, il va aider aux cuisines de l'abbaye.

En revanche, le fermier ne s'occupe pas du poulailler, sur lequel règne en prince Électeur le frère Charles-Marie ; les six cochons de la porcherie dépendent d'ailleurs de cette jolie principauté. Quelques jours après mon échange avec le fermier, je rencontrai ce grand moine souriant et volubile, venu pour la première fois à Fontgombault l'année de ses trois ans. Son père, professeur d'histoire, aimait converser avec les moines. Le frère Charles-Marie partage avec le frère fermier la conviction que si nous sommes gentils avec les animaux, les poules, en l'occurrence, elles deviennent joyeuses et sociables. Les pondeuses sont au nombre de deux cent trente. En sus, il a installé des poulets de chair dans le grand verger. Un brin poète, notre père pense que les moines sont désormais en bonne compagnie quand ils récitent le chapelet. Elles mangent les vers du verger : « C'est bon pour les arbres ! » Le frère Charles-Marie n'aime pas le monde moderne. Récemment, il a dû voyager en avion. L'expérience lui fut désagréable. Il préfère les gentils gallinacés de son enclos.

En écoutant le frère Charles-Marie, comme le frère Raphaël-Marie, on oublierait presque les exigences de la vie monastique. Pourtant le fermier est d'abord un fils de saint Benoît. Il récite son chapelet avant d'assister aux matines des convers en salle du chapitre. Puis, comme toute la communauté, il va aux laudes à l'abbatiale et sert ensuite une messe basse. Après le petit déjeuner, il part sans délai vers la ferme et a la possibilité de ne pas assister à l'office de tierce, qu'il récite en privé. Puis il se trouve au chœur pour sexte, none, vêpres et complies. L'été, dom Jean lui donne l'autorisation de manquer des offices pendant les moissons. Quand la pluie arrive et que les blés ou les seigles sont mûrs, le frère Raphaël-Marie se dépêche de partir dans les champs.

Lorsque le frère plante du blé ou du seigle, il privilégie les variétés anciennes : « Avec les nouvelles céréales, il faut désherber en permanence, sinon les plants meurent rapidement. Par conséquent, on ne peut plus se passer des engrais. Avec les techniques biologiques, les grains sont meilleurs et la paille est excellente pour les animaux. La chimie abîme les sols. On parle beaucoup du glyphosate, mais les grosses quantités d'azote sont aussi dangereuses. Comment ne pas être admiratif devant la qualité naturelle des micro-organismes de la terre ? Le cercle vicieux de la chimie est dramatique. Il faut refuser cet engrenage et multiplier les expérimentations biologiques. »

Le frère Raphaël-Marie est convaincu que les petits paysans locaux sont l'avenir de la profession. Ceux-ci sont heureux car ils aiment leur métier et parviennent à en vivre. Il est révolté par les suicides dans les campagnes. Les peines de ces familles désespérées lui font terriblement mal. Il en connaît les raisons. Mais il aimerait aussi pouvoir montrer le chemin du nouveau bonheur de la ferme. Il est un moine amoureux de Dieu et de la nature. À l'issue de notre conversation, j'avais une certitude : la ferme de Fontgombault est un véritable modèle écologique qui devrait être étudié et imité.

XX

Des potagers à perte de vue

Il entra à l'abbaye quelques jours après le frère fermier. Âgé de vingt-cinq ans, le frère Jérôme-Marie venait d'achever des études d'anglais et de littérature. Sa famille était originaire de Lorraine et de Bourgogne. Dom Forgeot ignorait alors qu'il venait d'ouvrir ses portes aux deux convers qui nourriraient les moines des années durant.

Le frère s'occupe humblement des deux hectares du potager. Entre l'abbaye et les premières maisons du village, les riches terres maraîchères des moines font forte impression. Pendant longtemps, des douglas ont protégé les moines des regards trop curieux ; ils ont été remplacés par une haie composite de châtaigniers, d'ormes, d'érables et de sureaux : les légumes des bénédictins ont besoin d'une certaine intimité.

Par un frais matin de novembre, tandis que nous marchions entre les rangs de légumes, le frère m'expliquait les secrets de son art. D'une voix douce et déterminée, il avait commencé par me dire que « la finalité du potager, c'est d'abord la subsistance de la communauté et de nos hôtes ». Les frères ne vendent pas leurs légumes. Pourtant, ils cultivent pas moins de vingt-cinq ares de pommes de terre… Les légumes d'hiver sortaient déjà de terre. Les rangs de poireaux, de betteraves, de carottes, de céleris, de choux-raves, d'épinards et de salades étaient parfaitement alignés dans leurs petites tranchées. Ils avaient remplacé les tomates, les courgettes, les asperges, les melons, les petits pois, les oignons, les échalotes et les haricots verts de l'été.

Les moines utilisent la méthode de l'engrais vert et déplacent régulièrement les différentes cultures des parcelles du potager pour permettre à la terre de se reconstituer : « Je peux transformer un carré de tomates en herbage, semer des fleurs de moutarde ou du sorgho fourrager après y avoir fait pousser des salades. L'essentiel, c'est de ne pas laisser la terre à l'abandon. Je choisis des espèces qui lui redonnent une richesse. L'enclos des pommes de terre, par exemple, change tous les ans. » On se prend à rêver que ces rotations monastiques deviennent la règle de tous les maraîchers : les gens n'auraient plus les mêmes mets dans leurs assiettes.

Près d'un mur, les religieux amoncellent de petites montagnes de déchets de légumes et de fruits pourris. Les déchets végétaux des cuisines qui ne vont pas aux poules ou aux cochons alimentent le compost. Le frère avait constitué tout près un tas de branches et de feuillages morts.

Ces engrais biologiques sont répandus sur la terre en hiver et au printemps : « Je couvre les sols de branchage et de paille pour que les mauvaises herbes ne poussent pas. Pendant l'hiver, les vers de terre travaillent en dessous. Ils ameublissent le sol, descendent des éléments dans les profondeurs, puis remontent des oligo-éléments. Je plante ou je sème en gardant cette couche naturelle. Les résultats sont intéressants. Aujourd'hui, les maraîchers travaillent trop souvent leurs sols mécaniquement, en le laissant nu. Les terres deviennent pauvres et infertiles plus vite qu'on ne le pense. La nature est fragile. Autrefois, on utilisait des désherbants chimiques que nous avons progressivement bannis à l'abbaye. »

Alors que nous discutions, le frère ne se doutait pas de la poésie qui pouvait naître de ses réflexions pratiques : « Nous ne faisons plus de mâche. La culture est trop technique. Mais nous recommencerons peut-être car les moines apprécient beaucoup cette petite salade d'autant plus croquante à Noël que le givre est fort... »

Les jardins se trouvent en bordure de Creuse. Ils sont humides et, malgré les bassins de retenue qui tentent de dompter la rivière noire, les crues sont susceptibles de recouvrir toutes les parcelles de terre. Un peu plus haut, les moines possèdent trois grandes serres, et une petite pour les semis. Elles font trente mètres de long pour six de large. Les centaines de jeunes plants d'épinard dans leurs petits godets finiront un jour dans les assiettes des moines qui les aiment cuisinés en salade cuite. Le frère Jérôme-Marie est le grand pourvoyeur des moines en vitamines... Plus loin, on trouve des aubergines, des poivrons et des petites tomates. Grâce aux résistances chauffantes qui courent dans le sable des châssis, les légumes n'ont jamais froid. La serre Sainte-Thérèse, la serre Saint-Joseph, la serre Notre-Dame, et la petite dernière, la serre Sainte-Faustine, ont chacune une grande importance dans la vie gastronomique de l'abbaye. Enfin, du côté de la serre dédiée au père adoptif de Jésus, salades, laitues ou chicorées côtoient gentiment cardes et choux rouges.

Le frère Jérôme-Marie est un preux chevalier qui s'ignore. Il a déclaré la guerre aux pigeons, qui ont une prédilection coupable pour les choux du potager. Le moine, avec le sérieux imperturbable qui le caractérise, a recouvert minutieusement les plantations de vastes filets aux mailles fines. Il fourbit ses armes contre ces « volatiles » au régime alimentaire varié qui ne laissent rien derrière eux : « Ils repèrent les choux de loin. Si je ne ferme pas les portes de la serre Saint-Joseph, ils sont capables d'entrer pour tout dévorer. Et quand ils viennent becter les choux, après, plus rien ne pousse ! »

Aux mots du frère Jérôme-Marie dont le débit soudain s'accélère, on mesure l'ampleur du fléau. Cette année, à force de ténacité et de fourberie, les monstres ont fini par tout manger. Heureusement, dans la serre Notre-Dame, les tomates et les melons grandissent en paix.

Les religieux récoltent les premières tomates en juin. La production peut durer jusqu'à la Toussaint. En fin de saison, quand le gel arrive, ils ramassent les dernières tomates vertes qui n'ont pas eu le temps de mûrir pour en faire des confitures : « Il faut les mélanger avec des pulpes de citron pour donner un bon goût. »

Deux moines travaillent en permanence au potager. Un frère vient quelquefois s'occuper des menus problèmes de mécanique. « Heureusement, me précisa le frère Jérôme-Marie, nous avons une main-d'œuvre saisonnière. Pour les récoltes de pommes de terre, plusieurs moines prêtent main-forte. L'après-midi, les hôtes, les frères qui étudient la théologie et les novices peuvent renforcer la petite bande. » Le jardin monastique de Fontgombault est un des plus grands et des plus variés de France.

Ces dernières années, hélas, le travail vint plusieurs fois à manquer. Pendant les périodes de canicule qui se sont abattues sur la région, les récoltes furent presque nulles : « Les trois dernières semaines de juillet, les courgettes qui aiment habituellement la chaleur ne donnaient plus rien. Malgré un bel arrosage, les fleurs disparaissaient. En juin, les premiers haricots verts avaient de belles fleurs, puis la cueillette s'est arrêtée net. Au printemps, les salades étaient magnifiques. Avec les fortes températures, elles sont devenues rachitiques. Les moines n'ont pas pu en manger de tout l'été. Les melons qui apprécient habituellement la chaleur ne résistaient pas non plus. Pour la Solennité des saints Pierre et Paul, notre thermomètre est monté à quarante-deux degrés. C'est exceptionnel, pour le bas-Berry. Les jardins n'aiment pas des écarts aussi brutaux. »

Non loin, l'eau du barrage semblait battre la chamade. Elle était restée silencieuse pendant plusieurs mois. Une petite pluie d'hiver tombait à présent sur la campagne. Le sol était humide. Mais le frère Jérôme-Marie ne portait pas de bottes. Il avait de simples sandales ouvertes en cuir noir. À quelques mètres de nous, un jeune convers tirait avec peine une grosse charrette remplie à ras bord de branches de sapin coupées. On entendait les corbeaux qui croassaient sur les bords de la rivière. Le frère Jérôme-Marie se réjouissait de cette coupe récente : « Pour le potager, c'était une catastrophe. Ils faisaient de l'ombre, rendaient la terre acide, et leurs petites aiguilles volaient dans les légumes. Les frères qui préparaient les salades au légumier devaient même prendre garde à ne pas se piquer. »

Le jardinier me parla avec fierté d'une parcelle de terre que l'abbaye venait d'acquérir. Elle avait été laissée en jachère pendant trois décennies. Les moines l'ont défrichée mètre après mètre. Cela prit deux longues années, car des ronciers montaient à six mètres de haut. Les religieux ont broyé des quantités incroyables de mauvaises plantes. Ceint d'un côté par une petite murette en pierre sèche et par le lit de la Creuse de l'autre, sa terre serait riche et fertile.

Non loin, ils avaient également planté un bel alignement de noyers dont les récoltes viendraient agrémenter le fromage ou les pâtisseries. Les novices les ramasseraient en octobre : « Les noix sont particulièrement appréciées pendant le carême. Elles sont la petite douceur des jours de jeûne. »

En 2019, les moines ont récolté cinq tonnes de pommes de terre. Avant la reprise du monastère de Wisques, dans le nord de la France, où sont partis quatorze moines de Fontgombault, la récolte montait même jusqu'à douze tonnes !

L'année prochaine, sur d'anciennes parcelles de pommes de terre, le frère a prévu d'installer de jeunes génisses avec une vache nourrice. Elles fertiliseront la terre. Il s'est entendu avec le frère fermier : « On n'y placera pas de taurillons. Ils seraient capables de sauter dans les légumes et de tout piétiner. » Ah, les malpolis !

Heureusement, il y a des chiens de garde, deux bergers allemands qui aiment manifester avec force leur présence. Les niches sont proches des serres.

Le frère prend soin de chaque chose en son jardin. Les moines bénédictins cloîtrés ont besoin de vivre dans des lieux simples et beaux : les potagers tentent modestement de répondre à cette exigence de perfection.

XXI

Doyenné du comice, gala ou reinette clochard ?

Le frère Paul est buandier, cuisinier, boucher, apiculteur et arboriculteur. Avant d'entrer au monastère, il était instituteur. On en perd son latin ! Peut-être que lui aussi, d'ailleurs…

Entré à Fontgombault en 1983, il commença à travailler au verger en 1989. En arrivant à l'abbaye, le jeune moine ignorait même ce qu'est la taille d'un arbre fruitier. Il a tout appris dans le sud de la France où il rejoignit un temps la nouvelle communauté de Gaussan, fondation de Fontgombault. Là-bas, il se vit confier la tâche de créer seul un verger complet.

En 1991, l'hiver berrichon fut terrible. Tous les arbres de l'abbaye gelèrent. Les moines décidèrent d'acheter leurs fruits dans un verger du Limousin : « Je me suis rendu compte que les arbres n'étaient pas taillés comme au monastère. J'ai compris alors l'ampleur des progrès que nous devions faire. Ces fermiers de la Haute-Vienne m'ont tout enseigné, sans rien me demander en échange. Mais, trente ans plus tard, je prie toujours pour eux. »

Derrière l'abbatiale, le verger de Fontgombault est séparé par une longue allée qui monte à la belle statue de Notre-Dame de Lourdes. Du côté du portail nord, on trouve les arbres à pépins, avec les pommiers et les poiriers. De l'autre, dans « la Folie », du nom de la petite maison qui sert de miellerie, les arbres à noyaux, avec les pruniers, les mirabelliers, les abricotiers, les pêchers et les cerisiers.

Prune valérie, quetsche stanley, reine-claude, prune d'Oullins, reine-claude dorée, prune d'ente, pomme golden, pomme fuji, originaire du Japon, pomme belchard, issue d'un croisement entre golden et reinette clochard, pomme gala, pomme sainte-germaine, une variété du Limousin, pomme pinova, la préférée du frère Paul, croquante et sucrée, pomme melrose, pomme goldrush, une création toute récente, pomme jonagored, pomme delbard, festival et cybèle, poire conférence, poire williams, poire doyenné du comice, née à Angers au XIXe siècle, poire delbard : je découvrais encore un merveilleux inventaire à la Prévert, et l'image exacte du paradis fruitier des moines !

Le matin de ma visite au verger, des novices peinaient dans les allées et désherbaient avec courage. Le frère Paul souhaitait semer du trèfle rampant pour fixer l'azote présent dans l'air et le restituer aux arbres. Sans compter que les abeilles aiment beaucoup ses fleurs.

Cette année-là, les moines avaient fait sept cents kilos de conserves de mirabelles : « Il faut toujours tenir des conserves pour deux ans. Nous ne sommes jamais à l'abri d'une saison de grand gel qui pourrait frapper les fruits. » La récolte des pommes commence à la fin du mois d'août avec la cybèle et dure jusqu'à la fin du mois d'octobre. La communauté en ramasse quinze tonnes. L'estimation comptable du frère Paul est plus précise que le livre de comptes d'un apothicaire auvergnat : « Un moine mange tous les ans cent kilos de pommes, tant en compotes qu'en tartes et fruits de table. » L'approximation n'a pas sa place dans le verger de Fontgombault. Une petite part de la production est vendue à la boutique du monastère : « Les gens sont contents de déguster nos fruits. Nous faisons de bons prix. »

Le frère Paul place des pieds de lavande près de chaque rangée d'arbres. Ils permettent de repousser les pucerons. Ces jolis bouquets mauves ont l'odeur de son ancienne abbaye occitane.

Les souvenirs étaient légion. Le convers n'a pas oublié qu'il avait planté des cerisiers en 1985 avec le père Damien Thévenin. Il me parla aussi de la vigne. Sur les treilles qui courent le long des murs de la clôture, on trouve du raisin de table. En 2019, les moines en ont récolté trois cents kilos. Ils commencent à les cueillir début septembre, pour l'usage du réfectoire. Les premiers raisins sont bénis à la messe conventuelle. Certaines treilles sont réservées à la vendange du vin de messe. Au XIXe, les trappistes avaient déjà planté un pinot noir. Le frère Paul se remémorait les anciens pieds de vigne noueux d'un cépage qui ne donnait plus guère.

Chaque rang d'arbres dispose pour son arrosage d'un ingénieux système de goutte-à-goutte. En 2016, l'abbaye s'est dotée d'un système antigel. Quand le frère Paul sait que la température descend dangereusement, il se lève en pleine nuit pour ouvrir les vannes de grandes cannes qui viennent déposer une eau froide sur les fleurs des arbres : « L'eau vient geler la fleur à zéro degré afin qu'elle ne soit pas abîmée, et que la température ne puisse plus descendre en dessous. » Dans une région où il gèle souvent, ces techniques de pointe ont déjà permis aux moines de sauver deux récoltes.

Depuis les hauteurs du verger, la vue sur l'abbatiale est magnifique. Nous continuions notre tour. Ici, le frère Paul me précisa avoir l'intention de replanter des pieds de rhubarbe : « Autrefois, nous en récoltions quatre cents kilos par an. On pouvait faire des tartes exceptionnelles. »

Au détour d'un rang d'abricotiers, le frère me fit part d'une anecdote monastique particulièrement goûteuse : « Un jour, le frère Jean-François avait préparé des tartes à la rhubarbe. Il cherchait toujours à faire des économies d'électricité, et sa cuisine était mal éclairée. Dans l'obscurité, il a pris le sel fin pour le sucre et en a saupoudré les tartes. Dans le réfectoire, tous les moines s'étaient servis généreusement. Dès les premières bouchées, nous avons compris… »

Au pied de chaque rang d'arbres, le frère Paul place des tanaisies pour repousser les insectes ravageurs : « Cette plante vivace, vigoureuse, forte, de couleur jaune intense, est répulsive contre les insectes – pucerons, fourmis, tenthrèdes, moustiques et puces. La tanaisie possède des propriétés mellifères nourrissant les pollinisateurs – guêpes, coccinelles, chrysopes et syrphes. Elle dégage une odeur camphrée lorsque l'on frotte ses feuilles. Dès le Moyen Âge, elle était cultivée dans les monastères pour son odeur efficace contre les parasites et pour protéger les viandes des mouches. En revanche, il ne faut pas jeter la tanaisie au compost, car elle inhibe sa fermentation. » J'étais émerveillé par la science arboricole parfaite du moine.

Au printemps, le verger de Fontgombault est un enchantement. Les arbres oscillent entre rose pâle, blanc poudré et jaune thé. Le frère Paul a une prédilection pour la couleur fuchsia étincelante des pruniers. Chaque fleur a un parfum différent : « Le prunier, c'est la délicatesse du bon Dieu. Le poirier sent mauvais. Le pommier, en revanche, rappelle les anciennes fragrances de Chanel, poudrées et délicates. » Il était donc établi qu'un moine du Berry peut se souvenir des créations de la rue Cambon. En mai, les moines viennent processionner pour les rogations, trois jours durant, avant la fête de l'Ascension : « Ce sont les seuls jours de l'année où les dames peuvent admirer le verger. »

Le convers aime travailler dehors par tous les temps. Il pense que ses origines paysannes angevines ont une influence sur son amour de la nature : « Les anciens paysans étaient de vrais contemplatifs. »

Nous passâmes devant la statue de Notre-Dame de Lourdes, abritée dans une niche. Le père de Saint-Chamas avait délicatement aménagé ce petit sanctuaire. Le frère Paul me dit aimer se recueillir pour les malades qu'on lui recommande : « Notre père abbé Antoine vient chaque jour prier en ce lieu. Je le vois souvent vers midi vingt-cinq, car il est d'une ponctualité parfaite, avant l'office de sexte. Il monte le chemin, aidé de sa canne. Il est vraiment courageux. Avant que la communauté essaime à Gaussan, nous étions quatre-vingt-dix moines. Nous pouvions venir le voir à toute heure de la journée. Il était toujours disponible. » À cet instant, je sentis dans sa voix une belle émotion, une gratitude immense, tant de beaux souvenirs…

Alors que nous nous dirigions vers le rucher, le moine s'arrêta devant de vieux néfliers : « On dit que c'est la poire du pauvre. Les moines l'aiment en confiture avec un gibier. Vous voulez y goûter ? » Effectivement, le fruit inconnu me parut granuleux, sucré, un peu alcoolisé.

« *Ave stillans melle alvearium*[1] » : la sentence cistercienne était inscrite au pignon d'une petite maison antédiluvienne, au fond du jardin de Fontgombault. Je songeai à la phrase de l'Évangile : « Le Royaume des Cieux est semblable à un trésor caché dans un champ : l'homme qui l'a trouvé le recache et, dans sa joie, va vendre tout ce qu'il a et achète ce champ » (Mt 13, 44).

Le frère Paul a commencé à s'occuper des ruches en 1995. « Au début, elles me faisaient peur », m'avoua-t-il.

L'abbaye compte quatre grandes ruches avec douze cadres Dadant et sept petites. Toutes sont peuplées.

1. « Salut, ô ruche ruisselante de miel. » Un jour, au cours d'une promenade, le prieur me fit cette remarque : « La ruche, c'est Notre-Dame ; le miel, c'est Notre-Seigneur, et la grâce. »

L'abbaye peut produire jusqu'à cinq cents kilos de miel par an : « Les belles années, nous avons du miel de colza, d'érable, d'acacia, de tournesol, et toute fleur. Je change mes reines tous les deux ans. Leurs dates de naissance sont répertoriées dans mon carnet. Autrefois, les reines vivaient sans peine pendant cinq ans. Avec les pesticides, aujourd'hui, elles sont plus fragiles. Dans l'apiculture, il existe un principe simple : ce ne sont pas les hommes qui dominent les abeilles. Les reines ou les ouvrières font exactement ce qu'elles veulent. Avec elles, j'admire chaque jour un peu plus la création de Dieu. J'aimerais bien que vous puissiez écrire que de nombreux apiculteurs se sont convertis en observant ces organisations fabuleuses… »

Le frère Paul fabrique le miel dans l'antique miellerie des trappistes. Il me montra la machine à filtrer mélangeant l'élixir qui tombe des cadres. L'année 2019 fut décevante. L'abbaye récolta quarante kilos de miel de tilleul argenté et cent quarante kilos de miel de tournesol. La consommation des moines était assurée pour deux ans, il n'y avait pas d'inquiétude. Mais le frère Paul se souvenait que, six ans plus tôt, la production atteignait des sommets : cinq cents kilos ! Cette année-là, sa joie fut parfaite.

Les pots bien rangés s'alignaient par dizaines sur les étagères. Au sol, de jolis seaux en grès, à moitié remplis : « L'an prochain, si les abeilles peuvent faire du miel de colza, je le mélangerai avec le tournesol. Le goût sera meilleur. » Décidément, notre moine était aussi prévoyant et organisé que ses petites fiancées.

Près de son « ermitage », le frère Paul fait fondre la cire d'abeille qu'il mélange avec une essence de térébenthine naturelle pour fabriquer l'encaustique de moines. La recette du convers a été éprouvée : il mélange trois cents grammes de cire avec quatre litres sept cents d'essence. Les meubles, les parquets et les stalles du monastère seront forcément brillants : « Notre encaustique n'est pas entêtante. » Avec le frère Paul, le temps s'arrête, la modernité s'écroule, les bonnes odeurs remontent…

Il choie ses abeilles : l'été, les ouvrières ne vivent que quarante jours. Elles meurent d'épuisement tant elles travaillent ; heureusement, l'hiver, l'espérance de vie monte jusqu'à six mois. En juillet, quand il fait trop chaud, il vient ventiler l'entrée des ruches avec un brumisateur. Le bel amour n'a pas de limite !

Le frère Paul est aussi boucher de l'abbaye. On l'imagine mal saigner les cochons. Et pourtant la chose arrive cinq fois par an.

Sur les vieilles photos sépia du verger que le frère Paul tint à me montrer avant de nous séparer, tout était calme, serein, doux. J'y devinais les gentilles abeilles du frère Paul et crus reconnaître de jolies pinovas, les pommes préférées du frère, si croquantes et sucrées…

XXII

Le cher marmiton devenu célèbre

Aux côtés du frère Paul, du frère Jean-François et du frère Marie-Joseph, le frère Hervé-Marie officie chaque jour, une semaine sur deux, dans la vaste cuisine du monastère. Le religieux marmiton est né en 1964. Natif des quartiers populaires de l'Est parisien, il est entré vingt-deux ans plus tard dans une communauté religieuse, avant de rejoindre Fontgombault en 1992.

Depuis son passage dans une émission de télévision consacrée à la cuisine monastique, frère Hervé-Marie se désolait un peu d'être devenu une personnalité. Devant la caméra, il livra les secrets de la recette de la charlotte Martin, un dessert apprécié des moines. Depuis, il recevait des lettres de France, du Canada ou de Finlande. Une histoire charmante circule dans le monastère : un jour, un moine voyant ses voisins de table se régaler d'un gâteau fit remarquer qu'il ne fallait pas confondre les Pères du désert et les pères du dessert… Pas de doute, il s'agit bien d'une douce plaisanterie monastique !

Dans sa jeunesse, le frère n'avait jamais pensé embrasser la vie religieuse. Devenu opticien en banlieue parisienne, il avait le projet de se marier et de fonder une famille heureuse. Son chemin était tracé.

Mais celui qui s'occupait le plus sérieusement du monde des lunettes de ses clients avait en lui une tristesse. Le jour de juin où je le rencontrai dans son royaume, les cuisines du monastère, il voulut bien me parler de cette époque lointaine. Il ne comprenait toujours pas les raisons de son malaise passé : « La grâce de Dieu est un mystère. Dieu avait semé une amertume sur toutes mes joies. Je ne me souviens même pas du moment où j'ai su que je voulais Le suivre. J'ai rompu mes fiançailles et je ne comprenais pas pourquoi. »

Il a voulu devenir convers pour trouver Dieu dans son travail. Dans son idée, les bénédictins travaillaient la terre comme tous les bons fermiers de France. Il rit aujourd'hui de ce romantisme monastique qui ressemblait fort aux rêves des petits gars de Paris idéalisant la campagne.

Quelques jours après son arrivée, le père abbé lui annonça qu'il irait rejoindre les cuisines. La déconvenue fut grande : « À la maison, nous étions quatre garçons. Maman faisait plein de bons petits plats. Jamais nous ne participions. Je n'y connaissais rien. »

À Fontgombault, les fourneaux sont le nerf de la guerre. Il faut nourrir soixante moines et les retraitants. Il sort en moyenne cent cinquante repas par jour de la cuisine.

Les menus monastiques changent avec les saisons. L'été, un hôte a quelque chance de déguster de petites merveilles : la soupe à l'oseille, la soupe au lait froide et son sirop de menthe de l'abbaye, la soupe au vin de la vigne, l'omelette aux aubergines, les œufs castillans, brouillés avec tomates et poivrons, la tarte aux oignons, les tomates et les courgettes farcies à la viande de bœuf monastique, la viande de bœuf froide accompagnée de mayonnaise maison, agrémentée de ciboulette ou de persil, les tomates à la provençale, la ratatouille cuisinée avec les courgettes, les aubergines, les oignons, les poivrons, les tomates, le romarin et l'estragon du jardin, la fameuse charlotte Martin, les pommes cuites au four servies avec de la gelée de coing, les tartes aux pommes, aux poires, à la rhubarbe sont comme les strophes merveilleuses d'un poème gustatif sans fin.

Sur le chemin des saveurs du jardin, l'apprentissage fut rude. Pour lui, les courgettes et les citrouilles avaient la même couleur, et il fit brûler ses carottes maintes fois avant d'apprendre à les faire revenir correctement.

Dans le monde, il ne savait faire qu'une chose : les omelettes. Quand le frère Hervé-Marie expliqua au père maître qu'il avait les connaissances culinaires d'un adolescent amoureux de ses livres, il lui rétorqua : « C'est exactement ce qu'il nous faut. » Le jeune moine eut l'impression de partir nager dans un océan glacé un jour de grand vent.

En sus des heures passées aux fourneaux, il lui arrivait d'effectuer des travaux dans le jardin. Puis, après quelques années, il fut nommé à la cordonnerie et à la buanderie.

Cuisinier-cordonnier-buandier : voilà l'extraordinaire titre du frère Hervé-Marie.

En 2012, après la reprise de l'abbaye de Wisques, dom Pateau a encore chargé la barque. Il lui demanda de venir passer quelques après-midi à la comptabilité. Or le religieux, entré à Fontgombault en 1992, ne connaissait pas la nouvelle monnaie, l'euro. Il découvrit les nouvelles pièces et les jolis billets comme un enfant qui apprend à jouer au Monopoly !

Dans une abbaye, les obédiences ressemblent aux strates géologiques de terres compliquées. Elles s'empilent étrangement les unes sur les autres. Aujourd'hui, entre tous ses métiers, le moine porte un intérêt particulier à son travail à la cordonnerie. Il emploie le cuir des vaches de la ferme : les chaussures monastiques ont longtemps brouté l'herbe des champs alentour.

Quand le frère fermier sait qu'une vache va partir à l'abattoir, il demande au frère cordonnier s'il a besoin de cuir. Avec son humour enfantin, un peu cabot, le frère Hervé-Marie m'avoua avoir « une connaissance non négligeable sur la manière la plus sophistiquée de travailler les peaux de vaches ». À Fontgombault, chose rare, les semelles sont aussi en cuir ; et les coutures sont faites à la main. Récemment, un chef d'atelier reconnu du secteur a cherché à connaître les piqueuses qui savaient faire des points aussi précis. Quand il a découvert le savoir-faire du moine, il fut ébloui. Le grand patron voulut même embaucher le frère Hervé-Marie : « Il m'a dit : “Vous êtes l'un des derniers en France à savoir travailler le cuir de cette manière. À l'exception de quelques maîtres bottiers pour les chaussures de grand luxe, je ne vois personne…" » La révolution industrielle n'a pas eu raison du beau travail des bénédictins berrichons.

Quand il quitte son atelier, où flotte une odeur entêtante de cuir naturel, le frère Hervé-Marie revient se pencher sur les recettes du monastère. Elles sont soigneusement consignées dans un grand cahier noir. Le frère Hervé-Marie a beaucoup appris auprès du bon frère Clément, qui passa près d'un demi-siècle dans les cuisines de Fontgombault. Les plats monastiques sont simples mais toujours savoureux. La communauté a d'autant plus besoin de bien se sustenter que les journées sont longues et fatigantes.

Les frères des fourneaux s'efforcent de varier les recettes pour faire plaisir aux moines. En été, les soirs de promenade, les soupes au lait froides agrémentées de la menthe du jardin sont appréciées. L'automne, les pommes cuites avec leur gelée de coing sont plus adaptées. Et l'hiver, la robustesse des croustades enchante les moines.

Le frère Hervé-Marie n'a aucun doute : le travail qu'il accomplit est au service de sa vie de prière. Il regrette que la vocation des frères n'attire pas davantage de jeunes hommes : « Mais Dieu est assez fort pour continuer à attirer des vocations nouvelles. » Récemment, d'ailleurs, plusieurs garçons ont frappé à la porte de Fontgombault.

Notre convers avait un oncle militaire. Celui-ci venait lui rendre visite tous les ans. L'homme constatait que son neveu n'avait pas de promotion. Un soir d'été, il ne put s'empêcher de lui dire : « Tu ne comptes pas rester cordonnier toute ta vie ! » La réponse du moine fut sans appel : « Et pourquoi pas ? »

Autrefois, les noms des frères convers passaient souvent dans l'oubli. Ils sarclaient les pommes de terre, cueillaient les fruits, récuraient les sols, et personne ne se souvenait d'eux. Les mémoires sont désormais moins injustes. Elles retiennent toutefois plus facilement les visages des moines intellectuels et des pères abbés.

Au moment de nous quitter, le frère Hervé-Marie me dit dans un grand sourire : « Dans un monastère, on ne voit plus personne. Notre proximité devient mystérieuse. Je ne me suis jamais senti aussi proche du monde que depuis ce jour où je l'ai quitté. Je prie pour des hommes, des femmes, des enfants que je n'ai jamais vus. Je connais ou je devine leurs souffrances, leurs blessures : nous devons être des intercesseurs. Il y a longtemps, en visite au Mont-Saint-Michel avec le père abbé Antoine, j'ai rencontré un petit garçon. Il était avec sa maman. Il me demanda qui nous étions avec notre habit noir. Je lui ai expliqué notre vie, et je lui ai dit quelques mots sur Dieu. En partant, je lui ai demandé son prénom. Il s'appelait Marin. Tous les jours, je prie pour Marin. Il ne le sait pas. On ne se reverra jamais ici-bas. Mais nous nous retrouverons au Ciel. »

XXIII

Le fumet des bonnes viandes d'antan

Après l'office de sexte, les moines sortent de l'église en procession. Ils traversent le cloître pour rejoindre le réfectoire. Les deux pères abbés ouvrent la marche silencieuse et solennelle. Ils sont reconnaissables à leurs croix pectorales.

La salle du réfectoire date du XVe siècle. Les arcs brisés caractéristiques de l'architecture gothique et les vitraux laissent entrer une lumière blanche qui donne une douce majesté à cette pièce où les moines se retrouvent pour les repas. L'hiver, l'atmosphère est plus austère.

Les tables en chêne massif, les petits tabourets, les plats et les cruches en terre cuite, les grandes serviettes blanches anciennes sont d'une dignité toute religieuse. À l'extrémité de la salle, au-dessus de l'estrade de la table du père abbé, un immense crucifix de style byzantin complète ce décor solennel et sans apparat.

En vis-à-vis, les deux rangées de tables le long des murs sont réservées aux moines de chœur. La place du prieur et celle du sous-prieur, non loin de la table de l'abbé, ouvrent l'alignement. Puis les moines sont placés par ordre d'entrée au monastère. Au milieu, devant l'abbé, qui peut facilement scruter son monde, la table des hôtes, et celles des frères convers.

Ce vendredi d'août 2019, nous étions nombreux à avoir pris place aux tables du réfectoire. Pourtant, nous aurions pu être en 1965, en 1980, ou en 1995. Rien n'avait changé. D'année en année, de saison en saison, l'usage qui préside aux repas de l'abbaye est immuable : les convives attendent devant l'entrée peu avenante de la clôture, le père hôtelier en ouvre les deux battants et conduit le groupe, qui n'excède pas seize personnes, vers l'aile du cloître jouxtant le réfectoire. Le père abbé se tient près de la porte. Après avoir salué les nouveaux venus, il leur lave symboliquement les mains. Le novice présente un bassin en cuivre et l'abbé verse l'eau d'une aiguière sur les mains du retraitant. Un linge blanc brodé permet ensuite de s'essuyer.

Ce jour-là, comme de coutume, nous entrâmes sans dire un mot. Chacun regardait discrètement son voisin, craignant de commettre un impair ou de mal respecter le protocole. Les moines, impassibles et hiératiques, attendaient debout devant leurs tables. Des pères patientaient près des portes des cuisines revêtus de grands tabliers blancs. Leurs regards furtifs et circulaires trahissaient parfois une petite curiosité.

Chaque repas obéissait au même cérémonial. Tous les midis, du haut de sa chaire installée dans l'épaisseur du mur, un père lisait un passage des Saintes Écritures, une page du martyrologe et un extrait d'un livre profane. Lors des dîners, un autre père lisait une péricope de la règle de saint Benoît, puis un extrait d'un livre profane. En ce début du mois d'août, les moines écoutèrent les réflexions de François-Xavier Bellamy tirées de *Demeure*, puis celles du cardinal Robert Sarah dans *Le soir approche et déjà le jour baisse*[1].

Le père abbé ouvrait chaque déjeuner par la célèbre injonction « *Benedicite !* », « Bénissez ! », à laquelle les moines répondaient également « *Benedicite !* ». Puis dom Pateau poursuivait en disant : « *Oculi omnium* », et la communauté continuait : « *In te sperant, Domine, et tu das escam illorum in tempore opportuno : aperis tu manum tuam, et imples omne animal benedictione. Gloria Patri et Filio et Spiritui Sancto* », « Les yeux de toutes les créatures espèrent en vous, Seigneur, et vous leur donnez leur nourriture en temps opportun. Vous ouvrez votre main, et vous comblez de vos dons tout être vivant. Gloire au Père et au Fils et au Saint-Esprit. »

Le soir, il commençait le repas par cette prière : « *Edent pauperes* », et les frères chantaient : « *Et saturabuntur, et laudabunt Dominum qui requirunt eum : vivent corda eorum in saeculum saeculi. Gloria Patri et Filio et Spiritui Sancto* », « Les pauvres mangeront et ils seront rassasiés, et ceux qui cherchent le Seigneur chanteront Ses louanges ; leur âme vivra dans les siècles des siècles. Gloire au Père et au Fils et au Saint-Esprit. »

1. François-Xavier Bellamy, *Demeure*, Paris, Grasset, 2018 ; Cardinal Robert Sarah, avec Nicolas Diat, *Le soir approche et déjà le jour baisse*, Paris, Fayard, 2019.

Parfois, la lecture de la règle pouvait faire sourire les hôtes, mais le propos était pris au sérieux par les religieux. Ainsi lors de ce dîner, où le moine en service avait lu le chapitre cinquante-cinq intitulé « Les vêtements et les chaussures des frères » : « On donnera aux frères des vêtements en rapport avec les conditions et la température des lieux qu'ils habitent, puisqu'il leur en faut davantage dans les régions froides et moins dans les pays chauds. L'abbé doit prendre ceci en considération. Nous estimons toutefois que, dans les endroits tempérés, une coule et une tunique suffisent pour chaque moine, avec un scapulaire pour le travail. La coule sera velue en hiver, légère ou usagée en été. On donnera aussi, pour couvrir les pieds, des sandales et des souliers. Les moines ne se mettront en peine ni de la couleur ni de la grossièreté de ces divers objets, mais se contenteront de ce qu'on pourra trouver dans le pays qu'ils habitent, ou se procurer à vil prix. Quant à la mesure des habits, l'abbé veillera à ce qu'ils ne soient pas trop courts mais à la taille de chacun. Quand on en recevra de neufs, on rendra toujours en même temps les vieux qui seront déposés au vestiaire pour les pauvres. Il suffit, en effet, à un moine d'avoir deux tuniques et deux coules, pour en changer la nuit et pour les faire laver. Tout ce qui serait en plus est superflu et doit être retranché. Les frères rendront également les chaussures et tout ce qui est usé, lorsqu'ils recevront du neuf. On donnera du vestiaire des caleçons à ceux qui doivent aller en voyage ; ils les restitueront à leur retour, après les avoir lavés. Les coules et les tuniques seront un peu meilleures que celles qu'ils portent d'habitude.

Avant de se mettre en route, ils les recevront du vestiaire et les restitueront au retour. Comme garniture des lits, il suffira d'une paillasse, d'un drap, d'une couverture et d'un oreiller. L'abbé fera souvent la visite de ces lits, de crainte qu'il ne s'y trouve un objet qu'on se serait approprié. Et celui chez qui l'on découvrirait quelque chose qu'il n'ait reçu de l'abbé subira une très rigoureuse correction. Et pour que ce vice de la propriété soit coupé jusqu'à la racine, l'abbé donnera tout ce qui est nécessaire, à savoir : une coule, une tunique, des sandales, des souliers, une ceinture, un couteau, un stylet, une aiguille, un mouchoir, des tablettes – afin d'ôter toute excuse tirée de la nécessité. Cependant, l'abbé doit toujours prendre en considération cette sentence des Actes des Apôtres : "On donnait à chacun selon ses besoins." L'abbé aura donc égard aux besoins des faibles et non à la mauvaise volonté des envieux. Il se souviendra, en toutes ses décisions, que Dieu lui en tiendra compte. » Au réfectoire aussi, chaque moine déjeune ou dîne « chacun selon ses besoins ». Ni plus, ni moins.

Quelques jours plus tard, le mercredi 7 août, le déjeuner commença par une soupe de restes, suivie de pommes de terre accompagnées de blettes, pour finir par des galettes sucrées servies avec de la confiture. Le soir, une nouvelle soupe de restes, des œufs à la coque, de la ratatouille et des pommes du verger.

Le dimanche, comme les jours de fête, la table devenait plus copieuse. Pour le déjeuner du dimanche 11 août, nous eûmes une soupe de carottes, un pâté de campagne maison, du bœuf braisé de la ferme, des tomates du jardin, des fruits confits, servis avec des poires et des mirabelles au sirop, et des sablés fraîchement préparés. Pour le dîner, une soupe grasse, des haricots verts et une bouillie de semoule aux raisins secs accompagnée du miel succulent du frère Paul. La ferme, les jardins et les vergers du monastère fournissaient en abondance ce que le monde appellerait gentiment une nourriture « bio ».

Le repas se prenait toujours en silence. Le ballet des moines en service, qui allaient et venaient avec les plats, créait toutefois un léger brouhaha. À leurs tables, les religieux se muaient en gentils automates. Ils se servaient pareillement dans de grands plats de cantine, soulevaient pareillement leurs gobelets, dégustaient pareillement les mets et pliaient pareillement leur serviette. Sur son estrade, dom Pateau trônait avec le sourire franc ou le regard réprobateur des bons pères de famille. Près de lui, dom Forgeot ne laissait transparaître aucune émotion.

La vie au réfectoire est rythmée par le calendrier liturgique. Saint Benoît prescrit à ses moines de suivre un carême monastique du 14 septembre jusqu'à Pâques.

La pratique du jeûne remonte aux débuts du christianisme ; il était déjà observé chez les juifs. Les anciens moines jeûnaient car ils trouvaient ainsi un moyen de se libérer des passions et de favoriser la vie spirituelle. Les premiers chrétiens jeûnaient les mercredis et vendredis, et, deux jours avant Pâques, le jeûne était absolu. Les jours de préparation à Pâques augmentèrent progressivement au fil des siècles, pour atteindre le nombre de quarante jours entre la fin du IVe siècle et le début du VIe siècle.

À Fontgombault, les moines prennent trois repas les jours non jeûnés. L'abstinence n'est plus perpétuelle. Pendant le carême monastique, les moines jeûnent tous les vendredis. Pendant l'Avent, ils jeûnent les mercredis et les vendredis. Pendant le carême, ils jeûnent tous les jours sauf le dimanche.

Le 10 août, deux moines eurent l'honneur d'un beau bouquet de fleurs du jardin, posé à leur place. Ils s'appelaient Laurent. Pour chaque fête patronale, les moines sont ainsi honorés.

À la fin du déjeuner, nous écoutâmes le nécrologe de l'abbaye. La veille de la date anniversaire de leur mort, le lecteur lit une courte biographie des anciens moines défunts de l'abbaye rédigée en latin. Derrière les tables, les moines, concentrés, priaient. Des souvenirs, des images, des parfums revenaient. Le plus souvent, aussi, une certaine joie.

Après les dernières louanges, le portier, le sacristain et l'hôtelier, impassibles, quittèrent le réfectoire, suivis par les retraitants, tandis que les moines disparaissaient dans la cuisine. Une cohorte s'activait devant les grands éviers pour le service de la vaisselle. Une demi-heure plus tard, ils marcheraient dans la campagne. Un premier groupe ferait halte dans un herbage ensoleillé au milieu des vignes. D'autres moines s'assiéraient dans les herbes folles des chemins creux pour de bons fous rires. Certains pères avaient le teint hâlé, quelques convers étaient plus pâles. Il n'y avait pas de règle, pour une fois...

Bientôt, il faudrait rentrer pour none, l'office de la neuvième heure du jour.

XXIV

« Satisfaction » !

Ce beau jour d'automne, lors du déjeuner, les moines étaient venus en procession s'agenouiller devant la table du père abbé. La scène était drôle, fascinante, curieuse. Le défilé semblait ne plus s'arrêter. Un père ou un frère s'approchait, fléchissait le genou, courbait l'échine, restait un moment, repartait... Nous dégustions une bonne soupe de légumes, les poissons arrivaient, et les religieux poursuivaient leur étrange ballet.

Le matin même, le chapitre des coulpes s'était tenu autour du père abbé. Après prime, chaque vendredi, les moines déclarent devant la communauté leurs manquements à l'observance et à la pauvreté afin de demander publiquement pardon à leurs frères. Dom Pateau décide alors de la peine adéquate. Le plus souvent : satisfaction au réfectoire, ou récitation d'une prière.

« Faire satisfaction » est une expression tirée du latin chrétien *satisfacere*, « faire assez », qu'on rencontre déjà chez le théologien du IIIe siècle Tertullien, et utilisée pour parler de la pénitence des hommes envers Dieu. *Satisfacere* et *satisfactio* sont des termes que l'on retrouve dans la langue du droit. Dans l'Église, ils ont pris un sens théologique précis : *satisfacere*, c'est en effet « faire pénitence, réparer, expier ».

La satisfaction est une œuvre volontaire. *Satis facere*, c'est faire assez pour compenser le dommage causé. La peine devient satisfactoire lorsqu'elle est assumée volontairement par le coupable pour compenser la faute.

Dans la tradition monastique, le terme se rencontre déjà chez le moine Jean Cassien, mort vers 435, et l'idée est aussi ancienne que le monachisme : si un frère commet une faute matérielle, il doit réparer sa faute, le plus souvent en se prosternant à l'oratoire devant la communauté, jusqu'à ce que le supérieur lui fasse signe de se relever.

Saint Benoît reprend l'expression et l'usage. Dans le quarante-sixième chapitre de la règle, il écrit : « Lorsque quelqu'un, dans un travail à la cuisine, au cellier, dans un atelier, à la boulangerie, au jardin, dans l'exercice d'un métier, en quelque lieu que ce soit, fait une faute, brise ou perd quelque chose, ou commet un délit quelconque, s'il ne vient pas aussitôt de lui-même en donner satisfaction et s'en accuser devant l'abbé et la communauté, et qu'on vienne à le connaître par un autre, il subira une correction plus sévère. Mais s'il s'agit d'un péché secret de l'âme, il s'en ouvrira seulement à l'abbé ou aux anciens expérimentés dans la vie spirituelle, qui savent guérir leurs propres blessures et celles d'autrui sans les découvrir ni les divulguer. »

Le fondateur de l'Ordre distinguait parfaitement le for interne et le for externe, ce qui relève du domaine de la conscience et ce qui relève du domaine public. Les fautes dont les frères s'accusent publiquement au chapitre des coulpes sont uniquement de cette deuxième catégorie.

Pratiquement, on distingue en premier lieu les petites satisfactions, qui se font à sa place, spontanément ; le moine s'agenouille et se relève de lui-même. C'est le cas par exemple pour les fautes mineures de chant, erreurs de solfège, de rythme ou de texte. Pour les grandes satisfactions, le moine vient s'agenouiller devant le supérieur et attend son signal pour se relever. Elles se font lorsque le religieux arrive en retard à l'office ou au réfectoire, pour des fautes de chant plus considérables, par exemple une erreur d'intonation qui romprait la belle harmonie du chœur, ou en pénitence pour l'accusation au chapitre des coulpes.

Les satisfactions pour les coulpes ne concernent que les fautes contre la pauvreté : un moine casse ou détériore un objet, déchire un vêtement, un autre omet d'éteindre une lumière en quittant la pièce où il se trouve, gaspille l'eau, l'électricité, le gaz ou la nourriture, renverse un plat, dépense du chauffage en laissant les fenêtres ouvertes… Les bénédictins sont précurseurs : l'atteinte au bon usage et au respect de la nature, que les moines ne doivent jamais oublier, font partie des fautes dont ils s'accusent. À Fontgombault, l'écologie n'est pas une vaine plaisanterie. De même, les religieux s'accusent pour un achat inutile ou une contravention.

Un moine m'avait dit le plus sagement du monde : « Nous vivons dans une société qui perd le sens de la vraie justice. Aujourd'hui c'est "pas vu, pas pris ; pas pris, pas puni ; si pris pendu". Pour un bénédictin, et un chrétien, le véritable sens de la justice rejoint le sens des responsabilités. »

Les moines ne cherchent pas la souffrance. Le dolorisme, qui consiste à vouloir la souffrance pour elle-même, avec un certain esprit morbide, est une déviation. Dom Jean Pateau tint des propos éclairants à ce sujet : « On pense à tort que c'est la souffrance qui sauve, puisque ça fait mal et que nous sommes contrariés dans notre tendance jugée mauvaise. Mais le sens chrétien de la souffrance consiste à transfigurer la souffrance que nous n'avons pas voulue, mais que nous sommes obligés de supporter, par l'amour avec lequel on l'offre. La vraie perspective du salut est celle de l'amour. La souffrance devient le révélateur de cet amour, comme en chimie, ou en photographie. L'amour est don. Au lieu de subir ou de se révolter, si nous offrons la souffrance, nous ouvrons notre cœur à l'amour. »

Dans un monastère, toute faute, même involontaire, perturbe un certain ordre. Un frère qui arrive en retard à l'office, même si « ce n'est pas sa faute », altère un ordre objectif. En se mettant à genoux pour demander pardon pour son retard, il offre une compensation. Selon Dom prieur, « la satisfaction possède une dimension afflictive, qui regarde l'ordre de la justice et veut réparer la faute par la peine, et une dimension affective, qui est de l'ordre de l'amour ». Le frère répare l'ordre objectif de la justice par la satisfaction, et aussi l'ordre interpersonnel de l'amour quand cette satisfaction est offerte de bon cœur. Ce qui compte le plus, ce n'est pas la quantité de la peine, mais sa qualité intérieure, la manière dont elle est vécue tant pour le présent que comme stimulant pour l'avenir par le désir de mieux faire. Dans les fautes contre l'observance, on se situe en apparence sur un plan tout objectif, mais il revient à chacun d'affiner sa délicatesse envers Dieu et la communauté en faisant de ces satisfactions des actes de charité. Ainsi, la justice est sauve et en même temps transcendée par l'ordre de la charité. L'aspect spontané de la satisfaction est souligné par le fait qu'au chapitre des coulpes l'accusation vient de soi, et non des autres.

Le moine veut être responsable. Il doit répondre de ses actes et prendre ses responsabilités s'il a causé un dommage. Le père abbé ajoutait : « Cela implique de reconnaître un ordre de valeurs objectives qui nous dépasse et nous mesure. Le relativisme conduit à l'arbitraire et à l'absolutisme. Une chose, une valeur n'est relative que si elle est en relation avec autre chose. Il faut bien arriver à un absolu car, comme le dit saint Thomas d'Aquin, “on ne peut remonter à l'infini” dans la chaîne des relations. Si tout est relatif, tout devient absolu, d'une manière arbitraire. Souvent, la conduite d'une communauté devient difficile quand un moine rend absolu quelque chose qui ne l'est pas. Parler de responsabilité, d'autonomie et de liberté ne doit pas entraîner une démission ou une mise en échec de l'autorité : un moine est responsable de son obéissance, et de la manière dont il participe de l'autorité du Supérieur par son obéissance. Allons plus loin : le bien commun n'est pas la somme des biens individuels ; il renvoie chacun à sa responsabilité envers la sauvegarde de l'intégrité du corps tout entier. Tous les membres de la communauté, chacun à son niveau, sont responsables du bien commun, qui est en définitive la vie dans la charité et l'union à Dieu, au-delà de tous ses aspects plus visibles. Obéir comme faire satisfaction pour une faute appartiennent à cette responsabilité de chacun envers le bien commun. »

Pourtant, les moines sont aussi susceptibles de s'habituer au chapitre des coulpes et de laisser passer l'occasion de se responsabiliser. Cela peut arriver à tout moment de la vie des frères. Le démon de la routine n'est jamais loin ; la tristesse de l'acédie non plus.

À Fontgombault, on rapporte nombre d'anecdotes sur les coulpes et les satisfactions. Il y a une vingtaine d'années, deux prêtres américains de passage ont interrogé le père Barais, sacristain, sur le chapitre des coulpes : « Est-ce vrai qu'au chapitre des coulpes le moine fautif s'agenouille au milieu de la salle, en silence, où il est entouré par trois ou quatre frères qui l'accusent vertement en le montrant du doigt ? » Ce à quoi le père Barais répondit avec son laconisme et son ton pince-sans-rire inimitable : « À Hollywood, peut-être ! »

De même, au cours d'un repas, les moines entendirent un fracas de casseroles épouvantable dans la cuisine. Ils virent alors un long défilé de plusieurs servants et cuisiniers venir faire satisfaction à tour de rôle, un sourire jusqu'aux oreilles !

Et comment ne pas rire en pensant à ce novice qui faisait tant de satisfactions à matines que le père maître lui intima de n'en faire qu'une par page de bréviaire. Peu à peu, il se mit à faire moins de fautes. Parfois, plusieurs hebdomadiers ou chantres se trompent simultanément dans l'intonation d'une pièce, poussant le père abbé à donner un coup de maillet, ou provoquant l'arrêt pur et simple du chant de l'ensemble du chœur. Dans ce cas, on peut avoir des petites satisfactions en cascade de cinq ou six frères.

L'histoire la plus tapageuse ne donna pourtant pas lieu immédiatement à une grande satisfaction : le petit orgue d'accompagnement, perché au-dessus du chœur, possède un cache en bois pour couvrir le clavier. Un organiste l'avait posé de façon hasardeuse en haut de l'escalier en colimaçon qui permet d'accéder à l'instrument. Au tout début de vêpres solennelles, en présence d'un évêque, le cache a glissé et a descendu l'escalier jusqu'en bas en frappant chaque marche avec grand fracas. L'organiste ne put faire satisfaction puisqu'il devait continuer à jouer. Mais cela arrive : quand il se trompe dans ses notes à la messe et que le chœur ne peut pas partir, il descend faire satisfaction à la première occasion.

Il arrive encore au chœur qu'un père laisse retomber sa stalle par mégarde. Le siège est monté sur charnière, ce qui fait grand bruit. Il y a alors grande satisfaction.

Au réfectoire, un frère qui laisse tomber sa timbale en inox en la sortant du casier sous la table fait satisfaction – et il n'est pas rare que le lecteur s'arrête net si le bruit est trop fort. Si toutefois on fait tomber un objet sans bruit, il n'y a pas de satisfaction.

Parfois, un servant fait tomber par mégarde un plat ou une cuillère de service, ou les couverts d'un hôte en assurant le service. Cela fait suffisamment de bruit pour déclencher une grande satisfaction.

Ce ne sont là que quelques-unes des anecdotes que l'on m'a rapportées. Le temps qui passe rend toute chose légère, et les moines transforment les satisfactions en plaisanteries de bon aloi. En promenade, les souvenirs sont prompts à resurgir…

La remise des coulpes, sorte d'amnistie générale que le père abbé offre plusieurs fois par an, au moment des grandes fêtes, est un temps important dans la vie du monastère. Tous les compteurs sont remis à zéro. Un geste de miséricorde qui prend tout son sens à Pâques.

Le bénédictin est loin de cette posture janséniste décrite par Georges Bernanos dans le *Journal d'un curé de campagne* : « Il me semble qu'à la première conscience qu'il aurait de lui-même, l'homme retomberait en poussière[1]. » Hélas, nous avons tendance à penser que les moines partagent ce pessimisme mélancolique, cette manière stérile de se couvrir de suie, de ruminer sans cesse notre humaine pauvreté. Nous commettons là une petite faute de jugement… Et dom Jean pourrait bien demander « satisfaction » !

1. Georges Bernanos, *Journal d'un curé de campagne*, *op. cit.*

XXV

Ne jamais se lasser de prier

Saint Antoine le Grand, le père du monachisme, se plaisait à dire que le moine devait aimer Dieu chaque jour comme si c'était le premier. À quatre-vingt-sept ans, dom Antoine Forgeot n'a cessé de mettre son conseil en pratique : il ne se lasse jamais de prier. Car « Dieu est inlassable, et Son mystère, insondable », répète-t-il.

Comment garder la joie et la grâce d'un amour pur ? Le jour de ma dernière rencontre avec dom Forgeot, ses mots me désarçonnèrent : « Nous ne cherchons rien. Il faut aller vers Dieu comme un enfant qui s'émerveille et mettre chaque chose à sa place. Tout est secondaire, sauf Dieu. » Alors, faut-il n'aimer que les choses du Ciel et mépriser les choses terrestres ?

Le bénédictin veut faire de sa prière une douce habitude. Elle structure sa journée, donne des repères et pacifie le cœur. Les Pères du désert expliquent que les moines tendent à la prière continuelle, dans une proximité de chaque instant avec Dieu. L'expression « prière continuelle » pourrait prêter à confusion : « Il ne s'agit pas de réciter des formules, insista dom Forgeot. Quand l'âme s'est élevée réellement vers Dieu, elle ne veut plus redescendre. »

Chaque moine a ses usages. La liberté dont il jouit est réelle. Mais le religieux doit savoir épouser les dévotions qu'il rencontre au monastère. Il s'agit davantage de découvrir et de suivre le chemin que Dieu lui réserve que de se tailler un programme à son image. « Quand on connaît Dieu, on s'aperçoit qu'Il est magnifique. On ne peut que L'aimer », dit l'ancien père abbé. L'espérance est à ce prix.

Dom Paul Delatte parle de « la sainteté blanche » des bénédictins. Pour lui, tout est équilibré naturellement par la règle. Dans son *Commentaire*, le maître de Solesmes écrit : « Telle ou telle âme aura l'outrance soit de la pauvreté, soit de la mortification, soit du zèle et d'une sorte d'emportement surnaturel. C'est ce que les hommes voient le mieux et ce qu'ils imitent le moins difficilement. À côté des saintetés prismatisées, il y a quelques saintetés blanches, où tous les tons sont fondus dans une simplicité et une égalité parfaite. Cela fait moins d'effet, on s'en aperçoit moins, et les inattentifs ne s'aperçoivent même de rien du tout[1]. » La sainteté blanche des fils de saint Benoît est silencieuse, discrète ; personne ne peut la voir sauf Dieu.

Que se passe-t-il si le moine ne parvient plus à prier ? La réponse de dom Forgeot me laissa sans voix : « Il

1. Dom Paul Delatte, *Commentaire sur la Règle de saint Benoît*, *op. cit.*

doit continuer à prier. Ne jamais s'arrêter. » Le moine qui comprend que sa prière est distraite a déjà fait une partie du chemin pour revenir vers Dieu. Une prière de quelques secondes peut suffire : chaque moment où il essaie de rattraper son imagination est un pas de plus vers Lui.

Le moine n'apprend pas à prier comme il s'évertue à travailler son latin. Il n'y a pas d'interrogations écrites : le moine prie vraiment lorsqu'il n'en a pas conscience. Pour dom Forgeot, le moine n'a pas à se demander s'il prie bien. Il n'a pas à s'interroger sur la prière. Dieu est son seul juge. Si le moine cherche à noter sa prière, il peut vite se décourager. Le moine Cassien rapporte ces mots de saint Antoine : « Il n'y a pas de prière parfaite si le religieux s'aperçoit lui-même qu'il prie. »

Le père abbé de Fontgombault tenta une comparaison : « La prière est une bouteille jetée à la mer. Le moine se désapproprie de l'instant, du temps, de l'utile. Il se consacre à l'inutile, sans même pouvoir attendre de rencontre sensible. La prière exige le pas de la foi. Elle est jetée dans le vide. Mais elle n'en reste pas moins une attente. Parfois, la lumière vient. Plus souvent, Dieu reste silencieux. En priant, nous sommes certains que nous sommes regardés et aimés. »

La vie monastique est tellement donnée que le moine prie continûment sans en avoir conscience. Le don est difficile. Dans une lettre à Alain Fournier, Charles Péguy écrivait que « le pire, c'est d'avoir une âme endurcie par l'habitude. Sur une âme habituée, la grâce ne peut rien. Elle glisse sur elle comme l'eau sur un tissu huileux… Les honnêtes gens ne mouillent pas à la grâce ».

« La grâce obéit à des lois particulières, poursuivit dom Pateau. Elle prend racine dans des cœurs blessés qui veulent s'ouvrir. Pour avancer dans la vie spirituelle, il faut commencer par l'endroit où nous sommes, et non par la destination où nous voudrions être. Pour avancer, il faut accepter son passé. La grâce rend l'âme belle. Le cœur qui se donne est un cœur qui se broie : il devient poreux. » Le moine ne prie pas pour prier. Il a besoin de cet échange constant entre son cœur et celui de Dieu. Il attend une réponse. Mais la prière qui devient un défi est dévoyée.

Un amour ne se conserve pas dans une boîte. Il doit sans cesse être nourri. L'essentiel de la vie du moine est dans l'instant présent qui fait durer son amour pour Dieu. Il relativise le passé et ne se soucie pas de l'avenir. L'instant présent est le temps de la réponse à Dieu. Le moine qui s'écarte du présent ne pourrait plus rencontrer Dieu. L'acceptation du présent est l'acceptation de Dieu. C'est dans le présent et son activité concrète que se dévoile la présence à Dieu.

Un jour, un moine de Fontgombault me confia un très beau texte sur la prière. Le jeune religieux ne souhaitait pas que je donne son nom, craignant de violer ce qu'il appelait poétiquement « le secret du Roi » : « Il est très difficile de parler de la prière. Le père Jérôme, trappiste de l'abbaye de Sept-Fons, dit justement qu'on sent très bien si ceux qui parlent de la prière prient ou ne font que répéter des choses lues dans les livres. Après dix ans de vie monastique, je commence à entrevoir ce que pourrait être la prière. Sans doute que je prie, mais c'est un véritable labeur, à recommencer sans cesse. Il me semble que prier consiste à rester tranquille entre les mains de Dieu. Un chartreux disait que "la contemplation, c'est l'art d'être calme". Ces mots sont profondément vrais. Prier, c'est ne pas se lasser de scruter la nuit de Dieu. Cela ne signifie pas qu'il n'y a jamais de lumière, mais il faut consentir au mystère et écouter plus que regarder. La vision est réservée pour le Ciel, ici-bas il faut "incliner l'oreille de son cœur", comme le dit saint Benoît dans son Prologue, en citant l'Écriture. Toute l'ossature de notre prière, l'office divin, le chapelet, toutes les prières particulières sont là pour amollir notre cœur, l'ouvrir, le rendre attentif à la voix de Dieu. Mais je devrais plutôt dire qu'il faut se rendre attentif au silence de Dieu. On dit que la vraie musique nous conduit au silence. Au-delà de la Parole de Dieu, il faut apprendre à écouter Son silence. Sainte Hildegarde disait que Dieu est une "musique silencieuse". Ce n'est pas de la poésie : les amitiés les plus fortes ne sont pas les plus bavardes. Comment être capable de perdre son temps avec l'Ami ? Je pense au cardinal Sarah et au frère Vincent[1]. Prier, c'est la même chose : rester main dans la main avec Dieu. Vous me direz que tout passe alors par le regard. En compagnie de Dieu tout passe

1. Au printemps 2016, le jeune frère Vincent, de l'abbaye de Lagrasse, est mort prématurément d'une sclérose en plaques foudroyante. Les deux dernières années de sa vie, alors qu'il ne pouvait presque plus s'exprimer, il était devenu ami avec le cardinal Robert Sarah. J'ai eu l'honneur de raconter leur histoire touchante dans mon livre *Un temps pour mourir* (Fayard, 2018).

par la paix du cœur. C'est pour cela que les anciens insistaient tant sur la pureté du cœur. Il ne s'agit pas de la pureté au sens "primaire" du mot, mais de cette limpidité du cristal qui laisse passer toute la lumière. Aujourd'hui la société manque cruellement d'intimité. Notre vie de prière, c'est notre vie d'intimité avec Dieu. Cela ne regarde que nous, finalement, et c'est pour cela que l'expérience est difficile à partager. Nous avons besoin d'un guide pour indiquer la route, mais que ce soit à travers les paroles d'un homme ou directement dans le secret de l'âme, ce guide, c'est toujours Dieu, et chacun avance seul avec Lui. Selon les jolis mots de dom Roux, il faut savoir rester "seul avec le Seul". »

La difficulté à prier survient à tout âge. Souvent, il n'y a rien de dramatique. Nous sommes loin des nuits de la foi des grands mystiques. Le moine ne comprend jamais vraiment l'origine de son trouble. Il sait que le relâchement sur des points de détail a des conséquences délicates. Parfois, il peut avoir des difficultés à entrer dans la forme littéraire des psaumes : la fatigue, les angoisses passagères, la routine l'entraînent à être moins attentif lorsqu'il lit ces longs textes poétiques de l'Ancien Testament. Il lui faut redevenir un petit enfant qui prononce en boucle les mêmes mots pour les comprendre et les aimer. Même dans l'obscurité, il y a toujours une échelle : Dieu met sur les lèvres du moine des paroles qui s'enrichissent au fur et à mesure qu'il les répète.

L'existence monastique est un chemin royal. Mais de quelle voie s'agit-il ? Le moine s'efforce de se consacrer à l'essentiel. Plus le temps passe, plus il y parvient. Il répète les mêmes prières aux mêmes heures. Dans le secret, chaque jour, elles seront différentes.

La communauté accepte toutes les fragilités, y compris celles de la vie de prière. La contemplation n'est pas un exercice mathématique. Un religieux peut progresser, régresser, tomber, se relever ; la maîtrise n'est jamais parfaite. Il y a parfois des coalitions terribles : le chœur est plus faible qu'à l'habitude, le travail de la journée est médiocre, le froid est rude, ou la chaleur pesante, le sommeil est difficile, et la prière devient un petit filet d'eau tiède.

Le novice apprend à parler à son père maître comme à un médecin. Il doit se départir de tout orgueil, de toute pudeur, de toute timidité pour lui ouvrir son cœur et son âme. Le malade qui cache des choses à son praticien l'empêchera de trouver les bons remèdes, et ils perdront un temps précieux.

Dans la famille de Fontgombault, la coutume veut que ce soit l'abbé qui soit le père spirituel des moines. Mais ces derniers sont libres de choisir. Durant toute sa vie, le moine se souvient que, selon l'enseignement des anciens, le remède à bien des tentations et un moyen sûr pour progresser est d'ouvrir son cœur.

Dans la journée monastique, il existe des centaines d'occasions de se rapprocher de Dieu. L'accoutumance se cache pourtant dans les moindres recoins. Je fus frappé d'entendre un moine me dire : « Le moine qui fait son signe de croix trop rapidement est un religieux en danger. Il y a parfois des distractions pieuses. Mais le renoncement à soi doit l'emporter.

De même, l'entrée de l'office des vêpres est redoutable. Le moine a travaillé tout l'après-midi et doit soudain retrouver le goût de la contemplation. Il dispose de quelques minutes de temps de station dans le cloître pour retrouver la paix nécessaire à la véritable prière. » Le bénédictin doit avoir la mort sans cesse devant les yeux : « Quelle prétention d'imaginer que Dieu n'en aurait pas décidé autrement, me disait un jeune moine. Demain peut-être, nous ne serons plus de ce monde. Il faut simplement rester avec Dieu. »

Dans la vie contemplative, l'habitude est une nécessité, une ascèse et un risque. Quand un moine récite les « Ave » de son chapelet, la frontière entre l'habitude passive et la prière active est ténue. Il doit se surveiller pour faire un bon usage de l'habitude. Elle est un piège et une force. La prière du moine n'est pas seulement le fruit de son apprentissage entre les murs du monastère. Elle vient aussi de sa vie passée. Le moine prie comme ses parents ont pu le lui apprendre. L'héritage spirituel existe.

L'habitude est une question d'amour qui entraîne le moine vers l'Infini. Au sein d'un monastère, la vie intérieure est simplifiée. Tous les moines se ressemblent : ils respectent la même règle, les usages et les coutumes propres au monastère. Pourtant, dans sa relation à Dieu, chacun est unique. Un monastère est une serre, bien chauffée, où un homme peut croître spirituellement. Il est protégé par la clôture de toutes les agressions extérieures. Quand un moine reçoit l'habit, le père maître lui donne la clef de l'abbaye. Il signifie ainsi qu'il ne sera jamais prisonnier du monastère. Le moine peut sortir comme il veut de Fontgombault. Mais il ne peut y revenir sans la clef.

De même, quand la maladie ne l'empêche pas, les moines reçoivent le sacrement des malades dans la salle du chapitre. Ce geste sublime marque l'importance de l'unité de la communauté dans la prière jusqu'à la fin de la vie, de même que, lorsqu'un moine est proche de rendre son dernier souffle, les religieux se rassemblent autour du lit du mourant.

Les moines aimeraient pouvoir communiquer le feu qui les habite. Mais, d'abord, ce n'est pas là leur vocation. Et, de plus, quand ils en ont l'occasion, l'exercice est presque impossible. Le bénédictin est un homme qui a tellement simplifié sa vie que son essence en devient incommunicable.

Je me souvins d'un passage de l'Évangile de saint Paul que mon ami le cardinal Robert Sarah aime citer : « Pareillement l'Esprit vient au secours de notre faiblesse ; car nous ne savons que demander pour prier comme il faut ; mais l'Esprit lui-même intercède pour nous en des gémissements ineffables, et Celui qui sonde les cœurs sait quel est le désir de l'Esprit et que son intercession pour les saints correspond aux vues de Dieu. Et nous savons qu'avec ceux qui L'aiment, Dieu collabore en tout pour leur bien, avec ceux qu'Il a appelés selon Son dessein » (Rm 8, 26-28).

Et il ajoute, pour bien faire comprendre la simplicité de la prière : « Quoi de plus beau qu'un chien fidèle qui s'endort aux pieds de son maître dont il se sait aimé ? » La prière du moine est aussi confiante que celle du chien fidèle.

Amor

Un jeune qui voudrait entrer au monastère pour y trouver une forme d'épanouissement personnel, une réalisation de soi, ferait fausse route.

Nous approchons la leçon ultime des moines. Ces hommes n'ont pas de méthode pour trouver le bonheur. Les dernières paroles de dom Jean résonnent comme un avertissement solennel et amical : « Le diktat moderne du bonheur, élevé au rang de dogme, est devenu si étouffant dans nos sociétés modernes qu'il rend la vie triste. Le psaume 26 nous dit : "Le Seigneur est ma lumière et mon salut ; de qui aurais-je crainte ?" En réalité, le moine ne cherche rien. C'est Dieu seul que nous cherchons. Saint Benoît donne ce critère au père maître dans le prologue de la règle : "Le novice cherche-t-il vraiment Dieu ? – *Si vere Deum quaerit ?*" Le frère qui cherche le Ciel est prêt à renoncer à lui-même pour mettre vraiment en œuvre "les armes très puissantes et glorieuses de l'obéissance".

Au début d'une vie religieuse, un malentendu peut s'installer. La tentation de se faire une petite vie, une organisation à soi, place le religieux dans une situation délicate. Il n'y a pas de don. Un succès, illusoire et temporaire, pourrait s'ensuivre. Mais Dieu n'appelle pas à se réaliser, il appelle un serviteur, un témoin, un martyr. La porte du bonheur demande le passage par l'épreuve de la Croix. Le vrai bonheur, c'est la communion avec le Ressuscité. Si tant de vies consacrées se fanent, c'est que la communion a manqué et manque encore. La joie, c'est Dieu. »

Comment dire au revoir à dom Jean, dom Antoine, dom Jean-Baptiste et tous les bons moines de Fontgombault ? La bonté du père abbé, cette manière extraordinaire de trouver en chaque homme sa part spirituelle, la fidélité inaltérable de l'abbé émérite, arrivé à la fin de sa vie monastique, dont chaque parole est un baume, la générosité de Dom prieur, son courage qui fait tant défaut à notre époque, ces beaux souvenirs pourraient-ils s'effacer de ma mémoire ? Voilà une chose impossible : on ne quitte jamais plus une abbaye où le cœur a tant reçu.

Les brefs apartés, entre deux portes, avec le père Philippe, les conversations chaleureuses à la porterie, en compagnie de père Bernard, la promenade enchantée dans les vergers, où règne le frère Paul, la découverte de l'humanisme de père Florian, de l'intelligence sans concession de père Damien, de la sensibilité de père Guillaume furent des grâces, des moments rares, des heures bénies.

Longtemps encore, les bénédictins de Fontgombault resteront ceux que j'ai rencontrés. La silhouette fragile de dom Antoine, l'air pressé de dom François, le regard profond de frère Raphaël-Marie, le sourire cabotin de frère Charles-Marie, l'œil malicieux de frère Hervé-Marie, la sincérité débordante de père Pierre-Antoine ne passeront pas. Ils ne sont pas des personnages de roman, mais des moines qui ont donné leurs jours à Dieu.

Dans son ouvrage *Silence dans le ciel*, Thomas Merton parlait de la vie monastique en décrivant « une communion silencieuse et mystérieuse entre l'homme et son frère, entre l'homme et tout le créé[1] ». Les bénédictins sont morts pour le monde, mais ils le comprennent avec une acuité qui pourrait faire ployer bien des puissants. C'est une force insoupçonnable. Les fils de saint Benoît vivent le présent. Ils n'ont besoin de rien d'autre. Cela est suffisant pour former une famille unie et fraternelle, qui regarde joyeusement les choses de la vie.

À notre tour, regardons avec simplicité la vie des moines, observons ces enfants sages : ce sera déjà un grand pas.

Souvent, j'ai quitté Fontgombault plein de tristesse. Une amertume, une mélancolie, une peine venait contrarier mon bonheur. Le retour dans le monde devenait un voyage vers une *terra incognita*.

Ma faute aurait mérité « satisfaction » ! Les moines ne nous abandonnent pas. Ils prient sans cesse pour

1. Thomas Merton, *Silence dans le ciel*, trad. fr. de Marie Tadié, Paris, Arthaud, 1955.

nous. Ils prient jour et nuit. Ils prient à l'orée de leur vie religieuse et aux dernières heures. Sous la pluie ou le soleil, les jours de tempête, les jours de givre.

Ils prient Dieu. Ils nous aiment.

Puisque vous n'êtes plus là

Lettre à dom Antoine Forgeot

Ce samedi 15 août, vous nous avez quittés. Vous êtes parti. Vous êtes parti vers Dieu. Désormais, tous les 15 août de nos vies, nous penserons à vous.

J'étais à Lagrasse quand le cardinal Sarah m'a annoncé la triste nouvelle.

Je suis resté un long moment sans voix. Triste, et pourtant, déjà, joyeux.

Vous étiez un père abbé exemplaire, un don de Dieu. On a pu vous reprocher votre rigueur inflexible. Hélas, quelle triste époque. Quelle pauvreté spirituelle que ces âmes faibles qui ne savent plus comprendre la grandeur incomparable des ascètes.

Je ne dirai jamais assez combien votre humilité m'a marqué. Elle irradiait. Elle recouvrait tout. Les moments avec vous étaient une grâce. Mille choses reviennent à ma mémoire. Je me souviens de votre sagesse. De votre humour, aussi. Un jour, vous m'avez écrit un message au dos d'un bulletin de vote pour l'élection présidentielle de 2017. C'était un bulletin pour Jean-Luc Mélenchon… Vous aviez eu ce commentaire : « Un moine n'aime pas gâcher le papier. »

En juin 2020, nous nous sommes rencontrés pour la dernière fois. Et nous avons parlé du *Grand bonheur.*

Quelques semaines plus tard, je suis revenu dans le Berry, mais je n'ai pas voulu vous importuner. Vous sembliez fatigué. Votre pas était lent. Vos yeux creusés. Au réfectoire, nous avons échangé un regard, et vous m'avez adressé un beau sourire. Je le revois encore. Je le reverrai longtemps.

Au début de cette aventure littéraire, je vous ai demandé timidement d'être de ce monde quand mon livre sortirait en librairie. Vous m'aviez répondu : « On ne peut jamais savoir ! » À dire vrai, cette réponse ne m'avait pas beaucoup plu. Et, je ne saurais dire pourquoi, j'avais soudain eu un doute.

Le soir de votre mort, dom Jean Pateau, votre cher successeur, m'a dit : « Dom Antoine a trafiqué avec la Sainte Vierge. » L'expression était étonnante. Il voulait me faire comprendre que vous aviez demandé à Marie de venir vous chercher. Comme dom Édouard Roux, le premier abbé de Fontgombault. La mère du Christ vous a exaucés tous les deux.

La nuit du mercredi 12 août 2020, les secours sont venus à l'abbaye pour vous conduire à l'hôpital de la petite ville du Blanc. Mais vous n'êtes jamais revenu à Fontgombault où vous étiez entré soixante-sept ans plus tôt. Soixante-sept ans de fidélité. Soixante-sept ans sans jamais quitter le chemin.

Dom Antoine, vous me manquerez. Vous manquerez aux moines de Fontgombault. Vous manquerez à dom Jean Pateau. Vous manquerez à une foule immense. Mais, là-haut, avec votre frère Xavier, que vous avez retrouvé, vous veillez sur nous. Pour l'éternité.

Nicolas Diat
Lagrasse, le jeudi 20 août 2020

Table

Composition et mise en pages
Nord Compo à Villeneuve-d'Ascq

Cet ouvrage a été imprimé en France par
CPI Brodard & Taupin
Avenue Rhin et Danube
72200 La Flèche (France)

pour le compte des Éditions Fayard
en septembre 2020

PAPIER À BASE DE FIBRES CERTIFIÉES

Fayard s'engage pour l'environnement en réduisant l'empreinte carbone de ses livres.
Celle de cet exemplaire est de :
1,2 kg éq. CO_2
Rendez-vous sur www.fayard-durable.fr

N° d'édition : 80-2139-5/01 - N° d'impression : 3039983